PISTA NEGRA

Livros do autor publicados pela **L&PM** EDITORES:

A costela de Adão
Pista negra
Primavera maldita
Sozinho para sempre

ANTONIO MANZINI

PISTA NEGRA

Tradução do italiano de
Maurício Santana Dias *e* Solange Pinheiro

www.lpm.com.br

L&PM POCKET

Coleção **L&PM** POCKET, vol. 1353

Texto de acordo com a nova ortografia.
Título original: *Pista nera*

Este livro foi publicado em formato 14x21cm, pela L&PM Editores, em 2019
Primeira edição na Coleção **L&PM** POCKET: dezembro de 2022

Tradução: Maurício Santana Dias e Solange Pinheiro
Capa: Jarrod Taylor. *Ilustração*: Yuko Shimizu
Preparação: Mariana Donner da Costa
Revisão: Jó Saldanha

CIP-Brasil. Catalogação na publicação
Sindicato Nacional dos Editores de Livros, RJ.

M252p

Manzini, Antonio, 1964-
    Pista negra / Antonio Manzini; tradução Maurício Santana Dias, Solange Pinheiro. – Porto Alegre [RS]: L&PM, 2022.
    288 p. ; 18 cm.   (Coleção L&PM POCKET, v. 1353)

    Tradução de: *Pista nera*
    ISBN 978-65-5666-318-0

    1. Ficção italiana. I. Dias, Maurício Santana. II. Pinheiro, Solange. III. Título. IV. Série.

19-61096   CDD: 853
                               CDU: 82-3(450)

Meri Gleice Rodrigues de Souza - Bibliotecária CRB-7/6439

© 2013, Sellerio Editore, Palermo
Published by special arrangement with Sellerio Editore S.L. in conjunction with their duly appointed agent The Ella Sher Literary Agency.

Todos os direitos desta edição reservados a L&PM Editores
Rua Comendador Coruja, 314, loja 9 – Floresta – 90.220-180
Porto Alegre – RS – Brasil / Fone: 51.3225.5777

Pedidos & Depto. Comercial: vendas@lpm.com.br
Fale conosco: info@lpm.com.br
www.lpm.com.br

Impresso no Brasil
Primavera de 2022

Para minha irmã Laura

Uma montanha não pode atemorizar quem nela nasce.
F. Schiller

> Nesta vida
> Não é difícil
> Morrer.
> Viver
> É, de longe, bem mais difícil.
> V. Maiakovski

Quinta-feira

Os esquiadores já haviam ido embora, e o sol, que mal desaparecera atrás dos cumes rochosos de um cinza-azulado, onde algumas nuvens se haviam empilhado, coloria a neve de cor-de-rosa. A lua esperava a escuridão para iluminar todo o vale até a manhã seguinte.

Os teleféricos estavam parados e os chalés nas partes mais elevadas haviam apagado as luzes. Só se ouvia o ruído dos motores dos gatos de neve que andavam para cima e para baixo para nivelar as pistas de esqui escavadas em meio aos bosques e rochedos nas encostas da montanha.

No dia seguinte começaria o fim de semana, e a estação de esqui de Champoluc ficaria cheia de turistas prontos para rasgar a neve com as lâminas. Um trabalho minucioso estava sendo feito.

Amedeo Gunelli havia sido encarregado da pista mais longa. A Ostafa. Um quilômetro de comprimento por uns sessenta metros de largura. Era a pista principal de Champoluc, a que servia tanto para instrutores de esqui com seus alunos novatos quanto aos esquiadores experientes para provar a sua habilidade. Era a que demandava mais trabalho, a que perdia o manto nevado já na hora do almoço. Na verdade, estava descoberta em muitos pontos. Pedras e terra a desfiguravam, principalmente no meio.

Amedeo havia começado do alto. Ele fazia esse serviço havia só três meses. Não era difícil. Bastava se lembrar dos comandos daquele brutamontes com esteiras e ter calma. Essa era a coisa mais importante. Calma, e nenhuma pressa.

Ele tinha colocado os fones de ouvido do iPod com os sucessos de Ligabue e tinha acendido o baseado que o chefe dos gatistas*, Luigi Bionaz, seu melhor amigo, lhe havia dado. Era graças a ele que Amedeo tinha um emprego e levava mil euros por mês para casa. Sobre o banco ao lado ele havia colocado a garrafinha com grapa e o walkie-talkie. Tudo estava pronto para as horas de serviço.

Amedeo tirava a neve das bordas, a espalhava pelos pontos mais expostos, a cortava com as lâminas enquanto os rolos a alisavam, tornando a pista uma mesa de bilhar. Era competente, o Amedeo; só que ficar ali sozinho não era do gosto dele. Sempre se pensa que quem vive na montanha ama a vida solitária e é um pouco antissocial. Nada mais errado. Ou, pelo menos, nada de mais errado no caso de Amedeo. Ele gostava das luzes, do agito, das pessoas e de jogar conversa fora até o amanhecer.

*Una vita da medianoooo...*** cantava, se esgoelando, para fazer companhia a si mesmo. Sua voz ressoava nas janelinhas de acrílico enquanto fixava o olhar na neve que, sob os raios da lua, estava ficando cada vez mais azul. Se tivesse erguido o olhar, teria visto um espetáculo de tirar o fôlego. O céu lá no alto estava azul-escuro, como as profundezas marinhas. Os topos das montanhas, em contraste, estavam cor de laranja.

---

* Que dirige o "gato", veículo com esteira que alisa as pistas de esqui. (N.E.)
** Uma vida comum... (N.T.)

Os últimos raios oblíquos do sol coloriam as geleiras eternas de roxo e as bordas das nuvens de cinza-metálico. Sobre tudo isso dominavam, imponentes, os flancos escuros dos Alpes. Amedeo bebeu um golinho de grapa e lançou um olhar para o vale. Um presépio de estradas, casinhas e luzinhas. Um espetáculo de sonho para quem não tivesse nascido no meio daqueles vales. Para ele, um diorama esquálido e desolador.

Certe notti la radio che passa Nil Jàng sembra avere capito chi seiiiii...*

Ele tinha terminado o paredão inicial. Virou a máquina para descer na direção do segundo trecho e se encontrou diante do início de uma pista negra. Metia medo. Uma extensão de gelo e de neve da qual não se via o fim.

Só quem trabalhava havia anos e manobrava o gato de neve como um triciclo se aventurava a atravessar aquela serpentina íngreme que levava à bifurcação. E, de qualquer maneira, aquele ponto ali não se alisava. Deixavam-no daquele jeito. Era estreito demais. Se as esteiras fossem mal posicionadas, você se arriscava a capotar, e aquele brutamontes cairia por cima de você com todas as suas toneladas. Os próprios esquiadores, passando e tornando a passar, acabavam alisando a neve. Só uma vez por mês alguém ia lá com as pás, quando a situação ficava dramática e era preciso de qualquer modo aplainar as massas geladas que se formavam. Caso contrário, sobre

---

* Algumas noites, a rádio que toca Neil Young parece ter entendido que você é... (N.T.)

aqueles blocos e placas de gelo, ligamentos e meniscos se rompiam que era uma beleza.

O walkie-talkie apoiado no banco piscava. Alguém o estava chamando. Amedeo tirou os fones de ouvido e pegou o rádio.

– Amedeo falando.

A engenhoca chiou, depois em meio à estática surgiu a voz do chefe, Luigi:

– Amedeo, onde é que você está?

– Estou bem na frente do paredão, no alto.

– Já está bom assim. Desça pro vale e faça o trecho lá embaixo, no povoado. Eu cuido de lá de cima.

– Obrigado, Luigi.

– Escute – acrescentou Luigi –, lembre que, para descer ao povoado, você tem que pegar o atalho.

– Você quer dizer a estradinha?

– É, aquela que sai do Crest; assim você não passa pela pista que o Berardo está fazendo. Passe pelo atalho, entendeu?

– Entendido. Obrigado!

– Obrigado, o quê! Você me deve um vinho branco antes do jantar.

Amedeo sorriu.

– Prometido!

Tornou a colocar os fones, engatou a primeira marcha e saiu da pista.

Balliamo un fandango*... ohhhh... voltou a cantar.

No céu, as nuvens haviam se compactado de repente e tinham escondido a lua. É sempre assim, na montanha

---

* Vamos dançar um fandango... (N.T.)

basta um segundo e o tempo muda com a velocidade do vento nas alturas. Amedeo sabia disso. A previsão para o fim de semana era péssima.

Os faróis potentes da máquina iluminavam a pista e a massa de troncos de abetos e lariços nas bordas. Entre os ramos escuros das árvores ainda se viam as luzes de Champoluc.

Balliamo sul mondooooo ooh.*

Tinha de passar na frente da escola de esqui e das garagens dos gatos para depois descer na direção do povoado e recomeçar a arrumar a pista lá de baixo.

Jogou a guimba queimada do baseado pela janelinha. Nesse instante, os faróis de outro gato o atingiram. Colocou a mão na frente dos olhos. O veículo que vinha em sentido contrário se aproximou. Era Berardo, um colega seu.

— Que é isso, tá maluco? Você me deixou cego!

— Eh... eh... — o idiota dava risadinhas.

— Escute, o Luigi cuida lá do alto. Eu vou descer para fazer o fim da pista, na cidadezinha.

— Entendi — respondeu Berardo, que já estava com o nariz vermelho —, e esta noite tomamos um vinhozinho branco lá no Mario e Michael?

— Eu tenho de pagar para o Luigi, é a minha vez. Vou descer lá pro fim da pista! — berrou Amedeo.

— Passe pela estradinha do Crest, que a pista lá embaixo eu já fiz!

— Tranquilo, passo pelo atalho! Até mais!

Berardo prosseguiu pela estrada. Amedeo, por causa das ordens recebidas, virou na direção do Crest, um

---

* Vamos dançar no mundoooo... (N.T.)

pequeno aglomerado de chalés acima das pistas. Quase todos estavam desabitados, com exceção de um refúgio e umas pequenas *villas* de genoveses que amavam o esqui mais que a sua cidade. Dali, passando pelos bosques, chegaria ao atalho que o conduziria oitocentos metros mais para baixo. Daria uma alisada na chegada da pista lá no povoado e depois, finalmente, teria o vinhozinho branco e as conversas e risadas com os ingleses já bêbados. Passou pelas poucas luzes do vilarejo. Deixou-o para trás. A estradinha que servia para a passagem dos gatos era clara e visível.

*Ti brucerai, piccola stella senza cielo...**

Começou a descer devagar por aquele caminho que só no verão era usado pelos 4x4 para chegar ao vilarejo de Crest. Os faróis colocados no teto iluminavam o atalho como se fosse a luz do dia. A possibilidade de sair da pista era praticamente nula.

Ti brucerai...

Nenhum problema. As esteiras funcionavam à perfeição. Apenas a cabine havia se inclinado como um carrossel do Luna Park. Mas até era divertido.

Ti bruceraiiii...

E então a lâmina bateu em alguma coisa dura e o gato balançou nas esteiras. Amedeo se virou para ver o que o veículo havia atingido. Uma pedra, ou terra. Pela janela traseira, as luzes iluminavam a neve revirada da trilha.

Havia algum problema, ele percebeu na hora, bem no meio da estradinha.

Um borrão sujo com pelo menos uns dois metros de comprimento.

---

* Você vai se queimar, estrelinha sem céu... (N.T.)

Freou.

Tirou o iPod, desligou o motor e desceu para verificar.

Silêncio.

Os sapatos pesados afundavam na neve. No centro da estradinha havia uma mancha.

– Caramba, que que é isso?

Foi andando. À medida que se aproximava, o borrão no meio do atalho mudava de cor. Primeiro, parecia negro; outras vezes parecia arroxeado. O vento soprava debilmente entre os galhos dos abetos e espalhava penas por todos os lados.

"Uma galinha? Atropelei uma galinha!?", pensou Amedeo.

Continuava a andar pela neve alta, afundando uns dez centímetros a cada passo. As penas sobre a neve se erguiam em pequenos rodamoinhos. Agora a mancha havia ficado marrom.

"Mas que merda é essa que eu atropelei? Um animal?"

E não tinha visto? Com aqueles sete faróis halógenos? Além do mais, com o barulho o bicho teria fugido.

Estava quase pisando na mancha com os sapatos pesados quando finalmente viu do que realmente se tratava: um borrão de sangue vermelho, misturado ao manto imaculado da neve. Era enorme, e, a não ser que tivesse atropelado um galinheiro inteiro, para uma ave só todo aquele sangue era demais.

Contornou a mancha até chegar ao ponto onde o vermelho era mais intenso, quase brilhante. E se abaixou para olhar melhor.

E viu.

Saiu correndo, mas não conseguiu chegar ao bosque. Vomitou por todo o atalho do Crest.

Um telefonema no celular àquela hora da noite era uma encheção de saco, tão certo como uma carta registrada da Equitalia.* O subchefe Rocco Schiavone, nascido em 1966, estava deitado na cama e fitava a unha do dedão do pé direito. Tinha ficado preta. Culpa da caixa do arquivo que D'Intino havia deixado cair sobre o pé dele enquanto procurava, histérico, um pedido de passaporte. O doutor Schiavone odiava o policial D'Intino. E, naquela tarde, depois da enésima pisada de bola do policial, tinha prometido a si mesmo e a todos os cidadãos de Aosta que faria de tudo para mandar aquele idiota para alguma delegacia perdida no meio da Basilicata.

O subchefe esticou o braço e agarrou o Nokia que não parava de tocar. Olhou a tela. O número era o da sede da polícia.

Uma encheção de saco de oitavo grau. Se não fosse do nono.

Rocco Schiavone tinha uma escala muito especial de avaliação das encheções de saco que a vida, insensivelmente, lhe infligia a cada dia. A escala começava do sexto grau, ou seja, tudo aquilo que dissesse respeito às tarefas domésticas. Ida a lojas, encanadores, aluguel. No sétimo se encontravam, por sua vez, os centros comerciais, o banco, os correios, os laboratórios de análises

---

* Empresa estatal responsável pela cobrança de impostos na Itália. (N.E.)

clínicas, os médicos em geral, com uma atenção especial aos dentistas, para terminar com os jantares de negócios ou com a família, que, pelo menos esta, com a graça de Deus, tinha ficado em Roma. O oitavo grau compreendia em primeiro lugar falar em público, depois as questões burocráticas do serviço, a encenação, prestar contas a comissários ou magistrados. No nono, as tabacarias fechadas, os bares sem sorvetes Algida, encontrar alguém que começasse a tagarelar sem parar e, acima de tudo, as tocaias com policiais que não tomavam banho. Depois, por último, havia o décimo grau da escala. O *non plus ultra*, a mãe de todas as encheções de saco: o caso que lhe jogavam nas costas.

Ele se apoiou com o cotovelo no colchão e respondeu:

– Quem tá me enchendo?

– Doutor, é o Deruta.

O agente Deruta. Cem quilos de massa corpórea inútil, competindo com D'Intino para ver quem era o mais incompetente da delegacia.

– O que você quer, Michele? – berrou o subchefe.

– Temos um problema. Nas pistas de Champoluc.

– Onde temos um problema?

– Em Champoluc.

– E onde fica isso?

Rocco Schiavone havia sido mandado para Aosta em setembro, vindo da delegacia Cristoforo Colombo, em Roma. E depois de quatro meses, tudo que ele conhecia do território de Aosta e da província ao redor eram sua casa, a delegacia, a procuradoria e o restaurante dos artistas.

– Champoluc fica em Val d'Ayas! – respondeu Deruta, quase escandalizado.
– Mas o que é que isso quer dizer? O que é Val d'Ayas?
– O Val d'Ayas, doutor, o vale acima de Verres. Champoluc é o povoado mais famoso. Onde se esquia.
– Tá bom. Mas e daí?
– Umas horas atrás encontraram um cadáver.
Um cadáver.

Schiavone deixou cair no colchão a mão que segurava o celular e fechou os olhos, xingando entredentes:
– Um cadáver...
Décimo grau. Era mesmo uma encheção de saco de décimo grau. E talvez até *cum laude*.*
– Está me ouvindo, doutor? – esganiçava o telefone.
Rocco levou o aparelho ao ouvido. Bufou.
– Quem vai comigo?
– Escolha. Eu, ou o Pierron.
– Italo Pierron, sem a menor sombra de dúvida! – respondeu rapidamente o subchefe.
Deruta recebeu a ofensa com um silêncio prolongado.
– Deruta? Você dormiu?
– Não; pode falar, doutor.
– Diga pro Pierron vir com a BMW.
– Talvez, para a montanha, seja melhor o jipe, não?
– Não. A BMW é confortável, tem aquecimento, o rádio funciona, e gosto dela. No jipe vão os infelizes da florestal.
– Então mando o Pierron pegar o senhor em casa?

---

* Com grande louvor. Em latim no original. (N.T.)

– E fale para ele não interfonar.

Jogou o telefone na cama e fechou os olhos, pondo a mão sobre eles.

Percebeu o rumorejar da camisola de Nora. Depois o peso dela sobre o colchão. Depois os lábios dela e o hálito morno na sua orelha. E, por fim, os dentes no lóbulo. Em outro momento, a atividade certamente o teria excitado, mas nesse momento as preliminares de Nora o deixaram totalmente indiferente.

– O que está acontecendo? – perguntou Nora, com um fio de voz.

– Era da delegacia.

– E?

Rocco se ergueu e se sentou na cama sem nem olhar a mulher. Lentamente, calçou as meias.

– Não pode falar?

– Não estou com vontade. Serviço. Deixa pra lá.

Nora consentiu. Afastou um cacho de cabelo que havia caído sobre os olhos.

– E você tem de ir embora?

Rocco finalmente se voltou para olhá-la.

– E o que você acha que eu estou fazendo?

Nora estava ali, deitada na cama. O braço apoiado na cabeça deixava à mostra a axila perfeitamente depilada. A camisola de cetim cor de vinho lhe acariciava o corpo, destacando com jogos de sombra e de luz as curvas generosas. Os cabelos longos, lisos e castanhos emolduravam o rosto branco como a neve. Os olhos negros pareciam duas azeitonas pugliesi recém-colhidas da árvore. Os lábios eram finos, mas ela sabia passar o batom de forma que parecessem mais grossos. Nora, um belíssimo exemplar de mulher que mal havia passado dos quarenta anos.

– Mas você podia ser um pouco mais gentil.

– Não – respondeu Rocco. – Não posso. É tarde, tenho de ir para o meio das montanhas, a noite com você foi pros quintos dos infernos, e talvez em pouco tempo até comece a nevar!

Ele se levantou da cama com um salto e foi sentar-se na poltrona para calçar os sapatos: Clarks – Rocco Schiavone não conhecia outro tipo de sapato. Nora permaneceu deitada na cama. Ela se sentia um pouco ridícula, maquiada e vestida de cetim. Uma mesa posta para nenhum convidado. Sentou-se.

– Que pena. Para o jantar, eu tinha preparado *raclette* pra você.

– O que é? – perguntou, emburrado, o subchefe.

– Você nunca comeu? É um prato de queijo fontina derretido que se come com alcachofras, azeitonas, pedacinhos de salame.

Rocco se levantou para vestir o suéter de gola careca.

– Uma comida leve, então.

– A gente se vê amanhã?

– E eu vou lá saber, Nora! Não sei nem onde vou estar amanhã.

Ele saiu do quarto. Nora suspirou e se levantou. Alcançou-o na frente da porta. E sussurrou:

– Te espero.

– E eu sou o quê, um ônibus? – Rocco lhe disse. Depois sorriu. – Desculpe, Nora, não é o momento.

Você é uma mulher muito linda. Com certeza, a atração número um de Aosta.

– Depois do arco romano.

– Eu já estou cansado de olhar as pedras romanas. De você, não. – Beijou-a rapidamente na boca e fechou a porta.

Nora deu risada. Rocco Schiavone era desse jeito. Era pegar ou largar. Olhou o relógio que ficava no hall de entrada. Ainda dava tempo de telefonar para Sofia e ir ao cinema. E depois, talvez, uma pizza.

Rocco saiu do portão e sentiu como uma mão gelada lhe agarrando o pescoço.

– ...frio do cão!

Tinha deixado o carro a cem metros do portão. Os pés nos Clarks já estavam gelados pelo contato com a calçada coberta por uma camada branca de neve suja. Um vento cortante soprava, e pelas ruas não havia ninguém. Entrou no Volvo e a primeira coisa que fez foi ligar o aquecimento. Bafejou as mãos. Cem metros tinham sido o suficiente para ficarem congeladas.

– ...frio do cão! – repetiu como um mantra, e as palavras, junto com a respiração, foram grudar no para-brisa, embaçando-o. Ligou o motor a diesel, o botão para desembaçar o vidro e fixou o olhar numa lâmpada de rua que oscilava ao vento. No feixe de luz passavam grânulos de neve que atravessavam a escuridão como poeira de estrelas.

– Tá nevando! Eu sabia!

Engatou a marcha a ré e saiu de Duvet.

Quando estacionou na frente de casa, na rua Piave, a BMW com Pierron a bordo já estava lá com o motor ligado. Rocco se enfiou no habitáculo que o policial havia deixado a 23 graus. Uma agradável sensação de bem-estar o envolveu como um cobertor de lã.

– Italo, você não interfonou na minha casa, né?

Pierron engatou a marcha.

– Não sou idiota, comissário.

– Muito bom. Mas você tem de perder esse vício. Não existe mais comissário.

Os limpadores de para-brisa afastavam os flocos de neve do vidro.

– Se aqui está nevando, imagina só lá em Champoluc – disse Pierron.

– Fica no alto?

– A 1.500 metros.

– Coisa de louco! – o máximo de altitude acima do nível do mar que Rocco Schiavone já tinha alcançado durante sua vida eram os 137 metros do Monte Mario. Excluindo, é claro, os últimos quatro meses com os 577 metros de Aosta. Não conseguia nem imaginar que alguém fosse capaz de viver a 2 mil metros acima do nível do mar. Uma coisa de deixar a cabeça tonta.

– O que eles fazem a 1.500 metros?

– Esquiam. Escalam as geleiras. No verão, fazem passeios.

– Mas que coisa. – O subchefe pegou um Chesterfield do maço do policial. – Eu gosto de Camel.

Italo sorriu.

— O Chesterfield tem gosto de ferro. Compre Camel, Italo — acendeu e deu uma tragada. — Nem tem estrelas — disse, olhando para fora da janela.

Pierron se concentrava na direção. Sabia que agora começaria a cantilena da nostalgia. E, de fato, aconteceu isso mesmo.

— Em Roma, neste período, faz frio, mas muitas vezes sopra o vento norte, que afasta as nuvens. E então faz sol. Faz sol e faz frio. A cidade fica vermelha e cor de laranja, o céu azul, e é lindo andar pelas ruas pisando nos *sampietrini*.* Todas as cores aparecem quando sopra o vento norte. Como um pano que tira o pó acumulado num quadro antigo.

Pierron olhou para o céu. Ele só havia estado em Roma uma vez, cinco anos antes, e tinha vomitado por três dias seguidos por causa do mau cheiro.

— E além de tudo, xereca. Você não imagina a quantidade de xereca que tem em Roma. Olha, talvez só em Milão. Você já esteve em Milão?

— Não.

— Que pena. Vá lá. É uma cidade esplêndida. Você só tem que entendê-la.

Pierron sabia escutar. Homem da montanha, sabia ficar de boca fechada quando era para ficar de boca fechada, e falar quando, ao contrário, era hora de abrir a boca. Com 27 anos, aparentava ter dez a mais. Nunca tinha saído do Vale de Aosta, com exceção daqueles dias em Roma e uma semana em Djerba com Veronica, a namorada da época.

---

* Pedra de pavimento usada em diversas cidades da Itália. (N.E.)

Italo gostava de Rocco Schiavone. Porque ele não tinha frescura, e com ele sempre se aprendia alguma coisa. Mais cedo ou mais tarde perguntaria ao subchefe, que ele teimava em chamar de comissário, o que havia acontecido em Roma. Mas Italo achava que o relacionamento entre eles era muito recente, ainda não era o momento de entrar em detalhes. Por enquanto, tinha contentado sua curiosidade dando uma olhada nos papéis e nos relatórios. Rocco Schiavone havia resolvido uma bela quantidade de casos, homicídios, roubos, fraudes, e parecia destinado a uma carreira brilhante. Entretanto, de repente, a estrela Schiavone havia caído, precipitada com uma transferência rápida e silenciosa para o Vale da Aosta por motivos disciplinares. Mas o que havia causado aquela mácula no currículo de Rocco Schiavone ele não tinha conseguido entender. Os policiais na delegacia tinham falado do assunto. Caterina Rispoli tendia a achar que fora a arrogância de Schiavone. "Ele deve ter pisado nos calos de alguém lá de cima, em Roma é fácil." Deruta, por outro lado, tinha certeza de que ser bom demais e não ter um pistolão causava problemas. D'Intino suspeitava de uma história de corno. "Talvez tenha botado a mão numa mulher em quem não devia encostar." Italo, pelo contrário, tinha uma suspeita e a guardava somente para si. Ela tinha origem no endereço residencial de Rocco Schiavone. Via Alessandro Poerio. Gianicolo. O metro quadrado das casas custava mais de 8 mil, como seu primo, corretor de imóveis em Gressoney, lhe havia dito. E não se compra uma casa naquele bairro com um ordenado de subchefe de polícia.

Rocco apagou o cigarro no cinzeiro.
– Em que você está pensando, Pierron?
– Em nada, doutor. Na estrada.
E Rocco ficou em silêncio, olhando a estrada pontilhada pelos flocos de neve.

Da estrada principal de Champoluc, olhando para o alto, dava para ver uma mancha de luz no meio dos bosques. Era o local onde o cadáver havia sido encontrado, iluminado pelos faróis halógenos. E, forçando a vista, dava para discernir as sombras dos policiais e dos gatistas que se alvoroçavam. A notícia havia circulado com a velocidade do vento da montanha. E todos estavam na base do teleférico com os narizes virados para o bosque, na metade da encosta, cada qual com a mesma pergunta, que dificilmente teria uma resposta em pouco tempo. Os turistas ingleses bêbados, os italianos de rosto preocupado. Os nativos, usando seu dialeto local, davam risadinhas pensando nas hordas de milaneses, genoveses e piemonteses que, no dia seguinte, dariam de cara com as pistas fechadas.

A BMW guiada por Pierron se deteve ao pé do teleférico. Tinha levado uma hora e meia de Aosta.

Subindo a estrada cheia de curvas fechadas, Rocco Schiavone havia observado a paisagem. Os bosques negros, os montes de pedras vomitados pelas encostas rochosas montanha abaixo como rios de leite. Pelo menos, durante aquela escalada infinita, na altura de Brusson havia parado de nevar, e a lua flutuando desimpedida no céu incidia sobre o manto imaculado que refletia as luzes. Parecia que haviam salpicado pequenos diamantes em meio à paisagem.

Envolto em seu *loden**verde, Rocco desceu do carro e na mesma hora sentiu a neve mordendo as solas dos seus sapatos.

– Comissário, é lá em cima. Eles já estão vindo nos pegar com o gato – disse Pierron, indicando os faróis parcialmente escondidos pelas árvores na metade da encosta.

– O gato? – perguntou Rocco, respirando com dificuldade entre os dentes que batiam por causa do frio.

– É, o veículo com esteiras que alisa as pistas.

Schiavone respirou fundo. "Que bosta de lugar pra ir morrer", pensou.

– Italo, me diz uma coisa. Como é possível que, no meio de uma pista, ninguém tenha percebido que havia um corpo? Quero dizer, as pessoas não passam por lá com o esqui?

– Não, comissário... desculpe, subchefe – Pierron se corrigiu na mesma hora. – Eles o encontraram no bosque, bem no meio de um atalho. Lá não passa ninguém. A não ser o pessoal com os gatos.

– Ah. Entendi. Mas então, quem é que vai enterrar um cadáver lá em cima?

– É o que senhor vai descobrir – Pierron encerrou a conversa com um sorriso ingênuo.

O barulho de um martelo pneumático encheu o ar frio e limpo. Não era um martelo pneumático. Era o gato de neve que vinha chegando. Ele parou na base

---

* Tipo de sobretudo impermeável usado em lugares muito frios. (N.E.)

do teleférico com o motor ligado soltando uma densa fumaça que vinha do silenciador.

– Esse é o gato, certo? – perguntou Rocco. Um negócio desses ele só havia visto nos filmes ou nos documentários sobre o Alasca.

– É. E agora ele leva a gente lá para cima, comissário! Subchefe, desculpe.

– Escute, faça uma coisa, já que não entra mesmo na sua cabeça. Você me chama como quiser, você sabe que estou pouco me lixando. Mas – prosseguiu Rocco, olhando o veículo com esteiras –, por que é que chamam de gato, se parece um tanque de guerra?

Italo se limitou a dar de ombros.

– E vamos subir nesse gato, vamos nessa!

O subchefe olhou para os próprios pés. Os Clarks estavam completamente encharcados, a pele de camurça havia absorvido água, e a umidade estava penetrando em suas meias.

– Doutor, eu tinha dito que o senhor devia comprar um par de sapatos adequados.

– Pierron, não me encha o saco. Eu não uso nem morto aquelas betoneiras que vocês usam nos pés.

Eles avançaram entre os montes de neve e os buracos provocados pelas derrapagens dos esquiadores. O gato, com as luzes fixadas sobre o teto estreito, parado no meio da neve, parecia um grande inseto mecânico pronto para agarrar uma presa.

– Doutor, apoie o pé na esteira e entre – gritou o gatista, sentado no banco do condutor na cabine revestida de acrílico.

Rocco obedeceu. Sentou-se na cabine, logo seguido por Pierron. O condutor fechou a porta e engatou a marcha.

Rocco percebeu um fedor de álcool misturado com suor.

– Sou Luigi Bionaz, o chefe dos gatos aqui em Champoluc – disse o condutor.

Rocco se limitou a olhá-lo. O tipo estava com uma barba de uns dois dias e tinha os olhos claros e etílicos.

– Luigi, você está bem?

– Por quê?

– Porque antes de eu partir neste seu treco, quero saber se você está bêbado.

Luigi o encarou com os olhos arregalados, tão grandes quanto os faróis do gato de neve.

– Eu?

– Estou pouco me importando se você bebe ou fuma baseado. Só não estou a fim de morrer neste calhambeque a 1.500 metros de altitude.

– Não, doutor, tá tudo certo. Eu só bebo à noite. O cheiro que o senhor tá sentindo pode ser que seja de algum dos rapazes que usou o veículo hoje à tarde.

– E como não – disse, cético, o subchefe. – Tudo bem. Vamos nessa.

O gato subiu para a pista de esqui. Iluminado pelos faróis, Rocco via um paredão de neve à sua frente, e não podia acreditar que aquele paquiderme conseguisse escalar uma subida tão íngreme.

– Mas me diga uma coisa. A gente não vai acabar de pernas pro ar?

– Não se preocupe, doutor. Estes brutamontes sobem encostas com inclinação de mais de quarenta por cento.

Fizeram uma curva e se viram no meio dos bosques. A luz dos faróis roçava o manto macio e os troncos negros das árvores que sufocavam a pista.

– Quanto esta pista tem de largura?

– Uns cinquenta metros.

– E em um dia normal, quantas pessoas passam por aqui?

– Isso a gente tem de perguntar para o escritório central. Eles sabem quantos bilhetes de esqui diários eles vendem. Dá para fazer uma conta, mas não é tão preciso.

O subchefe concordou. Enfiou as mãos nos bolsos, tirou um par de luvas de couro e as calçou. A pista virava à direita. Pierron não dizia uma palavra. Olhava para o alto, parecia estar procurando uma resposta entre os ramos dos abetos e dos lariços.

A subida prosseguiu, acompanhada apenas pelo rugido do motor. Depois, finalmente, no meio de um descampado, surgiram as barreiras colocadas pelos policiais em volta do local onde o corpo fora encontrado.

O gato abandonou a pista e entrou no bosque. Sacolejou ao passar por raízes e pelas depressões no terreno.

– Escute, quem encontrou o corpo? – perguntou Rocco.

– Amedeo Gunelli.

– E posso falar com ele?

– Sim, comissário, ele está esperando lá embaixo na estação do teleférico. Ainda não se recuperou –

respondeu Luigi Bionaz enquanto parava o veículo. Finalmente desligou o motor.

Mal colocou os pés na neve, o subchefe Rocco Schiavone percebeu que estava certo seu colega ao usar os sapatos de sola isolante, aqueles que Rocco chamava de betoneiras. E que realmente se pareciam muito com duas betoneiras. O gelo mordeu a planta dos seus pés, que agora formigavam por causa do frio, e o choque lhe percorreu os nervos do calcanhar até o cérebro. Respirou. O ar era ainda mais rarefeito do que no vale. A temperatura, muito abaixo de zero. As cartilagens das orelhas pulsavam, e o nariz já havia começado a escorrer. A inspetora Caterina Rispoli se aproximou com passos rápidos.

– Subchefe.

– Inspetora.

– Casella e eu isolamos o local.

Rocco assentiu. Olhou o rosto da inspetora Rispoli, que mal aparecia sob o chapéu enfiado até as orelhas. O rímel e o delineador escorriam como de uma máscara de cera.

– Fique aqui, inspetora. – Então se voltou. Lá embaixo se viam as luzes da cidade. À sua direita estava o gato guiado por Amedeo, ainda parado no meio do bosque onde o pobre coitado o abandonara horas antes.

Caminhando com a neve quase até os joelhos, Rocco se aproximou do brutamontes. Examinou a dianteira. Passou a mão, examinou-o atentamente, quase como se estivesse decidido a comprá-lo. Depois se agachou e olhou por baixo das esteiras cobertas de neve fresca.

Assentiu algumas vezes e se dirigiu ao local onde o corpo fora encontrado.

– O que o senhor estava olhando, doutor? – perguntou Italo, mas o subchefe não respondeu.

Um policial com os esquis nas costas foi ao encontro dele com agilidade, apesar dos sapatões com grampos rígidos e pesados:

– Comissário! Sou o agente Caciuoppolo!

– Merda, mais um nativo!

O jovem sorriu.

– Eu isolei o local.

– Muito bem, Caciuoppolo. Agora, me diga, onde é que você aprendeu a esquiar?

– Em Roccaraso. Minha família tem casa lá. O senhor é de Roma, comissário?

– Trastevere. E você?

– Vomero.

– Bom. Vamos ver o que temos aqui.

O que eles tinham? Um corpo semicongelado sob uns dez centímetros de neve. Chamá-lo de corpo era eufemismo. Noutros tempos, talvez tivesse sido. Uma confusão de carne, nervos e sangue esmagados pelas esteiras do gato de neve. E, em volta, havia as penas. Por todo lado. O subchefe segurou com força o *loden* junto do corpo. O vento, ainda que moderado, penetrava pela gola e lhe acariciava o pescoço, deixando uma fileira de pelos em posição de sentido como soldados enfileirados diante de um general. O joelho de Rocco já estava doendo, aquele que ele destruíra aos quinze anos, jogando a última partida com seu time, o Urbetevere Futebol. Inclinado sobre o morto estava Alberto Fumagalli. O legista de Livorno, que com uma caneta afastava os farrapos do casaco acolchoado do pobre infeliz.

O subchefe se aproximou sem cumprimentá-lo. Há quatro meses, desde o dia do primeiro encontro entre eles, não se cumprimentavam. A troco de quê começar agora?

– O que é esse monte de plumas? – perguntou Rocco.

– O enchimento do casaco acolchoado – respondeu Alberto, inclinado sobre o cadáver.

Não dava para distinguir o rosto do infeliz. Um braço havia sido cortado rente, e a caixa torácica se abrira com a pressão e o peso do veículo, jogando para fora o conteúdo.

– Que estrago – disse Rocco, em voz baixa.

Fumagalli balançou a cabeça.

– Tenho de levá-lo para a sala de autópsia. Dou uma olhada nele e depois falo com você. Assim, à primeira vista... hum! Aquele treco o massacrou. Só para pôr em ordem todos os pedaços, já viu o trabalho que vai ser! Mas agora, como estou congelado e de saco cheio, vou descer e beber alguma coisa quente. De qualquer modo, é um homem.

– Até aí eu também tinha chegado.

Alberto lançou um olhar de esguelha para Rocco.

– Posso terminar? É um homem de uns quarenta anos. O relógio está marcando sete e meia. E, na minha opinião, foi quando aquele tanque de guerra passou por cima dele.

– Concordo.

– Não tem documentos. Tem um monte de feridas. Mas, sabe de uma coisa, Schiavone?

– Diga lá, Fumagalli.

– Tem sangue por aí.

– Até demais. E daí? – perguntou Rocco.

– Está vendo? O sangue, com todos os seus componentes, água e células, congela a zero grau Celsius. Mas, nos laboratórios, por segurança ele é mantido a quatro graus negativos. Então, o que você tem de pensar é que aqui no alto estamos a zero grau, entende? Zero grau centígrado. E, no entanto, o sangue ainda está bem líquido, eu diria. Portanto, isso quer dizer que ele não morreu há muito tempo.

O subchefe assentiu em silêncio. Estava olhando a mão esquerda do cadáver. Grande. Calosa. Ela o fazia pensar nas mãos de seu pai, massacradas por anos de tintas e soluções ácidas da gráfica. Na mão esquerda do morto faltavam três dedos. A direita, por outro lado, estava a uns dez metros do resto daquele corpo ainda anônimo.

– Já vi ouriços atropelados na estrada em estado melhor! – disse Schiavone, e a respiração saiu densa e compacta de sua boca. Depois, ele finalmente voltou o olhar para o lugar isolado pelos agentes.

Estava uma confusão.

Além das marcas profundas deixadas pelo gato, havia pegadas por todo lado. A dez metros, no limiar do bosque, tinha até mesmo um agente que estava fazendo xixi em um tronco. Estava de costas, e Rocco não conseguia ver quem era.

– Ei! – gritou.

O agente se virou. Era Domenico Casella.

– Mas que porra você está fazendo? – Rocco berrou com ele.

– Xixi, doutor!

– Muito bem, Casella. Assim você deixa feliz o pessoal da científica!

Fumagalli deu uma olhada em Casella e Caciuoppolo, que estava com os esquis nas costas a uma distância segura para não ver os restos esmagados.

– Vocês são um bando de veados! – resmungou o médico de Livorno.

– Eu é que digo isso. Ninguém ensinou nada a vocês?

Casella puxou o zíper da calça e se aproximou do subchefe.

– Não, é que eu não aguentava mais. E, além do mais, doutor, ninguém disse que mataram o cara aqui, não?

– Pronto, temos um Sherlock Holmes por aqui! Vá tomar no rabo, Casella. Fique longe daqui e vá para perto do gato de neve, lá você não faz bobagem. Lá, perto da inspetora Rispoli. Vamos! Você encostou em mais alguma coisa?

– Não.

– Muito bem. Fica ali, tranquilo e sentado – então Rocco esticou os braços, desconsolado. – Sabe de uma coisa, Alberto?

– Diga.

– Daqui a pouco você vai ouvir o pessoal da científica, quando eles encontrarem impressões digitais dos nossos homens, urina, pelos, cabelos. Que, no fim das contas, se o homicida tivesse até mesmo defecado no chão, eles não teriam condição de chegar a uma evidência. E graças a imbecis como Casella... e você também, Caciuoppolo! Você diz que isolou o lugar, e aí?

Caciuoppolo abaixou a cabeça.

– Olha só o que você fez! Há pegadas suas em volta do cadáver, na estrada, em todos os cantos! Santa mãe de Deus! Depois reclamam que a gente fica de saco cheio e desiste de tudo!

Os sapatos estavam encharcados. O frio aumentava de maneira exponencial à medida que se passavam os minutos. O zero grau de Fumagalli era apenas uma recordação, e o vento continuava a irritá-lo até por baixo da camiseta térmica. Rocco gostaria de estar a pelo menos uns seiscentos quilômetros dali, talvez no restaurante Gusto na via della Frezza, no Antonio, a dois passos das margens do Tibre, comendo peixe frito e steak tartare acompanhados por uma garrafa de Verdicchio di Matelica.

– Mas é possível que seja um esquiador? – perguntou, para dissipar a tensão, o agente Pierron, que até aquele momento se mantivera a uma distância segura do morto.

Rocco o olhou com todo o desprezo acumulado em quatro meses de exílio:

– Italo, ele está de sapatos! Você já viu alguém esquiar com sapatos de couro com sola de borracha?

– Não, daqui eu não estava vendo. Desculpe! – respondeu Italo, abaixando a cabeça.

– Então, em vez de ficar falando merda, dê dois passos pra frente e olhe! Faça o seu serviço!

– Eu recusaria de bom grado, comissário!

Rocco se entristeceu. Olhou o legista nos olhos:

– Eles me dão esses caras, e é com eles que preciso me virar. Tudo bem, Alberto, obrigado. Você me telefone assim que souber de alguma coisa. Vamos torcer para que ele tenha morrido de infarto, tenha caído e depois a neve o cobriu.

– Vamos torcer – disse Alberto.

Rocco deu uma última olhada no cadáver.

– Manda um abraço meu pro pessoal da científica – e deu meia-volta para ir embora.

Mas alguma coisa o atingira, como um inseto quando a gente anda de motoneta sem para-brisa. Deu meia-volta de novo.

– Alberto, você que é um homem do mundo... Acha que ele estava usando roupas apropriadas?

Alberto fez uma careta.

– Bem, as calças são acolchoadas. O casaco também, é coisa boa. Um North Face Polar. Custa um bocado de dinheiro. Eu comprei um igual para a minha filha. Mas é vermelho.

– E?

– Mais de quatrocentos euros.

Rocco se inclinou novamente sobre o corpo semi-congelado.

– Está sem luvas. Por quê?

Alberto Fumagalli estendeu os braços. O subchefe se levantou.

– Vamos pensar nisso. Vamos pensar.

– Bom, comissário – disse Caciuoppolo, que estava apoiado nos bastões de esqui, escutando –, talvez seja alguém que morava numa das casinhas no Crest. Está vendo? Ficam a uns duzentos metros.

Rocco olhou o pequeno aglomerado de telhados escondidos em meio à neve.

– Ah. Tem gente que vive lá?

– Sim.

– No meio do nada? Nossa...

– Se a pessoa ama a montanha, aquele é um lugar para poucos, sabe?

Rocco Schiavone fez uma careta de reprovação.

– Pode ser, Caciuoppolo, pode ser. Muito bem.

– Obrigado.

– Mas também pode ser que tenha morrido em outro lugar e que o tenham trazido para cá. Não?

Caciuoppolo ficou pensativo.

– Mesmo se... – acrescentou Rocco – ...então, o casaco acolchoado, colocaram nele depois. Porque ninguém morre em lugar fechado com um casaco grosso desses. Ou não? Ou talvez estivesse pronto para sair e foi morto? Ou talvez tenha ido se encontrar com alguém, mal teve tempo de tirar as luvas e foi morto? – Rocco olhava Caciuoppolo sem vê-lo. – Ou então não o mataram; ele morreu por causa de algum problema dele e eu falando um monte de merda. Não é, Caciuoppolo?

– Comissa, o senhor é quem diz.

– Obrigado, agente. Vamos verificar isso também. E embora eu não saiba se você lê as circulares, se você se informa... mas no corpo policial não existe mais comissário. Agora nós somos chamados de subchefes. Mas é só pra informar. Pra mim, não faz a menor diferença!

– Sim, senhor.

– Caciuoppolo, mas por que é que alguém que nasce em Nápoles, tem Capri Ischia e Procida a meia hora de balsa, Positano e a costa, vem morrer de frio nestas bandas?

Caciuoppolo o olhou e deu um sorriso atrevido com todos os dentes brancos nos devidos lugares.

– Comissa, *pardon*, subchefe. Como é que diz o ditado? Tem uma coisa que puxa o carro com mais força que uma parelha de bois...

– Entendi. – Rocco olhou o céu escuro, onde as nuvens corriam para cobrir as estrelas. – E você a encontrou no meio das montanhas?

– Não. Em Aosta. Tem uma sorveteria.

– Uma sorveteria? Em Aosta?

– É. Veja, até aqui o verão chega.

– Ainda não sei. Cheguei no fim de setembro.

– Tenha fé, doutor. Chega, chega! E é muito lindo.

Rocco Schiavone saiu andando na direção do gato que o esperava para levá-lo de volta ao vilarejo. Os pés, agora, eram dois filés de linguado congelados.

Quando o veículo colocou Schiavone e Pierron na base do teleférico, o grupo de curiosos havia diminuído por causa do frio e da neve. Só os ingleses resistiam, reunidos, cantando em altos brados "You'll never walk alone". O subchefe olhou para eles. Rostos vermelhos, olhos semicerrados por causa da cerveja.

Ele ficou puto da vida.

Ainda se lembrava do dia 30 de maio de 1984. De Conti e Graziani que chutavam a bola a torto e a direito e o Liverpool que levava para casa a quarta taça dos campeões.

– Pierron, faça esses caras se calarem! – gritou. – Lá em cima tem um cadáver; um pouco de respeito, porra!

Pierron foi falar com os ingleses. Eles se desculparam educadamente, apertaram a mão dele e ficaram quietos. Rocco se irritou. Em primeiro lugar, porque estava puto da vida, e uma boa briga o teria ajudado a desafogar um pouco. Em segundo lugar, porque Pierron sabia inglês. Schiavone mal sabia dizer *Imagine all the people*, frase sem nenhuma utilidade, tanto na pátria quanto na terra de Albion.

– Você sabe inglês, Italo? – perguntou para ele.

– Mas o senhor sabe, doutor... – respondeu o policial, com um tom de desculpas. – No vale, todos falamos francês, e ensinam bem o inglês na escola. Sabe, nós vivemos do turismo. Veja, as escolas do Vale da Aosta são ótimas. Aprendemos as línguas, as técnicas bancárias, estamos na vanguarda da...

– Pierron! – o subchefe o interrompeu. – Quando vocês estavam catando os piolhos nas cavernas, em Roma nós já éramos frescos! – e foi a passos rápidos na direção do automóvel que o esperava. Pierron balançou a cabeça.

– O que fazemos, voltamos para a cidade?

– Quero conversar um pouco com a criatura que encontrou o cadáver – respondeu Rocco, e saiu na direção do escritório do teleférico. Italo o seguiu, como um cão de caça.

Naquele momento, os escritórios do Monterosa Ski estavam desertos. Havia apenas uma moça usando um tailleur e um policial com roupas de esqui sentados no hall. As luzes de neon marcavam os rostos deles. Mas ao passo que o policial tinha um belo bronzeado de quem passa horas na pista, a moça, bonita, era pálida e estava exausta. "Tem uns quilinhos a mais, mas não é de se jogar fora", pensou Rocco, mal a viu entrando pela porta dupla de vidro junto com Pierron. O policial com os esquis se levantou de um salto. A seus pés havia uma pequena poça d'água, sinal de que a neve grudada nos seus sapatos Nordica havia derretido. E era um sinal inconfundível de que o agente estava sentado ali já fazia um tempinho.

– Agente De Marinis.

Rocco o examinou.

– E por que você não está com o seu colega de Vomero, o Caciuoppolo, patrulhando o local do crime?

– Estava aqui junto com o Amedeo, o que encontrou o corpo – se justificou o policial.

– O que você é, uma babá? Pegue o esqui e vá lá pro alto dar uma mão.

– Agora mesmo, doutor.

Fazendo os sapatos ressoarem, De Marinis saiu do escritório.

– Onde ele está? – Rocco perguntou para a moça.

– Venha, Amedeo está ali – a funcionária respondeu, indicando uma porta fechada atrás de si –; eu lhe dei um chá quente.

– Muito bem... Margherita – disse Rocco, lendo o nome no crachá preso à lapela da jaqueta –, muito bem. Traga um para nós dois também, por favor.

A moça concordou e se afastou.

Amedeo estava sentado em uma cadeira de couro falso. Os olhos inchados e os cabelos emplastrados na cabeça. Tinha colocado o gorro e as luvas na mesa, o olhar estava fixo no piso. Rocco e Italo pegaram duas cadeiras com rodinhas e se sentaram na frente dele. Finalmente, Amedeo ergueu o olhar.

– Quem são vocês? – ele perguntou, com um fio de voz.

– Subchefe de polícia Schiavone. Você consegue responder umas perguntas?

– Que bosta. Uma coisa inacreditável. Eu senti um tac e...

Rocco o deteve com um gesto da mão.

– Por favor, Amedeo. Vamos em ordem. Então, você trabalha com aqueles negócios ali... os gatos de neve, não é?

– Sim, há uns meses. Quem me encontrou o trabalho foi o Luigi, o chefe. Ele é um grande amigo meu.

– É aquele que nos levou lá para o alto, doutor – acrescentou Italo.

Rocco assentiu.

– Eu mal tinha terminado a pista lá no alto. Tinha um paredão, e...

– Um paredão? – perguntou Schiavone, franzindo o rosto.

– Quando a pista fica muito íngreme, é assim que se chama. Paredão. Ou pista negra – Italo ajudou.

– Continue, Amedeo.

– O paredão é íngreme demais. Não dá pra fazer. É perigoso, estreito, e se a pessoa não é muito hábil e não tem experiência, pode acabar mal. Por sorte, o Luigi, o meu chefe, me chamou e me disse que eu podia descer para fazer a parte final da pista, aquela que chega ao povoado.

– E...?

– E eu fui. Só que, para voltar para o vale, não dá pra passar nas pistas recém-terminadas. A gente vai pelo atalho, aquele do Crest.

– Todos vocês usam?

– O quê?

– Esse atalho do Crest – disse Rocco.

– No fim do serviço, sim. Senão, a gente estraga o serviço já feito. Eu terminei primeiro porque sou o que tem menos experiência, resumindo. Então, a gente passa pelo Crest, que é aquele povoado de poucas casas. Dali, na altura da fonte, sai o atalho que passa pelos bosques e leva a gente lá pro vale.

– E foi ali que você passou por cima do cadáver.

Amedeo não respondeu. Abaixou os olhos.

– E depois do atalho, o que é que se faz? – perguntou Rocco.

– A gente vai parar no meio da pista que leva ao povoado. Que é a última que a gente repara. E aí termina o serviço.

– Entendi. Passa um de cada vez, e o último repara, assim ela está pronta para o dia seguinte – concluiu

Rocco. – Então, se não fosse você, teria sido qualquer outro a atropelar o cadáver. Você teve o azar de ser o primeiro, Amedeo.

– Tive.

– Bom. Está tudo claro – disse Rocco, no momento em que Margherita entrou com dois copinhos de plástico fumegantes. Rocco pegou um. – Obrigado pelo chá, Margherita – e o bebeu com um gole só.

Tinha gosto de detergente para lavar louça. Mas, pelo menos, estava quente. Margherita ia saindo, quando Rocco a deteve.

– Me diz uma coisa, Margherita.

A moça se voltou.

– Claro, doutor.

– Quantos habitantes tem Champoluc?

– Excluindo os turistas?

– Só estou pensando nos moradores.

– Nem quatrocentos.

– Uma grande família, não?

– Sim. Somos quase todos parentes, no fim das contas. Eu e Amedeo, por exemplo, somos primos.

Amedeo confirmou com um gesto de cabeça. Já que o subchefe não acrescentou mais nada, Margherita pediu licença com um sorriso.

Rocco deu um tapinha no joelho do condutor do gato. Era a primeira vez que Italo via o seu chefe ter um gesto de afeto para com um desconhecido. Amedeo se sobressaltou, espantado.

– Agora, Amedeo, você vai para casa dormir. Durma, se conseguir. Ou melhor, quer um conselho? Encha a cara. E não pense mais nisso. Não é culpa sua, certo?

— Não. Não mesmo. Eu estava dirigindo; depois, de repente, eu senti um baque muito forte e freei. Pensei, sei lá... Uma raiz, uma pedra. Depois, em vez disso, todo aquele sangue. Eu nem tinha visto o corpo!

Rocco mal virou a cabeça de lado, depois estendeu uma das mãos na direção do bolso do casaco acolchoado do moço. Enfiou dois dedos e tirou dele um pacote de papel Rizla para fumo.

— Você não viu, a não ser que tenha fumado até a alma — Rocco cheirou o papel. — Erva. A erva, pelo menos, ajuda a manter o bom humor. Quantos você fumou enquanto estava lá em cima alisando a neve?

— Um — disse Amedeo, respirando ruidosamente.

— E talvez você ainda meta umas doses em cima disso; capaz que aquele infeliz tenha atravessado a estrada na sua frente e você nem viu, não?

— Não, doutor! Não! Eu juro que não vi mesmo aquela pessoa. O gato tem sete faróis montados no teto, se ela tivesse atravessado a estrada eu teria percebido!

Com os olhos arregalados, Amedeo fitava um pouco Rocco e um pouco Italo, procurando um olhar de compreensão.

— Quando eu desci, pensei que tinha atropelado uma galinha, até mesmo um peru, mesmo que não tenha peru nem galinha lá no alto. Mas tinha penas, penas pra tudo que era lado. Um mar de penas.

Rocco deu um sorriso imperceptível.

— Poderia ser até um cobertor da Ikea, não?

— Acredite em mim, doutor. Eu não vi o homem!

– E como você sabe que é um homem, caralho? – berrou Rocco, e a mudança repentina de humor assustou até Italo Pierron.

Amedeo pareceu se encolher na cadeira.

– Não sei. Falei por falar.

Rocco encarou o rapaz em silêncio por pelo menos dez segundos. Amedeo suava. As mãos agarradas à mesinha tremiam.

– Amedeo Gunelli, veja bem, se eu descubro que você acabou com ele, é homicídio culposo. Você passa um bom tempo no xilindró, sabe?

– Com xilindró o subchefe quer dizer prisão – traduziu Italo, que, depois de uns quatro meses de convivência, começava a entender um pouquinho de romano.

A mandíbula de Amedeo pendeu como se alguém a tivesse soltado.

– Lembre-se de uma coisa, Amedeo – disse Rocco, levantando-se da cadeira. – A polícia pode ser sua amiga ou o seu pior pesadelo. Depende de você.

Lá fora o vento golpeou os dois policiais com as suas mãos geladas. Italo se aproximou a passos rápidos do subchefe.

– Por que o senhor falou desse jeito com ele? Acha que ele o matou?

– Quem dera. Teríamos resolvido o caso. Não, não foi ele. O gato, lá em cima, não tem vestígios de impacto ou riscos na parte da frente. Se ele tivesse atingido alguma coisa em cheio, haveria marcas. Pelo contrário, não há nada.

– E então? – perguntou Italo, que não entendia.

– Veja bem, Italo, se você os assusta, eles estarão sempre à sua disposição. Aquele rapaz é esperto, pode se tornar útil. É sempre melhor que tenham medo de nós, acredite em mim.

Italo assentiu, convencido.

– Mas há uma coisa que precisamos ter em mente: com aqueles faróis possantes, ele não viu o corpo daquele infeliz estendido por terra. Então, precisamos pensar nisso.

– É sinal de que o cadáver estava coberto de neve?

– É isso aí, Italo. Você está começando a engrenar.

Rocco e o agente Pierron estavam quase entrando no carro quando um Lancia Gamma azul freou a dez metros deles.

Rocco ergueu os olhos para o céu. A equação era imediata, Lancia azul = procuradoria.

Do carro desceu um homem de no máximo um metro e setenta, agasalhado com um casaco acolchoado que lhe chegava quase aos joelhos. Usava um gorro de pele que praticamente lhe cobria os olhos. Com passos velozes, ele se aproximou de Rocco Schiavone estendendo a mão direita.

– Sou Baldi. Prazer.

Rocco apertou a mão dele.

– Schiavone, subchefe da unidade móvel.

– Então, me diga, o temos por aqui?

Rocco o examinou da cabeça aos pés. Aquele homem que parecia um veterano do exército italiano na Rússia era o magistrado de plantão.

– O senhor é o magistrado?

– Não. Sou sua avó. Mas é claro que sou o magistrado.

"Começamos muitíssimo bem", pensou Rocco.

O doutor Baldi parecia estar de saco mais cheio do que ele. Estava de plantão, e agora ele também se encontrava com essa belíssima encheção de saco nas mãos. Isso o deixou um pouco contente, ficava claro que ele não tinha sido o único arrancado do calor e da tranquilidade de uma noite agradável e jogado no meio da neve a 1.500 metros acima do nível do mar.

– Bem, lá em cima tem um cadáver. Homem. Entre quarenta e cinquenta anos.

– Quem é?

– Se eu soubesse, teria dito nome e sobrenome.

– Nenhum documento?

– Nenhum. E que seja um homem, a gente intui. Não sei se estou me fazendo entender.

– Não, não está – respondeu o magistrado –, e não me venha com trocadilhos. Descreva-me muito bem o que é que nós temos, porque eu já estou de saco cheio. Então, doutor Schiavone, por que se intui que seja um homem?

Rocco limpou a garganta.

– Porque o gato de neve passou por cima dele e o esmigalhou com as lâminas. Veja bem, a cabeça foi esmagada, com consequente expulsão de matéria cerebral; da caixa torácica saltam pedaços de pulmão e de outros órgãos que o próprio Fumagalli, nosso legista, tem dificuldade de reconhecer. Uma das mãos está a dez metros do corpo; um dos braços foi arrancado; as pernas estão dobradas como a natureza não conseguiria dobrá-las; então, é claro que foram quebradas em vários pontos. O estômago foi enrolado em várias espirais sanguinolentas e...

– Já chega! – berrou o magistrado. – O que o senhor está fazendo, se divertindo?

Rocco sorriu.

– O senhor me pediu uma descrição detalhada do que nós temos lá em cima, e eu a estou dando.

Maurizio Baldi balançou a cabeça várias vezes olhando ao redor como se procurasse uma pergunta para fazer ou uma resposta para dar.

– Estarei na procuradoria. Nos vemos. Espero que seja uma morte acidental.

– Eu também espero, mas não acredito.

– Por quê?

– Porque é minha intuição. Os golpes de sorte, já faz um bom tempo que não os vejo.

– Para quem o senhor está dizendo isso. Eu queria tudo, menos um homicídio no meio dos meus ovos.

– Repito e confirmo.

O magistrado encarou o subchefe.

– Posso dar um conselho ao senhor?

– Claro.

– Se, como o senhor diz, não é um acidente, vai ter de trabalhar aqui no alto. Vestido desse jeito, o senhor se arrisca a uma amputação das mãos e dos pés por gangrena.

Rocco assentiu.

– Agradeço o conselho.

O magistrado olhou Rocco nos olhos.

– Eu o conheço, doutor Schiavone. Sei muitas coisas a seu respeito... – e semicerrou os olhos. – Então, eu o estou advertindo: maneire nas pisadas de bola.

– Nunca pisei na bola.

– Ouvi coisa bem diferente.

– Nos veremos às margens do Don, doutor.

– Não me faça rir.

Sem apertar a mão do magistrado, Rocco voltou para o carro, onde Pierron o esperava. Maurizio Baldi se dirigiu à base do teleférico. Mas, por baixo do gorro de pele, um sorrisinho despontara, fugaz.

– Aquele é o doutor Baldi, não é? – perguntou Pierron.

Rocco não respondeu. Não havia necessidade.

– É meio louco, o senhor sabe? – disse Italo, entrando no carro.

– Você vai se mexer e me levar embora daqui, ou preciso chamar um táxi?

Pierron partiu na mesma hora.

Meia-noite e quarenta e cinco. Ninguém pode voltar pra casa à meia-noite e quarenta e cinco enregelado. Mal abro a porta, percebo que deixei até as luzes acesas. Do corredor e do banheiro. Meia-noite e quarenta e cinco, e olho meus pés enregelados. Sapatos e meias são pra jogar fora. Bom, tenho outros três pares de Clarks. O dedão ainda está preto. Aquele imbecil do D'Intino. Devo fazer com que ele seja transferido, transferido o mais rápido possível. É fundamental para o meu equilíbrio psicofísico. Mas alguma vez o tive?

Abro a torneira. Enfio os pés dentro da água. Está quente, em ponto de fervura. Só me dou conta da temperatura três minutos depois. Deixo-a escorrer pelos tornozelos, no meio dos dedos, e até sobre a unha preta. Que, pelo menos, não está doendo.

– Assim você vai ficar com frieiras.

Dou meia-volta.

É Marina. De camisola. Acho que a acordei. Se tem uma coisa que me irrita (uma? Há milhares delas) é acordar a minha mulher. Dorme feito uma pedra, mas parece ter um sexto sentido quando me ouve andar pela casa.

– Oi, amor.

Ela me olha com os seus olhos cinzentos e cheios de sono.

– Você me acordou – diz.

Eu sei.

– Eu sei. Me desculpe.

Ela se apoia no batente da porta com os braços cruzados. Ela se colocou em posição de escuta. Quer saber.

– Encontramos um cadáver no meio de uma pista de esqui, embaixo da neve. Em Champoluc. Uma bela de uma encheção de saco, meu amor.

– Isso quer dizer que, por uns tempos, você vai para lá?

– Mas nem morto. É só uma hora de carro. Vamos torcer para que se trate de uma morte acidental.

Marina me olha. Meus pés estão mergulhados no bidê, que fumega como uma panela de espaguete.

– Sim, mas amanhã de manhã compre uns sapatos adequados. Senão, é provável que em uns dias seus pés sejam amputados por causa de uma gangrena.

– O magistrado disse a mesma coisa. E, no entanto, os sapatos adequados me dão nojo.

– Você comeu?

– Uma pizza requentada na estrada.

Marina desaparece para além da porta. Foi para a cama. Enxugo os meus pés e vou até a cozinha. Esta casa já mobiliada me dá nojo. A cozinha é a única coisa decente aqui. Eu queria entender as casas das pessoas. A maior parte tem uma mobília de dar dó. Somente na cozinha gastam uma quantidade alucinante de dinheiro e a abastecem com todos os aparelhos elétricos, forno, micro-ondas, lava-louças, até parece que você está dentro da Enterprise. Por outro lado, a sala tem sucatas e quadros com palhaços nas paredes.

Mistério.

De vez em quando, eu a comparo com a minha casa, em Roma. No Gianicolo. Olho a cidade e, quando venta, vejo São Pedro, a piazza Venezia e, atrás, as montanhas. Furio me aconselhou a alugá-la. Em vez de deixá-la lá, vazia. Mas não tenho vontade. Não consigo pensar em pés estranhos estragando o piso que Marina escolheu, em mãos estranhas abrindo as gavetas dos armários indianos que compramos há anos em Viterbo. Sem falar nos banheiros. Bundas desconhecidas sentadas nos meus vasos sanitários e rostos desconhecidos que se refletem nos meus espelhos mexicanos. Não se toca no assunto. Bebo uma boa garrafa d'água. Senão, acordo no meio da noite com a língua e a boca que nem dois pedaços de lixa.

Marina está debaixo das cobertas. E, como sempre, começou a ler o dicionário.

– *Não é um pouco tarde para ler?*
– *Senão eu não volto a dormir.*
– *O que temos de novidade hoje?*

Marina tem um caderninho preto apoiado no colo, junto com um lápis. Abre ao acaso e lê:

– *Cerzir, verbo transitivo. Costurar ou remendar alguma coisa. Também se pode usar quando incorporamos algo sob um núcleo comum* – coloca de lado o bloco de notas.

O colchão é confortável. Chama-se memory foam. Um material inventado pela Nasa para os astronautas na década de 1960. Ele acolhe você como uma luva, porque conserva a forma do corpo. Assim dizia o folheto.

– *E se pode dizer que aqui em Aosta eu estou cerzindo?* – pergunto a Marina.

– *Não. Você não é alfaiate. Quem sabe costurar sou eu.*

O colchão é confortável. Mas a cama está gelada. Eu me encosto a Marina. Procuro um pouco de calor. Mas o lado dela está tão frio quanto o meu.

Cerro os olhos.

E encerro também esta merda de dia.

Sexta-feira

O telefone varou o silêncio que vidros isolantes e a ausência de tráfego proporcionavam ao apartamento do subchefe de polícia Schiavone na rua Piave. Rocco saltou como um robalo preso ao anzol e arregalou os olhos. Apesar do berro do telefone sem fio na mesa de cabeceira, ele conseguiu organizar seus pensamentos: era de manhã; estava em sua casa, na sua cama, depois de ter passado a noite em meio à neve. E não estava deitado embaixo de Eva Mendes vestida só com sapatos de saltos vertiginosos dançando em pé como uma serpente despenteando os cabelos. Esta imagem era uma teia de aranha que o telefone havia destruído com seu estrilar enlouquecido.

– Quem está me enchendo às sete?
– Eu.
– Eu quem?
– Sebastiano!

Rocco sorriu, passando uma das mãos no rosto.

– Sebastiano! Como você está?
– Bem, bem... – então a voz catarrosa do amigo ficou reconhecível. – Me desculpe se eu acordei você.
– Faz meses que não tenho notícias suas!
– Quatro meses e doze dias, para ser exato.
– Como você está?
– Vamos indo.
– O que você está fazendo?

– Estou indo pro norte.

Rocco se acomodou no colchão *memory foam*.

– Vindo pro norte? E quando?

– Amanhã à noite. Chego com o trem das sete de Turim. Você está aí?

– Claro que estou. Nós nos vemos na estação.

– Ótimo. Está fazendo frio?

– Seba, você quer que eu diga o quê? Um frio do cão.

– Então vou com o casaco acolchoado.

– E os sapatos com sola isolante, por favor – acrescentou Rocco.

– Não tenho. Que sapatos você usa aí?

– Clarks.

– E são sapatos com sola isolante?

– Não. Por isso estou dizendo para você vir com esses sapatos. Meus pés parecem duas pedras de gelo.

– E então por que você não usa?

– Eles me dão nojo.

– Faça o que quiser. Eu vou na Decathlon e compro. Então, até amanhã?

– Até amanhã.

E Sebastiano desligou o telefone.

Rocco jogou o telefone sobre o edredom. Se Sebastiano Cecchetti, conhecido como "Seba" pelos amigos, vinha a Aosta, a coisa ficava bem interessante.

Quando Rocco entrou na delegacia às oito e quinze, o agente Michele Deruta foi direto ao seu encontro. Ele mexia os pezinhos com a velocidade máxima que os seus cento e tantos quilos lhe permitiam e ofegava como uma velha locomotiva a vapor. Estava com a testa suada, e os ralos cabelos brancos penteados com esmero para esconder a calvície luziam, besuntados com sabe-se lá qual creme.

– Doutor?

Rocco se deteve no meio do corredor.

– Você está com o rosto e os cabelos úmidos. Por que você está úmido, Deruta? Enfiou o rosto em um tanque de óleo?

Deruta pegou o lenço e tentou se secar.

– Não sei, doutor.

– Mas você ainda está úmido. Você se lava de manhã?

– Claro que sim.

– Mas não se enxuga.

– Não, é que antes de vir para o serviço ajudo minha esposa na padaria.

O agente Deruta, então perto da aposentadoria, começou a falar da padaria da esposa, um pouco fora da cidade, dos horários da madrugada, da fermentação e da farinha. Rocco Schiavone não o escutava. Olhava os lábios grossos úmidos e um pouco caídos, os cabelos estriados de branco e os olhos bovinos e saltados.

– O que é de espantar – disse o subchefe, interrompendo o monólogo do agente – não é que você trabalhe na padaria da sua esposa, Deruta. Que você tenha uma esposa, isso é extraordinário demais.

Deruta se calou. Não que esperasse um elogio pelo sacrifício da dupla jornada de serviço, mas uma palavra gentil, algo do tipo, "Você se cansa demais, Deruta. Você é um cara incrível", ou "Se houvesse mais gente como você". Em vez disso, nada. Uma desdenhosa falta de consideração era tudo que o seu superior lhe dedicava.

– Com exceção da sua jornada dupla, você tem alguma coisa importante a me dizer? – perguntou o subchefe.

– O chefe de polícia já telefonou três vezes hoje de manhã. Precisa falar com os jornais.

– E daí?

– Quer primeiro ter notícias suas.

Rocco assentiu e deixou Deruta plantado ali, e o agente o seguiu com seus pezinhos minúsculos. Ao olhar os cem quilos balançando sobre aqueles pés tamanho 37, qualquer um esperaria vê-lo rolando pelo chão de um minuto para outro.

– O chefe de polícia não está na cidade, doutor. Não adianta o senhor ir até ele. Tem que telefonar para ele.

Rocco se deteve e deu meia-volta para olhar para o agente Deruta.

– Entendi. Agora, me ouça. Duas coisas: em primeiro lugar, faça exercícios físicos e uma dieta. Em segundo lugar: mais tarde devo lhe dar uma missão importante – semicerrou os olhos e o encarou fixamente. – Muito importante. Posso confiar em você? Acha que dá conta?

Os olhos grandes de Deruta se arregalaram e ficaram ainda maiores.

– Claro, doutor! – e abriu um sorriso com 32 dentes. Ou melhor, com 24, porque havia umas janelinhas nas suas gengivas. – Claro, doutor Schiavone. Pode confiar cegamente!

– E encontre uma porra de um dentista!

– O que o senhor está dizendo? – disse Deruta, cobrindo a boca com a mão. – Mas o senhor sabe quanto custa um dentista? Com o salário que eu recebo.

– Faça a sua mulher pagar.

– Esse dinheiro serve para manter nossa filha estudando veterinária em Perugia.

– Ah, entendi. Vocês estão treinando o médico da família. Muito bem! – e finalmente entrou na sua sala e bateu a porta na cara do agente, que ainda estava pensando no significado da última frase do subchefe.

Nos distantes tempos do ensino médio, Rocco havia lido que um filósofo, talvez Hegel, havia definido o jornal como "a prece laica matutina". Para ele, em vez disso, a prece laica matutina era preparar um baseado que o deixava em paz com a vida e com o fato de estar tão longe de Roma já havia quatro meses. Sem possibilidade de retorno.

Não que ele tivesse algo contra Aosta. Pelo contrário. Era uma belíssima cidade, organizada, gente educada. Mas, teria sido a mesma coisa se o tivessem mandado para Salerno, ou Mântua ou Veneza. O resultado não mudava. Não era a destinação que o afligia. Era a casa materna, seu recinto existencial, seu cantinho, que lhe faziam falta mais do que qualquer outra coisa.

Pegou a chave embaixo da foto emoldurada de Marina e abriu a primeira gaveta à direita. Dentro dela, havia uma caixa de madeira com uns dez baseados bem fornidos já fechados. Acendeu um e, enquanto tornava a trancar a gaveta, deu uma tragada longa e generosa que lhe chegou direto aos pulmões.

Curioso como bastava esse pequeno gesto quotidiano para lhe acalmar o cérebro. Na terceira tragada já se sentia lúcido e começou a organizar a jornada.

Em primeiro lugar, telefonar para o chefe de polícia.

Depois, o hospital.

Depois, Nora.

Colocou o baseado pela metade no cinzeiro. Ia pegar o telefone quando o aparelho começou a tocar.

– Pronto?

– Sou eu, Corsi!

Era o chefe de polícia.

– Ah, doutor, eu já ia telefonar para o senhor.

– O senhor sempre diz isso.

– Mas desta vez é verdade.

– Então nas outras vezes o senhor mentiu para mim?

– Sim.

– Tudo bem, Schiavone, diga.

– Não sabemos nada ainda. Não sabemos quem é ele e nem como morreu.

– E o que eu digo para essa gente?

Não é que o chefe de polícia tivesse esquecido o substantivo. Simplesmente, ele não dava nome aos jornalistas dos jornais impressos. Chamava-os de "essa gente". Quase como se tivesse medo de sujar os lábios chamando-os pelo nome. Ele os odiava. Para ele, "essa gente" era uma forma de vida apenas um tiquinho acima da ameba, a nota falsa na grande orquestra da Criação. Isso para falar dos jornalistas dos impressos. "Essa gente" da televisão, ele nem mesmo a considerava seres vivos.

O ódio tinha raízes em sua história pessoal. Já haviam se passado quase dezoito anos desde que sua esposa o havia trocado por um editorialista do *La Stampa*; e desde então Corsi iniciara sua cruzada insensata contra toda a categoria, qualquer que fosse a raça, a religião ou a filiação partidária.

– Doutor, o que sabemos é isso. Se eles tiverem paciência, se os senhores jornalistas forem pacientes a ponto de esperarem o progresso das investigações... eu, infelizmente, não sei mais nada.

– Essa gente não espera. Fica ali, pronta para me morder o traseiro.

– Isso é o que o senhor pensa, chefe. Os jornalistas daqui o adoram – disse Rocco, sério.

– Como o senhor sabe?

– Eu ouço o que dizem nas ruas. Eles o estimam. Precisam do senhor.

Uma pausa se seguiu. O chefe de polícia estava pensando nas palavras do subordinado. E Rocco sorria, feliz por continuar a complicar o emaranhado relacionamento entre seu chefe e aquela gente.

– Não fale besteira. Eu conheço essa gente. Escute uma coisa, Schiavone, o senhor exclui a possibilidade de a morte de ontem ter sido acidental?

– Com a falta de sorte que eu ando tendo? Sim.

Andrea Corsi respirou fundo.

– Quando é que o senhor me dá notícias mais reconfortantes?

– Digamos em 48 horas?

– Digamos em 24!

– Vamos combinar 36, e não se fala mais nisso.

– Schiavone, mas o senhor está no mercado de Porta Portese? Eu lhe dou 24, e serão 24.

– Eu torno a telefonar para o senhor amanhã, a esta hora.

– Acredito nisso tanto quanto em meu Samp ganhando o campeonato.

– Se eu não telefonar dentro de 24 horas, juro que dou de presente ao senhor os ingressos para o Genoa e Sampdoria.

– Sou um chefe de polícia. Não preciso dos seus ingressos.

E desligou o telefone.

– Que saco! – urrou Schiavone, estendendo os braços. Só o que o esperava era trabalho, trabalho e trabalho. Era assim a vida em Aosta. Gente séria, cidade séria, feita de pessoas sérias que davam duro e cuidavam de seus problemas. E se eles ficavam altos, era no máximo com a *grolla*.* Lá se foram os tempos de Roma, em que as drogas iam para frente e para trás como em uma linha de montagem. Lá se foram os tempos dos golpes decentes, das oportunidades. Quanto ainda duraria esse purgatório? Estava no local mais rico da Itália, com uma renda per capita nos níveis de Luxemburgo e, no entanto, depois de quatro meses ainda não lhe passara nada pelas mãos. Depois pensou em Sebastiano. Que chegaria no dia seguinte. Se ele se dava o trabalho de pegar um avião até Turim, e depois um trem, em pleno inverno, um motivo, um bom motivo, deveria existir.

---

* Cálice típico do Vale de Aosta, utilizado para beber o café à valdostana, feito com grapa e raspas de limão. (N.T.)

Esse pensamento o empolgou a tal ponto que ele se flagrou em pé esfregando as mãos. Só quando segurou a maçaneta se lembrou da bituca apoiada no cinzeiro. Voltou, enfiou-a no bolso e finalmente saiu da sala.

As estradas estavam desertas. O céu encoberto prometia ainda mais neve, e as montanhas de pedra vulcânica negra pareciam monstros prontos para engolir a paisagem ao redor. Italo Pierron guiava concentrado na estrada; Rocco, por sua vez, falava ao celular.

– Mas não é difícil, D'Intino! Ouça-me com atenção – Rocco pronunciou as palavras devagar e com clareza, como se falasse com uma criança não muito inteligente. – Descubra se em Aosta ou na província, principalmente no Val d'Ayas, foram feitas denúncias de desaparecimento, gente que não voltou para casa, entendeu? Não só ontem. Digamos, de um mês para cá – Rocco ergueu os olhos para o céu. Depois, sempre com infinita paciência, repetiu a ideia. – D'Intino, escute: de um mês para cá. Ficou claro? Termino e desligo.

Apertou o botão OFF e olhou para Italo, que mantinha os olhos fixos na estrada.

– Mas o D'Intino é burro ou finge que é?

Italo sorriu.

– De onde ele é?

– Abruzzo. Da província de Chieti.

– E não tem nenhum padrinho? Assim ele volta para lá e não enche mais o saco da gente.

– Não sei, doutor.

– Na Itália, todo mundo tem um padrinho. Para mim, tinha de calhar um mentecapto com deficiência mental e, ainda por cima, sem sombra de santo a quem recorrer no paraíso.

Deixaram o carro no estacionamento do hospital, apesar de um segurança lhes ter dito para não fazer isso, que aquela era a vaga do médico-chefe. Schiavone se limitou a sacar as credenciais e a calar o zeloso funcionário da Saúde.

Desceram as escadas, passaram pelos laboratórios e finalmente chegaram à porta dupla de vidro onde Fumagalli trabalhava. O necrotério.

– Doutor Schiavone? – disse Italo com um fio de voz.

– O que foi?

– Posso ficar aqui esperando o senhor?

– Não. Venha comigo e aproveite o espetáculo. Você não queria ser policial?

– Sinceramente, não. Mas é uma longa história – abaixou a cabeça e foi atrás do seu superior.

Não era preciso tirar o casaco, porque na sala de autópsias a temperatura era mais ou menos como a exterior. Por baixo do casaco de Fumagalli aparecia uma malha de gola alta. Ele usava luvas de borracha e um tipo de avental verde manchado de marrom.

– E eu me queixo de fazer um serviço de merda! – Rocco falou para ele.

Como de costume, Fumagalli não o cumprimentou, fez apenas um gesto para os dois policiais e os levou à segunda sala, que era uma pequena antessala. Ali, o médico entregou para os policiais a máscara, as sapatilhas de plástico e um estranho avental de papel.

– Bom, venham comigo.

No centro, havia uma boa mesa para as autópsias, e sobre ela o cadáver caridosamente coberto por um tecido branco.

Na sala, se ouvia o gotejar de uma torneira, acompanhado pelo zumbido contínuo das entradas de ar que soltavam uma mistura de maus cheiros horríveis. Desinfetante, ferrugem, carne podre e ovos cozidos. Italo Pierron sentiu um soco no plexo solar, se encurvou levando as mãos à boca e saiu correndo para se livrar do café da manhã que, rápido, havia passado para o esôfago.

– Bem, agora que estamos a sós – disse Rocco, sorrindo –, você trabalhou nele?

– Tentei colocar os pedaços em ordem. Já montei quebra-cabeças mais simples – respondeu o médico, e descobriu o cadáver.

– Caralho! – saiu forte, sonoro e preciso, do peito do subchefe.

Não havia um corpo. Havia uma série de pedaços mais ou menos recompostos de modo a formar um objeto que tinha uma vaga semelhança com alguma coisa antropomorfa.

– Mas como você faz isso?

Fumagalli limpou as lentes dos óculos.

– Devagarzinho. Como os restauradores trabalham.

– É, mas eles fazem uma obra de arte, que dá prazer em olhar.

– Isto aqui também é uma obra de arte – disse Fumagalli –, é obra de Deus, você não sabia?

Na cabeça do subchefe, a suspeita de que o convívio constante e forçado com cadáveres abalasse o equilíbrio psicológico do médico de Livorno se transformou em certeza.

– Pode fumar aqui? – perguntou Rocco, enfiando a mão no bolso.

– Mas como não. Quer que eu peça para trazerem um uísque, ou você prefere uma bebida mais fraca? Vamos colocar uma musiquinha lounge? Você ia gostar? Então, vamos começar por aqui.

O legista indicou um pedaço do lado direito do peito do cadáver.

– Ele tem uma tatuagem.

Uma coisa escrita e uns signos que Rocco não conseguiu decifrar.

– O que está escrito?

– *Maa vidvishhaavahai* – disse Alberto. – Por sorte eu consegui ler.

– E o que é?

– É um mantra hindu. Quer dizer, aproximadamente, "Que nenhum obstáculo possa surgir entre nós".

– Como você sabe?

Alberto sorriu por trás dos óculos de lentes grossas.

– Sou um cara que se informa.

O rosto do defunto estava esmagado. Da maçaroca rubro-negra que fazia Rocco pensar no quadro de um pintor italiano importante, mas cujo nome no momento lhe fugia à memória, surgiam dentes, pedaços de lábio, filamentos amarelados.

– A primeira coisa estranha é esta – começou Alberto, segurando a ponta de um lenço que, outrora, devia ter sido uma bandana.

– De fato, é estranhíssimo – disse Rocco. – Um pedaço de lenço. Nunca vi coisa igual.

– Já chega dessa ironia barata, tudo bem?

– Tudo bem. Mas foi você que começou com a história do uísque e da musiquinha lounge.

– Então, o morto estava com este lenço na traqueia.

– Na?

– Traqueia.

– E não pode ser que o gato de neve o tenha empurrado para lá ao passar por cima do rosto dele? – sugeriu Rocco.

– Não. Estava amarrotado. E, quando eu o abri, olha só que coisa linda achei lá dentro – Alberto Fumagalli pegou um tipo de copinho metálico no qual se encontrava uma coisa roxa e visguenta com duas pastilhinhas ao lado.

– O que é isso? Uma berinjela podre?

– A língua.

– Puta que p...

– E tinha também alguns dentes. Está vendo? Estes, que parecem Tic Tac – continuou o médico –; o veículo esmagou a cabeça do pobre coitado e a pressão empurrou para baixo este pedaço de lenço. Estava na boca dele.

– Fez com que ele engolisse?

– Ou então ele engoliu.

– Sim, mas se ele engoliu, ainda estava vivo!

– Pode ser, Rocco. Pode ser – Alberto inspirou profundamente. – Depois, eu examinei as hipóstases.

– Tradução, por favor.

Fumagalli revirou os olhos para o teto, aborrecido.

– E por que é que você está irritado? Eu estudei direito, não medicina! É como se eu falasse para você de usucapião.

– Diz-se de usucapião o meio através do qual, por meio de uma posse prolongada no tempo, se produz a aquisição propriamente dita da propriedade ou do usufruto.

– Já chega! – Rocco o interrompeu. – Vamos voltar para essa hipótese.

– Hipóstase – Alberto o corrigiu. – As hipóstases se formam quando cessa a atividade cardíaca. Acaba a pressão, e o sangue, devido à gravidade, vai parar nos vasos das zonas mais baixas do cadáver. E como o corpo estava em posição supina, está vendo? – Fumagalli, cheio de cuidado, levantou o tronco do pobre coitado. Ouviu-se um ligeiro ruído, como de uma medusa arrastada pelo chão. – Está vendo estas manchas rubro-arroxeadas?

Elas mal se percebiam. Pareciam ligeiras contusões.

– Sim – disse Rocco.

– Quando o coração para de bater, acontece o quê? O sangue segue o seu caminho mais natural, ou seja, aquele indicado pela força da gravidade. Está entendendo?

– Estou.

– Bom. O corpo estava decúbito dorsal, e então o sangue fluiu para as costas. Ontem, quando eu cheguei, as hipóstases começavam a se formar.

– E o que isso quer dizer?

– Elas começam a se formar de duas a três horas depois da morte. Quer dizer que o coitado morreu mais ou menos três horas antes de eu chegar. Eu cheguei mais ou menos às dez horas, este aqui morreu entre as seis e as sete horas. Mas mais perto das sete, eu diria.

– Ele não morreu. Ele foi morto entre as seis e as sete.

– Por amor à precisão, sim. É isso.

Rocco Schiavone continuava a olhar aqueles restos desarticulados.

– Sempre por amor à precisão, você consegue saber como acabaram com ele?

– Devo examinar os órgãos internos. Para excluir envenenamento ou sufocamento. Preciso de um pouco de tempo. Venha comigo – e o médico se afastou da mesa de autópsia. Rocco, pelo contrário, ficou ao lado dela um pouco, olhando aquela massa de carne e de sangue que outrora fora o rosto de um homem.

– Olhando para ele me vem à cabeça o quadro de um pintor, você não lembra quem é? Aquele que fazia manchas pretas queimadas sobre um fundo vermelho e que...

– Burri – respondeu Alberto enquanto abria a gaveta de um armário ao lado da porta. – Eu também me lembrei dele.

– Burri, sim. Isso – Rocco se aproximou do médico. – É que se alguém tenta se lembrar de uma coisa, e essa coisa não lhe vem à mente, é capaz que torre um monte de neurônios. Burri. O que é isso? – perguntou ao legista, que estava lhe mostrando outro saquinho plástico.

– Aqui dentro estão os restos do lenço. Pendia da boca.

– O gato de neve o cortou? Hum, me parece muito estranho.

— A minha função é ler os cadáveres. A sua é entender por que eles se tornaram cadáveres.

Rocco se afastou da parede e segurou a maçaneta da porta.

— Espere! Tem uma última coisa que interessa você — o médico pegou outros dois saquinhos plásticos. Um deles continha uma luva. O outro, um invólucro de cigarros. — Estes eu encontrei no bolso interno do casaco acolchoado. Um invólucro vazio de Marlboro light, e esta é uma luva. Preta. Para esquiar. Marca Colmar.

— Ah. Então tá bom. Uma luva nós encontramos. E a outra?

— Pff...

— Sabe de uma coisa, Alberto? Esta é uma encheção de saco de grau dez *cum laude*.

— Ou seja?

— A mãe de todas as encheções de saco!

Xingando entredentes, Rocco saiu pela porta e deixou o médico com seus pacientes.

Italo estava do lado de fora do hospital e fumava um cigarro. Rocco passou por ele.

— Você é uma ajuda e tanto, Italo.

O agente dispensou a bituca e seguiu o subchefe.

— Era por causa do gosto na boca.

— Então, como agora você está com um bafo de esgoto, no carro você não fala.

— Tenho goma de mascar.

— Masque — ordenou Rocco, entrando no carro.

Não andaram nem cinquenta metros e o celular de Rocco começou a tocar.

– Doutor, sou eu, agente D'Intino.

– Que bons ventos o trazem? – disse Rocco, acendendo o enésimo Chesterfield de Italo.

– Está ventando? – respondeu, perplexo, o agente D'Intino.

Rocco suspirou e, com infinita paciência, disse:

– Não, D'Intino, não está ventando. É um modo de dizer. O que você quer?

– Ah, bom. Eu telefonei para dizer... – e a comunicação se interrompeu.

– Alô? D'Intino, você está aí?

Ruídos de estática e suspiros do outro lado.

– Agente D'Intino, você está aí?

– Sim? Diga, doutor!

– Diga o caralho! O que foi? Por que você me telefonou?

– Ah, sim, claro. Eu estava procurando, como o senhor me mandou, alguma denúncia de desaparecimento, gente que não voltou para casa, coisas desse tipo.

– E?

– Não foi preciso. Agora há pouco, a Luisa veio à delegacia.

Rocco se conteve para não falar um palavrão.

– Agente! Quem é Luisa? – berrou.

– Luisa Pec. Ela disse que o marido não voltou para casa ontem à noite. E nem hoje de manhã.

– E onde está?

– E quem vai saber, doutor? O marido desapareceu!

– Onde está Luisa Pec! Não o marido! – berrou Rocco a plenos pulmões. Italo continha a risada a custo.

– Ah... está aqui... espere, passo para o senhor?

– Mas que história é essa de passar, D'Intino? – Rocco encarou Italo. – Eu mato. Eu juro, perante todos os santos, que eu mato ele. Me escute, agente D'Intino, você está aí?

– Sim, doutor!

– Bom – Rocco respirou fundo duas vezes, tentando se acalmar. – Bem, faça o favor de dizer para a senhora Luisa Pec esperar na delegacia porque nós chegamos daqui a pouco. Entendeu?

– Sim, doutor. Certo. Então vocês estão chegando. Agora, se eu não preciso procurar os desaparecimentos, posso começar a organizar os arquivos no setor de pessoal, que hoje o agente Malta está doente e então eu...

– Não. Continue a procurar. Ninguém disse que essa Luisa Pec é a pessoa certa, não é?

– Verdade. O senhor tem razão, comissário.

– Vá tomar no rabo, D'Intino!

– Sim, senhor.

E Rocco desligou o telefone. Olhou para Italo.

– O marido não voltou para casa e na mesma hora as pessoas pensam no pior. Talvez ele esteja na casa de alguma piranha.

Italo assentiu, acelerando na direção da delegacia.

– Doutor, escute, se for preciso falar com o D'Intino, eu falo, e digo para ele não telefonar mais para o senhor.

– Deixe pra lá. Ele não entenderia. Ele é a minha nêmesis. Sabe quando você andou fazendo umas coisas meio fora do padrão? Existe justiça divina. Eu estou pagando. D'Intino é o instrumento que Deus usa para me punir. Todo mundo tem de aceitar o seu destino.

– Mas por quê, o que o senhor fez?

Rocco apagou o cigarro no cinzeiro e encarou Italo.

– Umas coisas que você sabe. Você foi fuçar os documentos.

Italo engoliu em seco.

– Mas é normal. Eu teria feito o mesmo. Digamos que não era mais o caso de eu ficar lá em Roma. Decisão lá do alto.

– Entendo.

– Não, não entende. Mas que isso seja o bastante para você.

Os olhos de Luisa eram a primeira coisa que chamava a atenção. Azuis e grandes. Somados ao formato oval do rosto e ao loiro-avermelhado dos cabelos, eles faziam com que ela se parecesse vagamente com uma atriz ítalo-inglesa.

– Greta Scacchi – sussurrou Rocco para o agente Pierron aproximando-se de Luisa, que estava sentada em um banco.

– Como? – perguntou Italo.

– Ela se parece com a Greta Scacchi. A atriz. Sabe quem é?

– Não.

O subchefe estendeu a mão para a mulher, que se ergueu estendendo a mão.

– Subchefe de polícia Rocco Schiavone.

– Luisa Pec.

Luisa tinha a palma da mão dura e calosa, em um contraste profundo com a maciez do rosto e das formas do corpo. Nas bochechas, um ligeiro tom corado lhe dava uma aparência de saúde e bem-estar.

– Venha comigo à minha sala, sra. Pec.

Luisa e Rocco seguiram pelo corredor.

– Então o seu marido não voltou para casa?

– Não. Esta noite ele não voltou.

– Sente-se, por favor – e Rocco abriu a porta.

Sentiu na mesma hora o cheiro de maconha e tratou de abrir a janela. Fez um gesto para Luisa Pec, que se acomodou na cadeira em frente à escrivaninha. Rocco então pôde observá-la com mais atenção. Os olhos estavam sem vida, marcados por duas olheiras profundas como uma trincheira. Luisa era a imagem da angústia, mas conseguia ser bonita mesmo assim.

Rocco sentou-se na poltrona de couro com encosto alto.

– Diga-me – e apoiou os cotovelos na escrivaninha.

– Meu marido não voltou ontem à noite.

– Este é um fato que nós já discutimos. Como se chama o seu marido?

– Leone. Leone Miccichè.

– Miccichè. Não nasceu nestas montanhas, ou estou enganado?

– Não está enganado. Ele é de Catania.

– Onde vocês moram?

– Eu e Leone temos um chalé em Cuneaz.

– Onde fica?

— Nas pistas, uns trezentos metros depois do ponto de chegada do teleférico. Lá tem algumas casas, quase um povoadinho, resumindo, que se chama Cuneaz. Lá nós temos um refúgio. Ontem à noite, Leone desceu para a cidade. Ele sempre vai a pé. Depois, na volta, pega o teleférico.

— E a senhora não o viu mais desde ontem à noite?

— Desde ontem à noite.

Schiavone abriu a gaveta da escrivaninha. Tinha lhe vindo uma vontade de fumar um baseado, talvez só uma tragada, mas se decidiu por um Camel mais oficial.

— Incomoda?

— Não. Eu não fumo, mas Leone sim, e já estou acostumada.

— O que seu marido foi fazer na cidade?

— Ele ia um dia sim, outro não. Descia. Via umas pessoas, dava uma passada na livraria para comprar um romance, coisas desse tipo.

Rocco acendeu o cigarro.

— E ontem à noite ele não voltou...

— Não. Ouvi falar do que aconteceu, e não fechei os olhos. A pessoa que vocês encontraram tinha documentos?

Rocco a fez parar com um gesto da mão.

— Senhora Pec, infelizmente não sabemos a identidade da pessoa encontrada ontem à noite.

Luisa engoliu um monte de angústia. E então os olhos ficaram úmidos.

— Talvez seu marido tenha dormido na cidade, não? Bebeu um pouco demais, e...

— Ele teria me telefonado hoje de manhã!

Schiavone sorriu.

– Senhora, se alguém enche a cara, na manhã seguinte nem sabe onde está, ouça o que estou lhe dizendo.

– Veja, doutor...

– Schiavone.

– Schiavone. Antes de vir para cá, eu passei por todos os lugares que Leone frequenta. E ninguém viu ele ontem à noite.

Uma lágrima rolou pela bochecha de Luisa. Rocco ficou olhando o rosto dela. Estava atraído pelos lábios ligeiramente arqueados para baixo, que lhe davam uma expressão de surpresa e, ao mesmo tempo, sensual. Lágrimas e tristeza destoavam daquele rubor saudável e vital. E esse curioso contraponto tão evidente excitou inopinadamente o subchefe. Luisa enxugou os olhos com a manga do pulôver da Patagonia.

– A senhora quer um pouco de água?

Luisa negou com um gesto de cabeça.

– Não. Queria saber se posso ir ver a pessoa que vocês encontraram. Assim, talvez eu acabe com a minha dúvida, não é? Não consigo ficar sozinha no refúgio. Não com esta angústia.

Rocco se levantou e foi até a janela. Jogou a bituca na rua e fechou os vidros.

– Diga-me uma coisa: esse refúgio, esse chalé, o que é exatamente? Um tipo de galpão?

– Não, doutor. É um pequeno bar-restaurante no meio das montanhas. Antigamente, os refúgios eram refúgios mesmo. Hoje são chalés, sabe? Dá para comer, beber, e são mais bem mobiliados que uma butique em Milão.

— Ah. E é um bom negócio?

— Se a estação está boa, sim. É um ótimo negócio.

Rocco encostou o rosto no vidro e ficou observando as calçadas sujas de neve. Uma mulher que levava uma criança pela mão atravessou a rua.

— Quanto se ganha com um chalé?

— Por quê? Está querendo mudar de profissão?

Rocco deu risada.

— Talvez. — Então, finalmente se voltou e encarou Luisa Pec sentada diante da escrivaninha. — Não. É só para entender. Estou aqui há poucos meses. Venho de Roma, e digamos que eu e as montanhas somos tão distantes quanto... quanto Roma e as montanhas.

Um sorrisinho rompeu as rugas de angústia no rosto de Luisa, que se iluminou como se alguém tivesse acendido uma luzinha dentro dele.

— Bom, o que posso dizer, então? O bastante para viver com mais do que dignidade.

Rocco tornou a se sentar à escrivaninha.

— Quer vê-lo de verdade, Luisa? Não é um espetáculo bonito, sabe?

A mulher mordeu os lábios. Depois assentiu com um gesto de cabeça.

Rocco se levantou.

— O rosto, sabe, não dá mais para reconhecer. Talvez se...

— Leone tem uma tatuagem. No peito.

Rocco olhou para o chão, como se procurasse um objeto precioso que tivesse acabado de cair. A mulher percebeu que alguma coisa não ia bem. Um véu cinzento e invisível se formou de novo sobre o belo rosto de Luisa.

– O que foi, comissário? O que está acontecendo?
– Não tenho certeza de que... tudo bem, deixe pra lá. Como era a tatuagem?
– Eu também a tenho. Nós as fizemos juntos. É um mantra hindu. *Maa vidvishhaavahai*, que quer dizer...
– Que nenhum obstáculo possa surgir entre nós – concluiu Rocco, com a cabeça baixa.
Os olhos de Luisa se dilataram como duas manchas de óleo.
– Como... como o senhor...? – então Luisa entendeu. E começou a chorar.

Ele havia evitado a procissão ao hospital. Tinha mandado o agente Casella acompanhar Luisa Pec até Fumagalli para tomar todas as providências necessárias. Os telefonemas para informar o magistrado e o chefe foram delegados à inspetora Rispoli, um dos poucos agentes em quem confiava quase cegamente.

Agora Rocco estava sentado à escrivaninha. Na frente dele, esticado como um lençol, o mapa do Val d'Ayas. Na frente da escrivaninha, pelo contrário, estava aquilo que o Estado lhe fornecia: o agente D'Intino, que o fitava com um olhar vago, e o agente Deruta, sempre suado e com os cabelos penteados para trás. A inspetora Caterina Rispoli, com seus olhos azuis e cheios de vida, estava um pouco afastada dos dois, quase a sublinhar que tinha um QI muito superior ao dos colegas. O subchefe olhava os dois agentes homens. Sabia perfeitamente que o que estava para lhes confiar era uma tarefa superior à capacidade deles, mas sabia também que aquela tarefa os manteria ocupados por um bom tempo, e a ideia de não ver D'Intino e Deruta vagando pela delegacia o deixava de bom humor.

– Agora, me ouçam. Como eu dizia, Deruta, tenho uma tarefa muito importante para confiar a você.

Emocionado, Deruta engoliu em seco.

– É uma coisa demorada, estressante e muito difícil. Mas é uma tarefa que só dois agentes prestativos, espertos e absolutamente discretos podem levar a cabo.

– Diga, doutor – interveio Deruta, que não cabia em si, com o peito inchado de orgulho.

– D'Intino. Deruta. Vocês agora vão passar em todos os quartéis dos carabinieri, os hotéis, pensões, casas alugadas de... – o subchefe deu uma olhada no mapa – Champoluc, Brusson, Antagnod, quero dizer, todos os povoados nas proximidades de Champoluc em um raio de uns cinquenta quilômetros.

– Mas vai levar uma eternidade! – disse Deruta, entredentes.

– Vai – disse Rocco –; mas por isso mesmo eu escolhi vocês dois.

– Não estou entendendo.

– Não é novidade. O que vocês têm de fazer? Quero os registros de todas as pessoas que se hospedaram nesses lugares. Quero também nome e sobrenome de todas as pessoas que alugaram uma casa, um quarto, um estábulo, uma gruta, nesta semana.

– Quem nós estamos procurando? – perguntou o agente Deruta.

– Se eu soubesse, eu diria o sobrenome e o número do documento pra vocês, não? Muito bem, D'Intino! Deruta! Vocês dois podem ir andando. E, por favor: a inspetora Rispoli coordena aqui da delegacia. Ficou claro?

– Sim, senhor – respondeu Rispoli.

Deruta e D'Intino lançaram um olhar furioso na direção dela. A inspetora Rispoli havia começado a trabalhar fazia apenas um ano e já coordenava.

– Concluindo, Rispoli – prosseguiu o subchefe –, cuide do telefone, do fax, do computador; receba as informações dos nossos agentes e coordene toda a operação.

– Perfeito.

Rocco olhou os dois agentes.

– O que é que está acontecendo? Estou achando vocês dois com cara de quem não está entendendo.

Foi Deruta quem teve coragem.

– Não, é que eu estava pensando que...

– Você não deve pensar. Deve fazer aquilo que eu mando. E agora, uma coisa importante – Rocco pegou o mapa e tentou dobrá-lo. Sem conseguir. No fim, o amarrotou e o jogou no chão. – Porra, como é que a gente dobra essa merda desse mapa? Bem, eu estava dizendo uma coisa importante. Podem deixar de lado as famílias com filhos e os grupos de estudantes ou grupos ligados às igrejas. De resto, tragam-me os nomes assim que possível. Vão em paz.

Deruta e D'Intino se apressaram na direção da porta e saíram. Caterina Rispoli os seguiu. Rocco tornou a chamá-la.

– Fique de olho no Gordo e no Magro.

Caterina sorriu.

– Tudo bem. Fique tranquilo.

Nos últimos quatro meses, Caterina Rispoli fora um uniforme de cabelos curtos para o subchefe Schiavone. Mas, quando viu o sorriso dela pela primeira vez depois de 120 dias, entendeu que por baixo da insígnia e dos sapatos de uso obrigatório havia uma mulher. De 24 anos, com os olhos grandes e as pálpebras um pouquinho caídas, as faces salpicadas de sardas e a boca, pequena e carnuda, sempre pronta para um sorriso. No nariz, uma curvatura minúscula, uma ligeira imperfeição que lhe caía muito bem. O corpo envolto no uniforme estava por descobrir. Mas, o olhar do subchefe, pior que uma radiografia, era capaz de intuir que até nesse aspecto a inspetora Rispoli se saía com louvor.

"Deve ter os peitos empinados", disse Rocco consigo mesmo.

Só faltava um último detalhe.

– Muito bem, inspetora. Pode ir.

Caterina deu meia-volta e os olhos atentos de Rocco se aferraram na hora, como o falcão faz com um rato, nas nádegas arredondadas e firmes da jovem funcionária da polícia.

Tinha de verificar se era comprometida. Esperava que sim. Menos enchęção de saco.

Sentado no bar, bebericando um café, Rocco Schiavone ouviu o sino de uma igreja bater meio-dia. Não tinha vontade de ir para casa. Não tinha fome. Ele se limitava a olhar o céu cinzento, onde as nuvens corriam umas após as outras em uma competição de velocidade sem sentido.

– Doutor, quer comer alguma coisa? – perguntou Ugo, o dono do bar em frente à delegacia. Rocco fez que não com a cabeça. Continuava ali, a olhar o céu.

Quanto tempo ele ainda aguentaria naquela cidade? Não havia nada que fosse seu. Todo Rocco Schiavone estava em Roma. E estava lá havia 46 anos.

"Um lenço na boca", pensava.

Era só o que faltava, um ajuste de contas entre famílias sicilianas ao pé do Monte Rosa.

– Mas é possível alguém se entregar? – perguntou Rocco para o vidro da janela que dava para a rua.

Entretanto, quem respondeu foi Ugo.

– Mas é claro que sim. Mas eu prefiro combater a me fazer prisioneiro.

Rocco sorriu. E, nesse momento, um sinal acústico desagradável e penetrante do seu celular o advertiu de que ele acabava de receber um sms.

Dá uma passadinha aqui?

Era Nora. Tinha se esquecido dela.

Tinha de escolher entre ir à casa dela em Duvet ou ir a Champoluc e começar a cumprir o seu dever.

Escolheu a primeira opção.

– Posso dar um telefonema? – perguntou Rocco, se levantando da cama.

Nora olhava o traseiro dele. Era um belo traseiro. Musculoso, firme e arredondado. Um pouco menos bonitas eram as pernas. Muito finas para um homem, e teriam ficado melhores numa moça. Mas pelo menos eram retas. Talvez um pouco de dieta e de exercício não fizessem mal a Rocco Schiavone. Não tanto por causa dos pneuzinhos; Nora sabia que, depois de certa idade, você não se livra mais deles; e, além disso, segundo um estudo de uma das habituais universidades norte-americanas perdidas em Ohio, também podia ser um fator genético se um homem não conseguia ter uma barriga tanquinho. Até os bíceps não estavam tão ruins. Mas dieta e exercício os teriam tonificado um pouco, bem como os músculos do peito. Eles estavam caindo.

– Por que você não faz um pouco de academia? – perguntou.

Rocco a encarou.

– Nunca fiz. Por que eu deveria começar agora?

– Porque sim.

– Posso dar esse telefonema ou não?

– Sabe que você tem um nariz bonito? – disse Nora, puxando as cobertas e escondendo o seio. – Comprido e pontudo. É estranho. E quanto cabelo você tem! Como era a música? – Nora começou a cantarolar. – *Quanti capelli che hai, non si riesce a contare. Sposta la bottiglia e...**

– Ah, eu estou morrendo de frio! Posso dar esse telefonema ou não?

– Claro que pode – respondeu Nora. Rocco puxou o edredom da cama, deixando Nora só com o lençol, o enrolou em volta do corpo e se dirigiu para a sala.

---

* Quanto cabelo você tem, não dá para contar. Afasta a garrafa e... (N.T.)

– Ai! – disse Nora.

Rocco se voltou, olhando-a sem entender.

– Enrolado nesse cobertor, você se parece com um apache.

O subchefe se viu refletido no espelho ao lado da porta. Sorriu. Ajeitou os cabelos.

– Um huroniano, quem sabe.

E então, sem dizer mais nada, desapareceu pela porta do quarto, arrastando atrás de si o edredom da Ikea.

Era sempre assim. Depois do coito, o humor de Rocco Schiavone ficava mais negro do que a entrada de uma caverna. Depois de quatro meses de convivência, Nora havia entendido. O que ainda não entendia eram os ritmos daquele homem: antes de fazer amor, era intratável. Depois, pior. Só durante se abria uma brecha entre as nuvens que permitia ver o sol, aquilo que Rocco poderia ter sido se a vida lhe tivesse sorrido um pouquinho mais.

Entretanto, Nora não podia passar o resto de seus dias nua e agarrada ao corpo de Rocco Schiavone para ter um pouco de serenidade! Não, com certeza era uma história com pouquíssimo futuro. Ela sabia.

E ele sabia também.

– Doutor Corsi? Subchefe de polícia Schiavone.

– Ah! Que bom. Telefonando até mesmo antes das 24 horas. Tem boas notícias? – a voz do chefe de polícia era forte e vibrante.

– Não sei se são boas. O cadáver se chamava Leone Miccichè. Tinha um refúgio, um chalé, em Cuneaz, ao lado das pistas de Champoluc, junto com a esposa,

Luisa Pec, de 32 anos, que se parece um pouco com Greta Scacchi.

– Com Margherita Buy.

– O quê?

– Ela se parece com a Margherita Buy, não com a Greta Scacchi – respondeu o chefe.

– O senhor a conhece?

– É claro. Gosto de esquiar, e vou sempre ao Belle Cuneaz para comer. Eles fazem uma sopa de cevada que é um espetáculo. Eu conhecia os dois, sabe? Mas, que saco, Leone Miccichè. Que notícia ruim o senhor me dá.

– Sinto muito – disse Rocco, sentindo-se um cretino. – Bem, por enquanto ainda não foi feita a autópsia, mas, com base nos primeiros exames, Fumagalli trabalha com a hipótese de homicídio.

– Puta que...! – xingou o chefe de polícia, evitando terminar a frase. – E posso saber como ele pode ter tanta certeza?

– Claro. Leone Miccichè tinha um lenço amarrotado enfiado na boca.

– Um lenço na boca?

– E uma parte desse lenço foi encontrada na traqueia. Lá dentro, havia um pedaço de língua e dois dentes. Ele os engoliu, porque a traqueia está intacta. Se o gato de neve os tivesse empurrado, a traqueia também estaria esfacelada.

– Correto.

– É. E a morte aconteceu às sete da noite, mais ou menos. Fumagalli será mais preciso depois da comparação da temperatura do corpo com a externa etc. Bem, eu disse para o senhor tudo que sei. Por enquanto. Para falar com os jornalistas, o senhor já tem material.

– Eu gostaria que o senhor também estivesse comigo para falar com essa gente.

– Estou indo a Champoluc. Não quero perder tempo, doutor – Rocco se esquivou.

– Certo. Justo. Vá. Esta noite, a científica saiu de Turim. Estão a caminho. Vá dar uma olhada – e o chefe de polícia encerrou o telefonema sem se despedir.

Rocco se levantou da poltrona. Nora estava ali, apoiada ao batente da porta, com o rosto fresco de quem acabou de acordar.

– Tudo isso que você ouviu, você nunca ouviu – disse Rocco.

– Eu vendo vestidos de noiva. Não sou advogada.

– Bom. Agora, tenho de ir. Lá pro alto. Pro povoado.

– Ok. Hoje à noite?

– Hoje à noite eu volto tarde, com certeza. Vou para casa.

– Se você mudar de ideia...

– Se eu mudar, telefono, se você quiser. Eu sei que, mais cedo ou mais tarde, você vai me mandar à...

– Está enganado. Não vou mandar. Pelo menos, hoje não. E hoje à noite estou com vontade de ver você.

– Tá bom. E desculpe. Talvez um dia eu faça as pazes comigo mesmo.

– Então você me telefona?

– Telefono, Nora.

– Não acredito em você.

Rocco Schiavone fitava a porta fechada do magistrado fazia mais de quinze minutos. Agora ele já sabia de cor as estrias do mogno e já havia encontrado nos traços dos nós da madeira dois elefantes, uma tartaruga marinha e o torso de uma mulher com um umbigo imenso.

Começava a ficar nervoso.

Odiava as convocações, odiava a procuradoria, odiava aquele clima e, acima de tudo, odiava o fato de que faltavam mais de 3.650 dias para os seus 55 anos.

Cinquenta e cinco anos era a meta que ele havia estabelecido.

Não mais tão jovem para poder levar a vida desregrada de um cara de vinte anos, mas não tão velho para ter de ficar em uma cadeira de rodas babando em cima da sopinha e engolindo comprimidos.

O lugar, ele já havia escolhido fazia seis anos, depois de muitos estudos e discussões com a esposa, Marina. Não muito longe do mar, porque ele amava o mar, mas no interior, porque Marina amava o interior. Em Maremma teria sido bom, mas não era o caso de ficar na Itália. Por fim, tinham escolhido a Provença. Aonde ele teria levado os ossos para que ficassem alvejando ao sol até que a morte o separasse daquele paraíso na Terra.

Ainda 3.650 dias.

Uma casa rústica. No interior. Com pelo menos dez hectares de terra, de modo que nenhum pé no saco pudesse dormir perto dele no raio de alguns quilômetros. A casa deveria ter pelo menos seis quartos, para os amigos de Roma. E a piscina. Procurando entre as ofertas imobiliárias de menos de quatro milhões de euros, não encontrava nada nem parecido. Ainda faltava uma boa quantia de dinheiro. Estava pensando na chegada de Sebastiano Cecchetti quando a porta da sala do magistrado se abriu e apareceu Maurizio Baldi. De paletó e gravata, o seu aspecto melhorava muito. Nem parecia mais o companheiro de armas de Rigoni Stern perdido na estepe ucraniana da noite anterior. Pelo contrário, em seu rosto relaxado havia agora a sombra de um sorriso. Rocco o havia imaginado sem cabelos por baixo daquele gorro de pele que ele usava ao pé do teleférico; no entanto, Baldi tinha uma cabeleira loira e esvoaçante com um belo topete liso que o fazia se parecer com um dos cantores do Spandau Ballet.

– Schiavone – disse o magistrado, estendendo a mão.

Rocco se levantou, apertou-a, e o magistrado lhe disse para se sentar.

A sala era pequena. A habitual bandeira tricolor, a foto do presidente, diplomas, certificados e duas estantes envidraçadas com dezenas de livros que ninguém mais lia fazia anos. Sobre a escrivaninha, um código penal e uma foto emoldurada virada para baixo.

– Ontem nós nos despedimos com o pé esquerdo, doutor – disse o magistrado, e finalmente seu sorriso se abriu. – Mas estou em um caso importante de evasão fiscal e não queria esse cadáver nas minhas costas – depois fixou o olhar em Rocco. – Sobre o senhor, sei muitas coisas. Sei por que está aqui, mas também sei que o senhor tem uma porcentagem muito alta de casos resolvidos. É isso?

– Sim, é isso – Rocco estava na defensiva. O homem que estava à sua frente poderia ser o irmão do magistrado encontrado na noite anterior. Não parecia a mesma pessoa.

– Muito bem. O senhor investigou esse Miccichè?

Rocco assentiu.

– Aqui não se fuma, certo?

– Não.

– Miccichè Leone. Quarenta e três anos. A família vive na província de Catania. Eles têm uma vinícola muito importante.

– Foram avisados?

– Sim. Chegam amanhã.

– Ontem eu estava muito nervoso – disse o magistrado, mudando de assunto.

– Não precisa se explicar. Eu também estava.

– Escute, Schiavone. O senhor gosta do seu trabalho?

"Aonde ele quer chegar?", pensou Rocco.

– Não. E o senhor?

– Eu gosto. E há dias em que me vem uma vontade danada de mandar tudo à merda e recomeçar em uma ilha do Oceano Índico, comendo coco.

– O Oceano Índico é perigoso. Tsunami e maremotos estão na ordem do dia – respondeu Rocco, que sabia disso. Tinha sido um dos primeiros destinos que ele havia estudado atentamente com Marina. – E, além disso, tem um serviço de saúde medíocre. É melhor um país civilizado e limpo.

– Civilizado... – disse Baldi com seus botões. – Civilizado, sim, tem razão. Sabe em que eu estava pensando hoje de manhã?

A pergunta era retórica e Rocco não respondeu.

– Estava pensando na seleção de futebol.

– E?

– E então, pense. Veja, por exemplo, o que faz uma seleção de futebol para alcançar os melhores resultados?

– Treina? – arriscou Rocco.

– Não é só isso. Compra os jogadores. Estrangeiros. Concorda?

– Sim. Verdade, é só dar uma olhada na Inter.

– Exato. Formam um time com nível internacional e vencem copas e campeonatos. Diga-me se estou errado.

– Não está.

– Bom, Schiavone. Agora, transfira esse conceito para o nosso país.

Rocco cruzou as pernas.

– Não estou entendendo.

– Imagine que, para alcançar resultados, nós, a Itália, andamos por aí comprando os melhores jogadores.

– Aí o senhor se equivoca; a seleção de futebol italiana precisa ser formada toda por jogadores italianos – objetou Rocco.

– Não estou mais falando de futebol. O futebol é só uma metáfora. Estou me referindo à política. Então, o que eu faria? É comprado um belo primeiro-ministro sueco, um Reinfeldt; aí na economia colocamos um alemão, um Brüderle; depois, na cultura, um francês, a Albanel; na justiça um dinamarquês, aí está! Pense que time divino! E, finalmente, este país deixará de ser a casa da mãe joana. Entendeu?

A possibilidade de que o magistrado sofresse de uma forma de transtorno ciclotímico surgiu com força na mente de Rocco Schiavone.

– Sem tirar nem pôr. Uma bela campanha de aquisições – respondeu, porque lhe dar razão era o melhor caminho.

– Exato! – e o magistrado bateu com o punho na mesa. – Exato, Schiavone. Seria fantástico, não acha?

– Acho.

– Estou brincando, é claro. O senhor não me levou a sério, ou levou?

– Um pouquinho, sim.

– Não. Até porque não basta mudar quem está no comando. Aqui, metade da classe política deveria ser banida. Mas não se preocupe, estou só um pouco enojado com o que eu vejo e leio nos jornais a cada dia. Cuide-se e me mantenha informado – levantou-se de repente, estendendo a mão. Rocco o imitou. Mal eles se cumprimentaram, o magistrado deu uma piscada de olho. – Vamos encontrar esse assassino, certo?

Rocco assentiu, sacudindo a mão de Baldi para cima e para baixo. Depois o olhar recaiu sobre a foto virada na escrivaninha. Os dois homens permaneceram assim, com as mãos entrelaçadas olhando a moldura prateada. Rocco não fez perguntas. Baldi não acrescentou nada. Deu um sorriso falso com os dentes cerrados e soltou a mão do subchefe. Rocco girou nos calcanhares e saiu da sala sem dizer mais nada.

Descendo as escadas da procuradoria pensou que, de luto ou não, tinha que dar uma boa conversada com Luisa Pec.

Italo Pierron percorria suavemente as curvas que, de Verres, conduzem ao Val d'Ayas. Rocco permanecera em silêncio durante toda a viagem, olhando pela janela. Só um quadrado minúsculo do céu havia aparecido em meio à monótona mancha cinzenta das nuvens. Quando a placa da estrada o advertiu de que estavam entrando na comuna de Brusson, o subchefe falou:

– Você é casado, Italo?

– Não, doutor.

– Noivo?

– Nem isso. Tinha uma namorada, mas há três meses a gente se separou.

– E por quê?

– Eu a encontrei no restaurante com outro. Uma velha paixão dela.

– E daí?

– E daí que eu não gostei da história.

Rocco olhou para Italo. Ainda tinha os traços de um menino, mas a boca, que parecia um corte feito com um bisturi no rosto, o fazia parecer alguns anos mais velho. Ao envelhecer, certamente usaria barba ou bigode para esconder os lábios muito finos. A cabeça era pequena, e se movia de forma sincopada. O nariz pouco pronunciado parecia estar sempre alerta. Os olhos eram negros e profundos. Vivos. O agente Pierron se sentiu observado. Lançou um olhar para o subchefe, deu um sorriso e tornou a se concentrar no volante.

Quando criança, Rocco tinha a enciclopédia dos animais, que junto com o *Manual do escoteiro-mirim* e a *Enciclopédia dos quinze* eram os únicos livros da casa. O último volume da enciclopédia, o quinto, era composto por ilustrações feitas por grandes artistas do século XIX. Era o seu preferido. Encurvado no tapete do seu pequeno quarto, ele passava tardes inteiras observando aquelas ilustrações, uma por uma. Sempre tinha se perguntado como aqueles ilustradores faziam para desenhar os retratos dos animais. No século XIX, não havia fotografia. E não acontecia que tucanos e morcegos ficassem ali, bonzinhos e quietos, prontos para obedecer aos pedidos do desenhista. Então, entendeu que os pintores tinham como modelo animais embalsamados. Mortos. Mesmo assim, aquelas ilustrações restituíam uma vitalidade e um movimento que os faziam parecer bem vivos, mais vivos do que nas fotografias. Ele amava as cores, as espécies, principalmente as que agora estavam extintas. Se não fosse por aquelas ilustrações, pensava sempre, agora não saberíamos mais como era um tilacino, ou tigre-da-tasmânia, ou então um quaga, o equídeo africano. Desde aquela época, se no decorrer da vida encontrasse alguém que o fizesse pensar em uma daquelas ilustrações, na mesma hora o catalogava como um zoólogo em seu caderninho mental. Italo Pierron era uma *Mustela nivalis linnaeus*. Mais conhecida como doninha. Já tinha encontrado muitas doninhas, mas, na força policial, nunca.

– Italo – disse, de repente, e o pomo de adão do agente subiu e desceu umas duas vezes. – Italo, você gosta do seu trabalho?

Ele arregalou os olhos. Um sorriso mal apareceu na boca sem lábios. Deu de ombros.

– É um trabalho.
– Quanto ganha um agente de polícia por mês?
– Pouco, doutor. Pouco.
– Sem horário fixo, não? Difícil constituir uma família.
– Não quero uma família. Estou bem assim. Mas porque está me fazendo essas perguntas?
– Para conhecer você. Você é esperto. E você sabe disso. E, na minha opinião, você poderia fazer mais.
– Mais do que eu faço?
– Não. Mais. – E Rocco ficou em silêncio, deixando o agente ruminando essa última frase.
– Escute – tornou a falar –, antes de ir à casa da Luisa Pec, temos de dar uma passadinha na agência dos correios.
– Tudo bem. Mas a esta hora vai estar fechada.
– Não se preocupe, apenas me leve lá.

Quando chegaram na frente da agência dos correios, havia um homem de uns cinquenta anos os esperando na frente da porta. Usava um suéter largo de lã. As bochechas eram vermelhas, e ele esfregava as mãos. Italo estacionou o carro. Mal Rocco desceu, levou um belo tabefe de ar frio. Ainda que fosse dia, a temperatura estava bem abaixo de zero.

– Puta que pariu, que frio do cão! – murmurou o subchefe. – Você me espere aqui! – disse para Italo, tornando a fechar a porta da BMW. Então se dirigiu ao homem na escada, que, na mesma hora, lhe estendeu a mão.
– Sou Riccardo Peroni. O gerente da agência dos correios. Recebi um telefonema da procuradoria...

– Sim, sim... – disse Rocco, apertando-lhe a mão. – Subchefe de polícia Schiavone. Vamos entrar, que aqui a gente fica congelado!

O gerente abriu a porta de vidro da agência e disse para Rocco entrar.

– Feche, por favor – disse o policial, depois de ter entrado.

Peroni obedeceu.

– O que posso fazer pelo senhor?

A agência vazia tinha apenas os números eletrônicos de senha de atendimento iluminados acima dos guichês e as lixeiras cheias de papéis rasgados. Em uma estante, os produtos que os correios vendem e que nada tinham a ver com a atividade deles: livros de receitas culinárias, livros para crianças, alguns best-sellers, canetas e lápis.

"Até os correios fazem jornada dupla para melhorar a renda", pensou Rocco. E lhe passou pela cabeça que ainda precisava pagar a conta de luz do mês passado. Ficou chateado. Poderia ter pensado nisso e resolvido também essa pequena questão doméstica.

– Li em um livro uma coisa que me ficou na cabeça.

– O quê? – perguntou o gerente com um sorriso gentil nos lábios.

– Os correios são como as unhas e os cabelos. Quando alguém morre, eles continuam a crescer. E assim acontece com as cartas e os boletos. Continuam a chegar ao destinatário, ainda que ele já esteja a sete palmos. Verdade, não é?

Peroni pensou um pouquinho no assunto.

– Não tinha encarado sob esse ponto de vista.

– Então, a partir de hoje, toda a correspondência endereçada ao sr. Leone Miccichè o senhor remete para mim na delegacia. Com a maior rapidez.

O gerente ficou sério.

– Mas como? Leone? Morreu?

– O senhor é muito observador.

– E quando?

– Ontem. Nas pistas.

O gerente ficou pálido.

– Era dele o corpo que foi encontrado?

– Dele mesmo. Da cabeça aos pés.

– Coitada da Luisa...

– É mesmo. Deu pra entender? E, por favor, o senhor não deve contar para ninguém. Fui claro?

Peroni olhava para o chão, ainda abalado pela notícia. Schiavone o fez voltar ao mundo real:

– Ei! Entendeu ou não?

– Hã? Ah, sim. Entendi. A correspondência do Leone...

– O senhor tem de mandar para mim. Exato.

Peroni arregalou os olhos, sinal de que o cérebro havia voltado a funcionar.

– Mas não sei. Isso é legal?

– Não. Acho que não – respondeu, tranquilo, o subchefe.

– E então o senhor está me pedindo...

– A correspondência do Leone. Na minha sala, na delegacia, estritamente pessoal.

– Eu preciso ver se, quer dizer, tenho responsabilidades. Não posso prometer para o senhor que...

Peroni não o pressentiu. Só sentiu a dor no rosto e a cabeça que girava em um arco de uns trinta graus à esquerda. Pôs a mão no rosto, bem onde Rocco lhe havia dado o tabefe imprevisto.

– Agora – disse o subchefe, calmo –, vou repetir com educação. O senhor me manda a correspondência do Miccichè ou devo transformar sua vida em um inferno?

O gerente assentiu, assustado. Então, Rocco estendeu o cartão de visita para o homem.

– Está tudo escrito aqui. E obrigado pela colaboração – deu dois passos na direção da porta de vidro, segurou a maçaneta, mas não saiu. Ficou parado, como se dominado por um pensamento imprevisto. Tornou a fitar Peroni, que estava em pé, com o cartão de visita em uma das mãos enquanto com a outra ainda acariciava o rosto.

– Peroni. Nem uma palavra sobre o nosso acordo. Ou então eu volto. Fui claro?

– Sim.

– Bom dia.

Para se chegar às pistas era preciso pegar a cabine do teleférico com seis lugares. Um tipo de vagem presa a um enorme cabo de aço por um gancho de metal. Rocco e Pierron pegaram o de número 69, que partiu a toda velocidade para levá-los a uma altitude de 2 mil metros. O funcionário da cabine olhou fixamente a vestimenta inadequada de Rocco, se detendo nos Clarks por pelo menos uns dez segundos; mas depois, imerso em seu trabalho e no silêncio do habitante das montanhas, não disse nada. Simplesmente verificou o fechamento da porta dupla e se dedicou aos passageiros que vinham em seguida.

– Mas hoje estão esquiando? – disse Rocco, olhando pelas janelinhas de acrílico.

– Só nas pistas lá do alto. Aquela no vale, onde encontramos o Miccichè, está fechada.

A cabine já roçava o topo dos abetos. O bosque envolto em uma neblina densa e impenetrável parecia saído de uma saga celta. Rocco observou o manto de neve em meios às rochas e aos troncos de árvore. Havia as agulhas dos pinheiros, mas, acima de tudo, havia pegadas. Pequenas e grandes.

– Passarinhos, lebres, e também cabritos selvagens e camurças – disse Italo Pierron –, todos procurando comida.

– Tem também doninhas?

– Claro que sim. No inverno, ficam brancas. Por quê?

– Curiosidade minha.

– Ah, bom, as doninhas são espertas. Elas se camuflam.

– Mesmo? – disse Rocco, olhando intensamente os olhos de Italo Pierron, que enrubesceu porque não entendia as intenções do seu superior. Ele o estava estudando, isso era claro. Não sabia o motivo.

– É importante se camuflar, Italo. Se a gente quer viver em um mundo de predadores.

De repente, a nuvem fuliginosa se abriu e um sol ofuscante e forte iluminou a paisagem. Rocco ficou boquiaberto. Haviam passado acima das nuvens, como em um avião. Agora o céu era azul, e ao redor os picos nevados dos Alpes os circundavam como uma coroa. Pareciam ilhas que despontavam de um lago de água cinzenta e espumosa. Rocco semicerrou os olhos por causa da luz ofuscante.

– Que lindo – disse, espontâneo –, muito lindo.

– Não é mesmo? – concordou Italo.

A neve, como uma imensa erupção de chantili macio, cobria as planícies, as escarpas, os rochedos. Vista do alto, não parecia nem uma coisa fria. Pelo contrário, Rocco sentiu vontade de se jogar nela e sair rolando por uns quinze minutos. Até mesmo de comê-la. Deveria ser doce e molinha. Ela cintilava com milhões de centelhas de luz, e se ele olhasse muito fixamente sentia dor nos olhos e a cabeça girando. Os tetos negros de ardósia dos pequenos refúgios e das casinhas estavam submersos, e, não fosse pelas chaminés, teria sido impossível localizá-los. Estavam sepultados no meio daquele mar branco de uma brancura absoluta, como ovelhas felizes no pasto, preguiçosas e sonolentas.

Finalmente, a cabine chegou a seu destino. Rocco desceu, feliz por não ter sentido nem um pouco de vertigem.

Fora da estação do teleférico a neve estava alta, um pouco derretida pelo sol. Esquiadores vestidos com as cores mais disparatadas, a ponto de se parecerem com máscaras de carnaval, estavam esparramados nas mesinhas de um café aproveitando os últimos raios do dia diante de copos espumantes de cerveja. Outros andavam na direção das pistas carregando esquis, bastões e capacetes, caminhando como golems com sapatões grossos e ruidosos. Passou pela cabeça de Rocco a imagem dos condenados de algum círculo do inferno dantesco.

– Mas eles pagam por tudo isso? – perguntou para Italo.

– Senhor subchefe – disse Pierron, acertando de modo incrível o posto de Rocco –, o senhor nunca experimentou esquiar?

– Nunca.

– Pois então saiba que, se tentasse uma só vez, compreenderia. Como antes, no teleférico. O senhor viu? De repente, sol e céu e neve. É assim no esqui. A mesma sensação.

Mas Rocco não o escutava mais. Olhava a neve no chão com os seus sapatos inadequados para aquele lugar.

– Não se preocupe, doutor, a gente tem de andar só uns cem metros. Luigi está esperando a gente.

– Quem é Luigi?

– O chefe dos gatos. Aquele que, ontem à noite, levou a gente lá para o alto. Luigi Bionaz. Ele vai acompanhar a gente até Cuneaz. Está vendo aquele vale lá embaixo?

Rocco olhou. Quatrocentos metros à frente, na metade de uma pista percorrida por esquiadores enlouquecidos de alegria, havia montinhos cobertos de neve.

– Sim, estou vendo. E daí?

– Cuneaz fica ali, atrás daquelas elevações. No verão, é uma caminhadinha. Mas, no inverno, para chegar lá, só mesmo usando raquetes de neve.

– O quê?

– Raquetes de neve... as raquetes, nos pés. Entendeu?

– Ah. Tipo Umberto Nobile?

– Quem?

– Deixa pra lá, Italo. Vamos encontrar o Luigi.

Uns vinte metros fora da estação, de um lado havia uma enorme estrutura de madeira e de pedra. Era a garagem dos gatos de neve. Ao fundo, diante de uma porta de vidro com o logotipo da escola de esqui, os instrutores estavam descansando em bancos de madeira, ao sol, todos de casaco vermelho e calças pretas. Italo ergueu uma das mãos para chamar a atenção de alguém. Rocco, pelo contrário, olhava seus Clarks, que pareciam dois ratos de esgoto encharcados de água.

– Olá! – berrou alguém, que Rocco não conseguia identificar por causa dos reflexos do sol.

– Ah, Luigi está ali. Vamos – disse Italo –, ele está esperando a gente.

Caminhando com dificuldade por causa da neve alta, usando o seu *loden* verde e as calças de veludo cinza, sob os olhares curiosos dos esquiadores, Rocco finalmente chegou à porta da garagem. Luigi Bionaz estava ali, esperando.

– Bom dia, comissário, se lembra de mim?

Na noite anterior, o rosto de Luigi era só uma massa indistinta por baixo de um gorro grosso com protetores de orelhas. Agora, à luz do dia, Rocco finalmente conseguia distinguir os traços. A primeira coisa que chamava a atenção eram os olhos, de um azul tão claro que se pareciam com os do cachorro que puxava trenó, o husky siberiano. As maçãs do rosto altas, a mandíbula forte e os dentes brancos pareciam refletir a neve ao redor. Se tivesse nascido nos Estados Unidos, Luigi Bionaz poderia ter sido um ator de filmes de ação. O corpo e o rosto para isso ele tinha, e não lhe faltava nada para enlouquecer as mulheres de meio hemisfério.

– Eu soube. Leone. Sinto muito. Foi acidente? – perguntou, enquanto preparava um cigarro.

Rocco não disse uma palavra, e Luigi entendeu que não era hora de fazer outras perguntas. Então sorriu e deu duas palmadas no selim de um veículo 4x4.

– Nada de gato. Vamos com este.

Era uma espécie de moto com quatro rodas. Rocco havia guiado uma muitos anos antes, nas dunas de Sharm el-Sheikh na famosa corrida de carros no deserto, onde capotou, quebrando a falange do dedo médio de sua esposa.

– É mais veloz – acrescentou Luigi. – Nas pistas, não é permitido passar com isto aqui – acendeu o cigarro, que ardeu na ponta, deixando cair cinzas na neve –, mas vocês são da polícia, né? Então, quem é que vai falar alguma coisa?

– Verdade. Mas você poderia ter ido nos buscar na estação do teleférico, não é? – disse Rocco. – Encharquei os pés para chegar aqui!

Luigi riu, divertido.

– Doutor, o senhor tem de usar roupas para a montanha! – respondeu o chefe dos gatistas, subindo no quadriciclo.

– Para eu ficar parecendo um palhaço, que nem esses aí? – e indicou com o nariz os esquiadores. – Vamos lá.

Sentou-se atrás de Luigi. Pierron também se sentou.

– Luigi, mas este treco leva três pessoas?

Luigi não respondeu ao subchefe. Ligou o motor e, com um meio sorriso e o cigarro preso entre os dentes, arrancou e partiu.

As quatro rodas dentadas morderam a neve na hora e, deixando para trás uma descarga letal, dispararam o veículo pelas pistas a uma velocidade impressionante. Rocco via os esquiadores sendo roçados pelo veículo enquanto as agulhas dos pinheiros lhe raspavam o rosto. As rodas derrapavam, retomavam a direção, viravam de repente para deslizar sobre uma camada de gelo. Ele sentia o quadriciclo sacolejar, virar de lado, urrar, afundar na neve, se recuperar para depois tornar a se afundar de um golpe, pior que o balançar de um barco no meio das ondas.

Dois minutos de corrida atordoante e chegaram a Cuneaz.

Rocco desceu tirando a neve do *loden*. Depois olhou para Luigi, que ainda tinha o cigarro na boca.

– Na volta, eu dirijo! – disse para ele, cutucando-lhe o peito.

– Por quê? – perguntou, inocente, Luigi. – Sentiu medo?

– Mas que é isso! É uma coisa superdivertida!

Pierron, pelo contrário, tinha uma opinião totalmente diferente. Ele se limitou a balançar a cabeça, desaprovando.

Cuneaz era um autêntico povoado de montanha. Com a pracinha, as casas, a lenha cortada e empilhada em perfeita ordem fora das habitações. Havia três refúgios.

O mais bonito era exatamente o Belle Cuneaz, do pobre Leone Miccichè. Estava fechado. Luigi bateu à porta. Não se passaram nem trinta segundos e o rosto triste de Luisa Pec apareceu no vidro da porta-janela, bem atrás dos adesivos da Visa e do Bancomat. Essenciais, porque permitiram a Rocco ficar com os pés no chão; caso contrário, entre a falta de oxigênio, a paisagem onírica nevada, o silêncio, as chaminés soltando fumaça e as casas de madeira com os misteriosos escritos em letras góticas, ele poderia ter se confundido e achado que estava dentro de uma história escrita pelos irmãos Grimm.

Luisa fez Rocco e Pierron se sentarem em dois sofás Chesterfield.
– Já lhes trago algo para beber. Esquenta e é uma delícia – disse sem sombra de sorriso, como se recitasse algo de cor.

O refúgio, como o chamavam por aquelas bandas, parecia recém-saído de uma revista de decoração. O revestimento de madeira clara nas paredes, o piso de pedra entremeado com um velho parquê de demolição escurecido pelo tempo, a lareira antiga com painel de vidro. As luzes difusas, quentes. As mesas de madeira decapada, e nas paredes belos quadros de paisagens montanhosas do fim do século XIX. O bar era um antigo balcão de farmácia veneziano com o suporte para as bebidas feito com os velhos secadores de palha típicos daqueles vales. Tudo, até os detalhes, dizia claramente: a reforma custou uma fortuna!

E o resultado era espetacular.

A proprietária voltou com uma garrafa de grapa de zimbro e dois copos.

– Mas é verdade que a polícia não bebe em serviço? – perguntou.

– Sim – e Rocco se serviu de uma dose da bebida. Pierron, ao contrário, recusou.

Luigi permanecera de pé, ao lado da janela, como um empregado fiel. Enrolava um segundo cigarro e estava lambendo as bordas para fechá-lo. Rocco olhou para ele.

– Escute, Luigi, você pode ir dar uma voltinha? As coisas que vamos dizer, as dizemos só entre nós.

Luigi colocou o cigarro entre os dentes e, a passos decididos, saiu do chalé.

– Este lugar é incrível – disse Rocco, abrangendo com um olhar a sala principal.

– Obrigada – respondeu Luisa. – Em cima também temos seis quartos e para lá fica o restaurante. Depois vamos vê-lo, é uma sala linda, porque tem um janelão que dá diretamente para o vale.

– É enorme – comentou Rocco. – A gente nem imagina que entre as montanhas...

– Antes aqui era uma escola. Até a guerra. Depois as pessoas abandonaram Cuneaz e foram para Champoluc, e agora...

– A senhora a comprou?

– Eu? Não – disse Luisa com um sorriso. – Era dos meus avós. Digamos que era uma choupana, eles a usavam como estábulo. Um instante – ela se levantou. Foi até a parede da frente, tirou dela uma foto em preto e branco e a levou ao subchefe. – Está vendo? Era assim, antes da reforma.

Rocco olhou a foto. Um casebre de pedra e madeira em ruínas, que vomitava palha pelas janelas sem vidros.

– Bem, é irreconhecível. Vai saber quanto a senhora gastou aqui.

Luisa fez uma careta.

– Nem me fale disso. Perto de uns 400 mil.

O subchefe assobiou como uma chaleira.

– Olhe, antes que o senhor me pergunte, eu digo, todo mundo aqui sabe disso. O dinheiro era do Leone. Se este lugar está assim, é por causa dele – e então o queixo tremeu, a epiglote soltou um som rouco e uma fonte jorrou dos lindos olhos de Luisa Pec. Italo se levantou de um salto, oferecendo-lhe um lenço.

– Desculpem... desculpem.

– Não, a senhora que nos desculpe. Infelizmente, o meu serviço é nojento. Pior que um abutre. Bem... – e Rocco, de um só gole, bebeu a grapa de zimbro.

Era boa. Desceu como uma carícia quente até o estômago e os pés congelados.

– Tenho de perguntar. Leone alguma vez teve problemas com, digamos, gente lá do sul?

Luisa fungou, enxugou as lágrimas e devolveu o lenço a Pierron.

– Como, problemas?

– Ele ou a família, que a senhora saiba, alguma vez teve algo meio escuso na Sicília? Estou falando de crime organizado.

Luisa Pec enrubesceu. Arregalou os olhos.

– Ma... máfia?

– Pode chamá-la assim.

– Leone? Não, meu Deus, não. A família produz vinho. Produzem há cem anos. Uma firma sólida. Está vendo? Aquele ali, são eles que produzem – e, mal se voltando, mostrou uma prateleira cheia de garrafas com muitas etiquetas. – É gente tranquila. Nunca houve uma briga.

– A senhora tem certeza? Alguma vez o viu preocupado por alguma coisa? Algum telefonema misterioso?

– Não. Juro que não – depois uma sombra passou pelo rosto de Luisa Pec. Rocco sabia ler as nuanças, quanto mais uma coisa assim tão evidente.

– O que foi?

– Uns dias atrás, ele telefonou para o Mimmo... Domenico, o irmão mais velho. Brigaram. Mas eu não sei o motivo, talvez não seja nada.

– Talvez.

– Mas o senhor pode perguntar para ele. Eles vão vir para o funeral.

– Eu sei. Aliás, já deveriam ter chegado. Foi um prazer revê-la.

– Estou sempre às ordens. Não quer ver o restaurante?

– Não. Muitas coisas bonitas, uma depois da outra, fazem mal à autoestima – respondeu Rocco, que sorriu e se levantou. Pierron o imitou e apertou a mão de Luisa Pec.

– Coragem – foi a única coisa que Italo disse.

– Coragem? – perguntou o subchefe para Italo, mal eles saíram do Belle Cuneaz. – Mas que história é essa, Italo?

– Tadinha. Está mal, me pareceu...

– O que parece a você, você guarda para si, pensa no assunto, engole e leva para casa. Coragem. Fala sério! Força, Luigi, vamos pegar este negócio e voltar para baixo.

– Agora o senhor dirige? – perguntou o chefe dos gatistas com a bituca apagada na boca.

– Pode apostar.

Um minuto e quarenta e cinco segundos depois o quadriciclo pilotado pelo subchefe de polícia Rocco Schiavone parou na frente da garagem dos gatos de neve.

– Este negócio é bom demais.

– Na vala lá no fim da pista, eu me vi de pernas pro ar – disse Italo Pierron, tirando os restos de neve do casaco acolchoado.

– Porque você não tem confiança.

– Então, a gente se vê? – disse Luigi, se afastando.

– A gente se vê.

Italo e Rocco estavam se dirigindo para a estação do teleférico quando uma voz berrou:

– Doutor! Doutor Schiavone!

Rocco se voltou. Do grupinho de instrutores esparramados nos bancos ele viu surgir o uniforme de Caciuoppolo, o napolitano de esquis. Ele erguia uma das mãos para chamar a atenção e sorria com os dentes brancos. Aproximou-se rápido, com os sapatões e os esquis nas costas. O subchefe foi ao encontro dele, com as mãos nos bolsos, as quais, depois da corrida a 2 mil metros de altitude, haviam se transformado em duas pedras de gelo.

— Caciuoppolo! — respondeu em voz alta, e uma densa nuvem de vapor saiu da sua boca. — Por que é que você não está com a polícia científica?

— Doutor! — o moço levou a mão à testa, fazendo uma saudação militar. — Não queriam a minha presença. Parece que fizemos a maior bagunça no local — o sorriso do agente Caciuoppolo sumiu, seu rosto ficou triste, apesar do bronzeado avermelhado. — Comissa, preciso falar com o senhor.

— Sobre o quê?

— Aqui não.

— E onde?

— Vocês estão voltando lá para baixo?

— Sim.

— Então vou com vocês. Dentro do teleférico é melhor.

Pierron entrou primeiro, depois o subchefe e por fim Caciuoppolo, depois de ter colocado os esquis na parte externa. O encarregado das cabines controlou o fechamento das portas e o veículo ovoide começou a descida.

— Então, o que você tem a me dizer?

— Há coisas que o senhor deve saber. Leone Miccichè, o cadáver...

— Sim?

— Ãhn, ele estava com Luisa Pec fazia três anos. E esperavam um filho.

Rocco fitou os olhos escuros de Caciuoppolo.

— E como você sabe?

— Sei porque Omar me contou.

Italo Pierron assentiu.

– Você o conhece? – Rocco lhe perguntou.

– Sim. Omar é um dos instrutores de esqui. Digamos que seja o chefe, vai – respondeu Italo.

– E o que é que Omar tem a ver com isso? Em vez de ensinar a andar naqueles trecos, o que eles fazem? Fofoca?

– Não – Caciuoppolo deu risada. – Não, veja, doutor. Omar Borghetti era noivo de Luisa Pec. Antes que ela se envolvesse com Leone. E, resumindo, sabe tudo.

– Noivo?

– Sim.

Rocco olhou para fora. O sol estava se esparramando sobre as montanhas, colorindo-as de cor de laranja e fazendo com que elas se parecessem enormes mont blanc de caramelo.

– O noivo. Era isso que você queria me dizer?

– Não só isso, doutor – prosseguiu Caciuoppolo. – Tem uma coisa que talvez o senhor deva saber. Omar Borghetti ficou muito mal quando Luisa o deixou. E não superou isso. Eles queriam arrumar o refúgio juntos. E Omar havia pedido empréstimo e tudo. Depois, o sonho acabou. Bom, o senhor viu Luisa Pec, né?

– E muito bem, Caciuoppolo. Você já tem o suspeito. Muito bem.

– Obrigado.

A cabine se infiltrou entre as nuvens e o céu, as montanhas e o pôr do sol desapareceram, engolidos pela névoa leitosa. O subchefe começou a pensar em voz alta:

– Quer dizer, ele descobriu que Luisa está grávida e perdeu o controle. Pode ser, hein? Não digo que não, Caciuoppolo. Não descartamos nada.

A estação no vale se aproximava cada vez mais. Rocco viu os homens da polícia científica carregando caixas de plástico em suas picapes estacionadas. Ergueu os olhos para o céu.

– E cá está o pessoal da científica – disse. Italo e Caciuoppolo também se aproximaram para olhar. – Sabem como eles são reconhecidos? Quando andam, parece que têm medo de pisar em merda. Deformação profissional. Estão vendo aquele de casaco verde?

E mostrou com o dedo indicador um homem que esperava com os braços cruzados ao lado da picape.

– Aquele é um comissário substituto. E é o chefe.

– Como o senhor sabe? – perguntou Italo.

– Porque o conheço. Ele se chama Luca Farinelli. É um pé no saco de primeira classe, mas é o melhor que existe. Principalmente, tem algo que faz qualquer um perder o juízo.

– E o que seria...? – perguntou Caciuoppolo.

– A esposa. Uma mulher que é um pedaço de mau caminho. Pele morena, cabelos cacheados, olhos verdes. Não dá pra entender como ela se apaixonou pelo Farinelli. Daqui não dá para ver, mas é o homem mais insípido que possa existir. Vocês sabem aquele rosto que a gente vê e esquece?

O celular de Rocco tocou as primeiras notas da "Ode à alegria".

– Diga, Deruta, o que você quer?

– Ah, doutor, estamos trabalhando. Mas tem um monte de nomes ingleses. O que a gente faz, verifica?

– Todos, Deruta, verifiquem todos. Tem mais alguma coisa para me dizer?

– D'Intino.

– O que tem ele?

– Ele teve um treco.

Rocco soltou uma risada libertadora.

– E como foi?

– Ele viu o cadáver do Miccichè. Primeiro ele ficou branco, depois roxo, depois se esparramou no chão. Agora está no hospital, mas dizem que amanhã ele já pode sair.

– Tudo bem, Deruta. Tudo bem. Pra mim, me parece uma bela notícia.

– O senhor acha?

– Isso. Cuidem-se – e, rindo sozinho, colocou o celular no bolso. Pierron o estava interrogando com os olhos, mas Rocco não viu motivo para satisfazer a curiosidade do jovem agente.

O veículo ovoide se deteve, vomitando os três policiais.

– Então, Italo, você vai ao bar com o Caciuoppolo, e troquem os números de telefone. Eu vou falar com o Farinelli. Fiquem bem. Ah, não, um instante. Italo, me dá um cigarro.

Pierron pegou o maço de Chesterfield e ofereceu um ao chefe.

– Por que você não compra Camel, Italo? Não gosto do Chesterfield – Rocco colocou o cigarro na boca e o acendeu, enquanto os dois jovens agentes se dirigiam à escada de ferro que levava à rua principal de Champoluc. O subchefe fez um movimento para relaxar o pescoço e se dirigiu ao estacionamento onde o esperava o comissário substituto da científica.

— Como vai indo?
— Indo — respondeu Rocco. — O que você me diz?
— Vocês fizeram uma baita confusão.
— Farinelli, passe para os finalmentes. Minha perna direita está doendo, estou com os pés congelados, estou fumando um cigarro que tem gosto de ferro e não tenho tempo. Tem alguma coisa que me interesse?
— Esta.

Tirou do bolso um saquinho de plástico. Dentro, havia partículas indistintas, pequenas e negras. Pareciam mosquitos grudados num para-brisa.

— O que é isso?
— Tabaco. Tinha bastante, está vendo?
— Tabaco?
— Vamos fazer as análises e ver se descobrimos mais alguma coisa.
— Sim, tudo bem, boa noite. — Rocco sabia que as análises desse tipo levavam uma eternidade. E sabia também que, se o assassino não é preso nas primeiras 48 horas, depois fica tarde demais. — Marlboro light. O cadáver tinha um maço no bolso. Ele o fumou.
— Ah. Bom. Ele fumou. Então... — tornou a colocar o saquinho no bolso. — Alguém urinou na árvore na frente do local do crime. Colhemos a urina.
— Jogue fora.

Farinelli encarou Rocco, virando a cabeça de lado, como se não tivesse entendido bem.

– É do agente Casella.

Farinelli se acabrunhou.

– Tinha um monte de pegadas, mas aposto que, se fizermos a análise, descobriremos que é coisa de vocês.

– As minhas são fáceis de reconhecer – Rocco ergueu o pé e o indicou. – Sou o único com Clarks.

– Esses são Clarks?

– Antes, eram.

– Parecem dois farrapos. Preciso informar ao juiz.

– Faça o que achar melhor.

– Você vem também e informamos juntos?

– Não, tenho o que fazer.

– Escute, Schiavone, como você procede não me interessa nem um pouco. Eu sigo os procedimentos.

– E muito bem, siga-os. Mas você deu uma olhada no cadáver?

Farinelli assentiu, enquanto Rocco jogava fora a bituca do cigarro.

– Coletei material debaixo das unhas – respondeu o comissário substituto.

– Muito bom. E o que encontrou?

– Nada. Não houve briga. Só traços de tecido preto, mas... – Farinelli se inclinou. No chão, tinha uma valise pequena com cadeado com segredo. Abriu-a. – Embaixo das lâminas do gato nós encontramos de tudo. Pedaços de roupa, sangue, vômito, dois dentes e até esta coisa aqui.

Pegou outro saquinho. Dentro, havia um dedo de luva preta. O homem da científica se levantou e mostrou o conteúdo ao subchefe.

– Restos de uma luva. E tenho certeza de que as fibras que o fulano tinha sob as unhas pertencem a isto aqui. É couro. Agora vou procurar saber o modelo e a marca.

– Tranquilo, eu sei. Essa é uma luva de esqui, de couro, da marca Colmar. A outra nós achamos perto do cadáver.

– É importante? – perguntou Farinelli, olhando Rocco nos olhos.

– É fundamental.

Tinha desligado o celular. Agora, sob um céu negro sem estrelas, com o *loden* bem junto do corpo e com um novo par de Clarks nos pés, Rocco Schiavone estava na piazza Manzetti, na frente da estação. Tinha parado o carro em fila dupla e berrado com um policial de trânsito que queria lhe advertir sobre o ocorrido. O trem com Sebastiano estava cerca de meia hora atrasado.

Finalmente ouviu o ruído das rodas do trem nos trilhos. Jogou fora o cigarro e entrou na estação. Havia pouca gente. O Café de la Gare estava vazio, quase fechando. Mas Rocco não estava com vontade de beber nada, nem de tomar um café. Só queria abraçar Sebastiano, ir comer alguma coisa com ele e falar dos velhos tempos.

Ele o viu descer do vagão. Alto, grande, com uma malinha de caixeiro-viajante, a barba sempre comprida e os cabelos negros encaracolados e despenteados. Sebastiano, na classificação zoológica mental de Rocco, era um *Ursus arctos horribilis*, nome feio para indicar o urso-cinzento. Tranquilo, bonito, grande, mas muito, muito perigoso. Ficou embaixo do poste de luz, bem à vista, esperando-o. Mal o reconheceu, Sebastiano sorriu e apressou o passo, embora tivesse comprado um par de sapatos que deveria pesar uns setenta quilos.

Eles se abraçaram sem dizer nada.

Sebastiano tinha escolhido ir ao Pam Pam, restaurante dos artistas. Recomendado no guia *Gambero Rosso*, o único livro que ele sempre levava, e com muitos comentários positivos na internet. Perante a tábua de frios com *mocetta** e uma garrafa de Le Cret, finalmente Sebastiano e Rocco se reencontraram.

– Como você está agora?

– Você vê, Seba, eu estou igual a quando você joga sete e meio e tem um cinco na mão.

– Uma merda – concluiu Sebastiano.

– Exato. E você?

Sebastiano enfiou uma fatia de presunto na boca e a engoliu.

– Roma não é mais Roma. Já faz um tempinho que não é mais Roma. Estou mal lá. Estamos todos mal. A propósito, Furio, Bizio e Cerveteri mandam lembranças.

– Como eles estão? – perguntou Rocco, com um sorriso de terna nostalgia nos lábios.

– Bizio está brigando com a pensão alimentícia e com os advogados. Furio abriu dois locais com máquinas caça-níqueis e Cerveteri parece que encontrou um nicho bom nos Estados Unidos.

---

* Embutido típico do Vale d'Aosta e da região setentrional do Piemonte, produzido com carne bovina, suína, ovina ou de animais selvagens como a camurça. (N.T.)

– Ainda negocia coisas etruscas?

– Não. Está negociando quadros. Depois da história do vaso de Eufrônio roubado e vendido para o museu norte-americano, com todo o barulho que a imprensa fez, esse é um canal arriscado e não dá mais pra ganhar um euro.

– É claro. – Rocco pegou uma fatia de presunto cru do Tirol e a enfiou inteira na boca. – Por que você disse que Roma não é mais Roma?

– Por quê? As pessoas. Quando a gente era pequeno e brincava em San Cosimato na hora do almoço você ouvia: "Ô Mario! Vem pra casa! Se você não vier agora mesmo depois a gente acerta, pestinha dos infernos!".

– E como não. Se eu ralasse um joelho, a mãe me dava uma das boas.

– Mas nem os meninos na rua você vê mais. E se a mãe chama, diz: "Enrico, puta que pariu! Se você não vem, eu te quebro a cara!" – Sebastiano olhou, triste, para o amigo. – Tá entendendo? Uma mãe que diz eu te quebro a cara pro filho. Não é possível. E você sabe por quê? Porque não têm mais um tostão. Estão todos com raiva, afogados em dívidas e nos carros e ônibus dos turistas que estacionam até na privada da sua casa. Enquanto isso, você, se não tiver permissão, encontra uma multa de cem euros no para-brisa. E aí tem uma coisa que me dilacera o coração – Sebastiano encheu meio copo de vinho e o engoliu de um só gole. – Os velhos. Você vai a um mercado. Em Trastevere, no Campo dei Fiori, na piazza Crati, onde você quiser. E espera a hora de fechar. Antes dos caminhões de lixo, chegam eles. Os velhos. Alguns até de terno e gravata, sabe? Eles vão lá com a sacola de plástico e recolhem as frutas e as verduras ainda boas. E não são mendigos, Rocco. São aposentados. Gente que trabalhou a vida toda. Que deveria estar em casa brincando com os netos, lendo, assistindo televisão. E, no entanto, estão ali, faça chuva ou faça sol, pegando a erva-doce e os brócolis velhos.

Rocco assentiu.

– Eu sei, Sebastiano, eu sei. – Ele também terminou o copo de vinho. – Eu sei de tudo isso. Não faz tanto tempo que fui embora, não é? Só quatro meses.

– E, além do mais, Rocco meu amigo, agora os ciganos dão as ordens. Mas não aqueles dos trailers: os das casas de campo e dos apartamentos no centro.

– Eles sempre deram as ordens – respondeu Rocco, fitando os olhos do amigo, bovinos, calmos e tranquilos. Seba era um dos que sempre reclamavam. Desde quando o conheceu, no primeiro dia do ensino básico. O laço de fita do uniforme era de nylon e fedia. O colarinho muito engomado machucava o pescoço; a capa do livro-texto caía. A caneta azul e a caneta vermelha nunca escreviam. E até o Pai Nosso que estais no céu, recitado todos os dias antes das lições, era comprido demais e ele não entendia a história do "perdoai as nossas ofensas". Mas, agora, no olhar do amigo, Rocco lia uma curiosa nostalgia. "Seriam os cabelos brancos?", pensou, "ou talvez eu fique sabendo mais amanhã." Mas parecia o olhar de alguém que estava para se entregar. Que estava a ponto de desistir de tudo.

– Eu quero ir embora – tornou a falar Sebastiano –, mas ainda é cedo. E você?

– Agora estou aqui. Espero. Ainda falta um bom tempo. Mas não acontece nada, a gente precisa fazer a coisa acontecer.

– Pelo menos esta cidade é calma, não é?

– Parecia. Mas acabou de aparecer um cadáver. Um siciliano. Ele foi morto na pista de esqui.

– Acidente?

– Mas quê! Homicídio.

– Bela encheção de saco.

– Grau dez, com grande louvor – encerrou Rocco. – Dorme lá em casa?

– Não. Reservei um hotel. E é coisa de uns dias.

Rocco não fez perguntas. Sabia que, mal Sebastiano acabasse de beber o vinho, ele falaria.

E de fato o amigo falou.

– Então, Rocco, a coisa é simples. É um caminhão que passa a fronteira. Transporta mobília étnica. Vem de Roterdã e vai direto para Turim.

– Quando?

– Depois de amanhã à noite. No caminhão, vai ter uma caixa. Tenho as referências. Na tampa, está escrito *Chant number 4*. Que, em inglês, quer dizer canto número 4. Era uma música do Spandau Ballet.

– E o que tem dentro dessa caixa?

– Maria.

– Quanta marijuana?

– Uns quilos.

Rocco fez um cálculo rápido.

– Quem deu a informação?

– Ernst.

– E você confia no alemão?

– Pouco. Mas o que temos a perder?

– Como vai ser a história? Como você quer fazer?

– Simples. Digamos que a gente pare o caminhão, controle a carga, descubra a merda toda e você confisque. E o que chegar na delegacia, chegou. Eles não vão estar ali pra pesar, certo?

– E onde colocamos a mercadoria que sobrar?

– Nisso eu penso. Eu levo pra Roma.

– Quanto tem pra mim?

– Trinta mil euros.

– Livres?

– Livres. Como sempre. Dou para o advogado e ele pensa no assunto.

Rocco assentiu.

– Certo, certo. Eu passaria muito bem sem essa merda, mas... tudo bem. Você e eu?

– Eu e você. À paisana – respondeu Sebastiano.

– Quantos caminhoneiros?

– Não sei, Rocco.

– Se vem vindo de Roterdã, existe a possibilidade de que sejam dois. Nos trajetos longos, eles se revezam.

O garçom se aproximou da mesa, e Rocco e Sebastiano se calaram. Com um sorriso, o moço levou a tábua de frios, agora vazia.

– Os senhores já escolheram?

– Sim – disse Sebastiano, que havia estudado o menu e já sabia tudo de cor. – Duas costolette alla valdostana e uma polenta concia, nós vamos de meio a meio.

O garçom o olhou sem entender. Sebastiano explicou a expressão:

– Nós vamos de meio a meio significa que vamos dividir.

– Ah. Tudo bem.

– Para o vinho, traga-nos um tinto tranquilo. Mas seco. Senão, entre o queijo fontina, a manteiga e os ovos não se sente o sabor.

– Certo – disse o garçom, zeloso. – Então, sugiro um Enfer d'Arvier.

– Ótimo! – disse Sebastiano, sorrindo.

O garçom, com uma ligeira mesura, desapareceu.

– Se a comida deles é igual aos embutidos e aos vinhos, este lugar é um paraíso.

– Não é igual, Sebastia. É melhor!

– Vamos falar de nós – retomou Sebastiano. – Você diz que podem ser dois caminhoneiros. E o que você propõe?

– Eu estava pensando que um uniforme poderia ajudar.

– Serve alguém de confiança. Você tem?

Rocco pensou no assunto.

– Talvez sim. Três e meio para ele, pode ser?

– Eu dou mil e quinhentos, e você dois?

– Combinado. Até amanhã eu te falo.

Fizeram um brinde ao caso. E aí passaram às coisas sérias.

– Como andam as garotas de programa por aqui? – perguntou Sebastiano.

– Bem. Tem umas.

– E eu, o que é que eu faço hoje à noite?

Rocco colocou a mão no bolso. Pegou a carteira, abriu e tirou um cartão.

– Pegue. No início, foi útil para mim. São 150, e vão ao seu quarto.

Sebastiano pegou o cartão.

– Mas são italianas?

– Depende. Se você tiver sorte, sim. Senão, costumam ser moldavas.

– Melhor. Não falam. 150 euros, você disse? Dá pra ser.

Dez. São dez horas e eu me sinto como se fossem três da madrugada. Até deixei ligada a televisão e as luzes acesas. Que confusão.

"Muito bem! Nesta foto, você está esplêndida. Tem uma postura sensual de uma verdadeira top model."

Tem uma moça negra na televisão, bonita, com os cabelos lisos. Acho que é uma peruca. Uma ex-modelo famosa. Ela se chama Tyra Banks. Eu me sento no sofá e fico olhando para ela. É um tipo de concurso. Tem um grupo de mulheres pavorosas querendo se tornar a próxima top model dos Estados Unidos.

"Muito bem, Jeannie... você deu o melhor de si."

Que porra de programa. Uma ex-top model, um trans e um punhado de idiotas que decidem quem é a melhor. Coisa de louco.

– Por que você está assistindo? – pergunto a Marina, que está largada na poltrona. Marina me sorri, mas não me responde.

– Eu vi o Sebastiano. Está aqui por causa de um negócio, mas vai embora logo.

– Você podia trazê-lo aqui em casa – me diz Marina.

– Reservou um hotel. Prefere assim.

Marina dá de ombros. Não me pergunta nada. Não quer saber. Nunca quis saber.

"Está vendo, Elizabeth? Nesta foto, você não deu o seu melhor", diz a Tyra Banks da televisão a uma das candidatas. "Você está cansada, sem energias."

– Como está o Sebastiano?

– Vai indo. Grande e silencioso. Quer ir embora de Roma.

Marina sorri. Sabe que aquele urso nunca irá embora da sua toca. Sebastiano vai morrer em Roma.

Marina me olha. Quer saber. E então eu conto.

– Se chamava Leone Miccichè. Foi assassinado. Por enquanto, não sei absolutamente nada. Só que era siciliano e que tinha um lenço enfiado na boca.

– Um lenço enfiado na boca?

– Sei no que você está pensando. Mas não tem nada a ver com a máfia ou alguma porra de vingança.

– Por quê?

– Por dois motivos: primeiro, se a máfia te mata, ou ninguém mais encontra o cadáver, ou, se é para servir de exemplo, quer dizer, um recado, você pode encontrar o morto no meio da rua, ou numa calçada, ou embaixo de um viaduto. Todo mundo tem de vê-lo, né? Você não deixa o corpo no meio de um bosque, em um atalho que só os gatos de neve usam.

– Segundo motivo?

– *Na boca não se enfiam lenços de pescoço. Botam pedras, isso significa que você falou demais, ou então o próprio pinto. Não. Quem o matou é daqui. Ou melhor, é de Champoluc.*

"*Muito bem, Eveline*", diz Tyra Banks, enquanto olha a foto de uma menina anoréxica alta como um poste, "*aqui finalmente você é você mesma!*"

– *Esse programa me encheu* – disse Marina. – *Mude, veja se tem qualquer outra coisa.*

– *Então por que você estava assistindo?* – pergunto.

Marina sorri.

– *Porque as meninas são bonitas. Cretinas, mas bonitas. E me fazem lembrar de quando eu tinha a idade delas.*

– *Você era bonita, mas não era cretina.*

Marina me olha.

– *Corrija. Você era bonita, mas não é cretina. Soa melhor, não?*

– *É verdade, você não é cretina* – digo. E os meus olhos se enchem de algo líquido. Tenho de esfregá-los pelo menos três vezes, senão não consigo ver nem o sofá em que estou sentado.

– *Não chore, Rocco. Não vale a pena. Eu vou para a cama.*

Ela se levanta, pega o seu bloco de notas e se dirige para o corredor.

– *Você desliga?*

– *Claro* – eu digo. – *O que temos hoje?*

– *Hoje a palavra é* sanioso. *Que quer dizer: "Que tem sânie, solta líquido seropurulento".*

– *Quem é que solta líquido seropurulento, Marì?*

— Normalmente, quem cerze com uma agulha sem ser cuidadoso.

Cerzir. Não ter cuidado. Sanioso. Soltar líquido seropurulento.

— Sou eu, Marì?

Mas ela já foi dormir.

Desligo a televisão e dentro de casa cai o silêncio, como cem quilos de chumbo. Apago também as luzes. Fico em pé, olhando a sala. É estranha. A televisão está desligada. Mas emite um brilho claro, mais claro que a escuridão. E, por fim, eu entendo. Ou eu dou fim nessa televisão ou arrumo outra. Daquelas novas, de plasma, HD. Mas gosto tanto desta. Ela me faz recordar tantas coisas.

As recordações.

Foram elas que sempre me deixaram na mão.

Havia um poeta alemão que dizia que o passado é um morto sem cadáver.

Não é verdade.

O passado é um morto cujo cadáver nunca deixa de vir ao nosso encontro. À noite, assim como de dia. E a coisa até nos agrada. Porque o dia em que o passado não mais se fizer presente na nossa casa, significa que a gente faz parte dele. A gente se tornou passado.

Talvez eu deva transar mais.

SÁBADO

Domenico e Lia Miccichè, irmão e cunhada do defunto, estavam sentados no salão revestido de veludo verde do Hotel Europa. Domenico era gordo. Sua esposa também. E estavam com a cara triste. Mas era aquela tristeza um pouco genérica, do tipo fácil de encontrar, que cai bem tanto para uma péssima nota do filho na escola quanto para o carro destruído que a gente tem mais é que se desfazer.

Mal viram Rocco Schiavone, se apresentaram. Para o policial, não passou despercebido o hálito ligeiramente alcoolizado da cunhada. Domenico Miccichè, por sua vez, pronunciou o próprio nome entredentes. Quase como se se envergonhasse dele. Já havia estado no necrotério. Havia cumprido as formalidades e parecia não ver a hora de voltar para sua vinícola. Falaram do frio, da neve, até que Domenico disse:

– Por quê?

Rocco balançou a cabeça.

– Por enquanto, só posso lhes dizer quando, e em que horário. Para o *porquê* e o *quem*, ainda não estou pronto.

Domenico Miccichè sentou-se na poltrona de veludo, seguido pela esposa. Não restou a Rocco senão imitá-los.

– Entretanto, eu teria algumas perguntas para lhes fazer.

— Se puder ajudar na investigação – disse Domenico. Da malha preta de gola olímpica despontava o rosto, avermelhado como uma boia. Na testa, exatamente na raiz dos cabelos encaracolados, havia uma mancha oleosa. Podia ser suor, ou então fixador para os cabelos. O relógio era um Rolex com caixa de aço. E entre os pelos negros do pulso surgia um bracelete de ouro.

— Leone, o seu irmão, vivia aqui fazia três anos. Havia se mudado para um chalé com...

— Luisa – Lia terminou a frase, acariciando o queixo duplo e fazendo tilintar um colar que trazia sobre o cardigã branco.

— Isso. Luisa Pec. Financeiramente, parece que as coisas andavam até que bem. Mas há uma coisa que talvez os senhores pudessem me ajudar a entender. Há alguns dias, o senhor e o seu irmão brigaram ao telefone, pelo que me diz a esposa dele.

Domenico bufou.

— Sempre a mesma história. O senhor vê, eu comprei há uns anos a parte do Leone na vinícola. Mas nós ainda temos umas propriedades em conjunto. Leone queria vendê-las.

— E quais seriam?

— Uma propriedade rural que precisa de reformas perto de Erice e uma casa de pedra na ilha de Pantelleria.

— E de quanto dinheiro estamos falando, sr. Miccichè?

— Mais ou menos um milhão. Para dividir, é claro.

— É claro.

Domenico se ajeitou melhor na poltrona.

– Escute, doutor. A minha vinícola fatura mais de seis milhões ao ano, como consta na declaração de renda. O senhor não vai achar que eu, por menos de 500 mil euros...

Rocco o deteve com um simples gesto da mão.

– Eu não acho nada, sr. Miccichè. Quero enxergar as coisas com clareza. E o senhor, me dando essa notícia, está apenas poupando meu tempo. Seu irmão, portanto, queria vender, e o senhor não.

– Não é bem assim.

– Isso é o que Luisa diz – interferiu Lia Miccichè.

– Por favor, Lia. Me deixa falar? É do meu irmão que se trata!

Lia abaixou o olhar.

– Desculpe, doutor. Então, eu estava dizendo, não é bem assim. Eu também gostaria de vender; mas a um bom preço. Ou então comprar a parte dele. Veja, o Leone queria esses 500 mil euros, e não sei o que ele queria fazer com eles. Só que nós não entrávamos em acordo. Sabe como é com os irmãos?

– Não. Não sei. O senhor me diga.

– Processo de cristalização, senhor subchefe. Histórias que duram anos, e se gangrenam, a um ponto que já não se sabe mais como elas começaram. Eu sou mais velho que Leone, cinco anos. E ele sempre foi o cabeça quente lá de casa. Na morte da nossa mãe e do nosso pai, se não fosse por mim, ele teria acabado com a vinícola toda. O Leone era assim. Corria sem pensar nos prós e nos contras. Vivia desse jeito, fazendo o que mais lhe agradava no momento.

– O senhor sabe quanto dinheiro ele deixou ao morrer?

– Não. Não sei.

– Sabendo como ele era, não creio que seja muito – tornou a interferir Lia. – Talvez até tenha dívidas para saldar.

Rocco olhou para a mulher, com seus lábios pequenos e úmidos encravados em um rosto branco e oleoso.

– Uma propriedade rural e uma casa de pedra na Pantelleria vão dar e sobrar, não acha, sra. Miccichè?

– Não. Porque agora essas propriedades passam do Leone para a mulher dele. E me espanta que um homem da lei como o senhor não saiba de certas coisas!

– E talvez a senhora se espante ainda mais ao saber que, além do dinheiro, também são herdadas as dívidas. Então, poderá ser um problema para Luisa Pec, a senhora não acha?

Lia Miccichè se calou. O marido lhe lançou um olhar raivoso. Se os olhos dele fossem facas, Lia Miccichè teria passado desta para melhor há um bom tempo.

Rocco não aguentava mais ficar ali sentado conversando com aqueles dois. As cuecas lhe pinicavam, e ele queria dar uma boa de uma coçada, andar um pouco, fumar um cigarro.

– Eu e meu irmão nunca nos estimamos muito – disse, de repente, Domenico –, desde sempre. Eu esperava que um dia, talvez, quem sabe, as coisas se arranjassem. Pelo contrário, nada se arranjou. E é tarde demais.

– É, é tarde demais – concordou Rocco –, e, por falar nisso, para mim também.

O bar ao pé da estação do teleférico era o posto preferido do pobre Leone Miccichè. Era o mesmo frequentado pelos gatistas e pelos instrutores de esqui. O defunto, à noite, tinha estado ali batendo papo com Mario e Michael, os gerentes do lugar. Naquela hora, só estava Mario. Rocco se sentou no banco de madeira, apoiou os cotovelos no balcão, um tronco inteiriço de madeira entalhada, e ficou olhando a rua através do janelão ainda com a decoração natalina no peitoril. Mario estava de costas, enchendo a máquina de café com grãos. E não se preocupava com aquela criatura usando um *loden* e com o rosto cansado sentado no banco já fazia algum tempo.

– Pra ter um café precisa de um mandado? – disse Rocco, sempre olhando pela janela.

Mario se virou, sorriu e se aproximou do balcão.

– Bom dia, o que o senhor quer, um café?

– Não. Cem gramas de presunto curado. Mas é claro que quero um café. É um bar, não é?

Mario fez uma careta e se aproximou da máquina Faema.

– O senhor é o Mario? – perguntou Rocco.

O homem assentiu enquanto colocava uma xícara embaixo do braço da máquina de expresso.

– Conhecia o Leone, não é?

– Sim. Estava sempre por aqui. Coitado. Que fim triste.

– Faça o café ristretto. Como ele era?

– Quem, o Leone?

– Exatamente.

– Era um cara cheio de energia, sabe? – colocou o café no balcão. Rocco colocou nele meio envelopinho de açúcar. – Quando chegou aqui, nunca tinha visto uma montanha. E nem dois anos depois já esquiava e, no verão, escalava. Tem um monte de lugares lindos pra escalar por estes lados, sabe?

– Escute aqui. Ele enchia o saco de quem?

O barman olhou o subchefe sem entender.

– Tinha alguém que odiasse o Leone? – Rocco bebeu o café. Era bom e cremoso.

– Ah, não. Ninguém. E, além do mais, por quê? Ele cuidava da vida dele. Sempre gentil. Estava com a Luisa e tinham aberto aquele refúgio tão lindo lá em Cuneaz.

– Algum concorrente nos negócios?

– Aqui em Champoluc? Não. Tem dinheiro suficiente pra todo mundo, sabe? Não, eram tranquilos e benquistos, ele e a Luisa. Queriam começar uma família. Pobrezinhos. E quase conseguiram, sabe?

– O quê?

– Luisa está esperando um filho do Leone. Descobriu faz um mês, subchefe.

– E como o senhor sabe quem eu sou?

– Já vi o senhor. Na noite do homicídio. O Luigi levou o senhor até Crest com o gato. Luigi Bionaz é um grande amigo meu, e é primo do meu sócio, Michael. Somos todos um pouco parentes em Champoluc. Quero dizer, nós, os nativos, sabe?

Rocco lambeu a colherinha.

– É bom, este café. Obrigado. Escute aqui, Mario. Qual é a loja de artigos esportivos menos cara por aqui?

– O senhor sai, segue cem metros e, na mesma calçada, tem uma loja. É ótima, e é a menos cara, sabe?

– É da sua prima?

Mario deu risada.

– Não. Simplesmente de uma amiga minha.

– Aqui, vocês todos são um pouco aparentados, não?

– Quase todos, sabe?

– E então me explique por que, se são todos parentes, passou pela cabeça de alguém acabar com o Leone?

– Quem disse pro senhor que é alguém daqui? Pode também ter vindo de fora, não?

– Não; é daqui, acredite em mim. Só tenho de entender a razão.

Rocco tirou um euro do bolso, se levantou do banco e saiu do bar sem se despedir.

O ar estava fino e queimava os pulmões. O subchefe olhava as casas com tetos inclinados e a neve gelada e suja nos cantos da rua. Um carro passou com as correntes fazendo barulho no asfalto. Um supermercado pequeno estava cheio de ingleses, cada qual com duas cervejas na mão na fila do caixa. A vitrine da loja da amiga de Mario estava decorada com flocos falsos de neve feitos de isopor cobertos com purpurina prateada. Bem à vista, vários esquis muito coloridos. Rocco ficou espantado com o preço. Abaixo de oitocentos euros não se fazia negócio.

Entrou.

Uma campainha tocou para avisar que um cliente acabara de chegar. Rocco olhou ao redor, mas não tinha nem sombra da proprietária. Havia estantes, o balcão com o caixa, suéteres, chapéus, luvas, calças, jaquetas para neve, macacões para esquiar e sapatos pesados.

– Oi! Tem alguém aí?

Ninguém. Nenhuma resposta. Pensou no que teria acontecido com essa loja sem atendentes em uma rua qualquer de Roma. Teriam-na limpado como uma espinha de peixe. Ele se aproximou do balcão do caixa. Pelo menos isso estava fechado. No ar havia um cheiro bom de madeira e de resina. E, se respirasse prestando atenção, tinha também um ligeiro aroma de geleia de cereja. Os passos rangiam no piso de madeira. Um belo piso; parquê. Teria ficado bem até em uma casa na praia, assim clarinho.

"Carvalho", disse Rocco com seus botões, "sem nós. Boa escolha."

Ao lado do caixa havia um computador portátil ligado. Um Vaio de última geração, a primeira coisa que, em Roma, teriam levado num piscar de olhos. No monitor, o subchefe reconheceu a imagem do teleférico que partia a 2 mil metros. Dava para ver um pedaço da garagem que abrigava os gatos, o escritório dos instrutores de esqui. Rocco se aproximou do monitor. O notebook estava conectado ao site do Monterosa Ski.

Rocco estava observando aquela imagem fixa quando a campainha da porta soou. Uma mulher de uns 35 anos, alta, com os cabelos escuros e curtos, maçãs do rosto salientes, entrou sorrindo.

– Bom dia. Em que posso atendê-lo?

Rocco gostou da proprietária na hora. Afastou-se do balcão.

– Olá. Olhe só como eu fiquei – e indicou os Clarks, que, de sapatos tinham só o nome. – O seu amigo Mario me disse que aqui vocês têm os melhores preços de Champoluc.

– E disse a verdade. Preços melhores e qualidade superior. É o meu lema. Tenho vários modelos, que número o senhor calça?

– 44.

A mulher desapareceu por trás de uma coluna revestida de espelhos cheios de adesivos.

– Venha – disse a dona da loja, por trás de um biombo, e Rocco se aproximou.

Ela havia se inclinado para pegar alguns modelos de sapatos na prateleira mais baixa da estante. A ação havia provocado a descida das calças compridas, pretas e justas com o subsequente surgimento do elástico da calcinha. De florzinhas.

Uma tanga, decretou Rocco.

– Veja, vou lhe mostrar vários modelos. O senhor prefere couro ou o material sintético?

– Por favor, nada de plástico.

A mulher sorriu. Mostrou dois pares de sapatões. Um era grande e robusto, preto com os cadarços vermelhos.

– Estes saem muito.

Rocco os observou, cético.

– Saíam muito, me parecem. Parecem aqueles dos soldados alpinos nas Montanhas Tofane entre 1915 e 1918!

A mulher deu uma boa risada e lhe mostrou outro par de sapatos. Pareciam mais discretos. De couro marrom. Sapatos feios para andar na cidade.

– Tudo bem, prefiro estes.

– Venha experimentar – disse a comerciante, e Rocco a seguiu.

Sentou-se e desamarrou os Clarks. Por um instante, sentiu medo de ter um buraco nas meias. Não podia passar por um merda com a amiga do barista. Não porque fosse amiga de Mario, mas porque ainda não sabia como ela se chamava e já havia feito planos envolvendo aquele belo tipo de mulher.

Tirou os sapatos. As meias estavam perfeitas. Deu um belo suspiro de alívio.

– Soube o que aconteceu lá no Crest? – perguntou a proprietária da loja, enquanto tirava o papel amarrotado da parte interna dos sapatões.

– Sim. Quem está investigando sou eu.

– Ah... – disse a mulher, seca, como se estalando a língua com a boca aberta. – O senhor é um policial.

– Subchefe Schiavone – estendeu a mão, se levantando.

– Annarita Pec.

– Pec? Explique-me, como Luisa, a esposa do pobre Leone?

– Sim. Na verdade, somos primas em terceiro grau. Sabe, aqui em Champoluc...

– Eu sei. Vocês são todos aparentados.

– Mas Luisa e eu não convivemos muito. Meu Deus, bom dia e boa noite. Isso não quer dizer que eu não goste dela, que fique claro. É sempre uma prima. Mas o que aconteceu? – perguntou Annarita, com os olhos brilhando de curiosidade. – Foi um acidente, ou então...

– Ou então – respondeu, seco, o subchefe.

A dona da loja assentiu e entregou os sapatos a Rocco.
– Cá estão, experimente.

Rocco tornou a se sentar e calçou-os. Mal havia acabado de fazê-lo, teve a sensação de que dentro deles havia um forno aceso.

– São quentes – disse, com um sorriso. Ficou em pé. Deu um passo. Confortáveis. – Bom, vou levar – depois pegou o outro sapato das mãos de Annarita, sentou-se e começou a calçá-lo.

Annarita havia ficado ali, olhando o subchefe de polícia nos olhos.

– De onde o senhor é? – perguntou.
– Roma – e falou vibrando o erre o mais possível.
– Já esteve lá?

Annarita fez que não com a cabeça.

– Ai, ai, ai, que ruim. É uma cidade maravilhosa. Se um dia a senhora se decidir, eu a levo. Conheço Roma muito bem – e soltou o melhor sorriso que tinha. Aquele com o canto da boca, que esticava a pele e formava os pés de galinha ao lado dos olhos. Tinha visto esse sorriso, quando era pequeno, no rosto de Clint Eastwood e jurou que, assim que crescesse, se tornaria seu também. E, normalmente, funcionava.

– A cidade deve ser maravilhosa. O senhor se ofende se eu lhe disser uma coisa?

– Imagine.

– São os romanos que eu não suporto. E lá tem pelo menos uns dois milhões – e concluiu a tirada com um sorriso. E o sorriso também era radiante, que parecia fazer com que os olhos cor de avelã brilhassem ainda mais.

Annarita Pec era alguém que sabia se defender. E, para ter uma chance com uma mulher assim, seriam necessárias semanas de trabalho. Mas, com o cadáver de Leone e Sebastiano em Aosta, o subchefe não tinha tempo.

"Que pecado", disse Rocco com seus botões, e se levantou:

– Bem, mensagem recebida, em alto e bom som.

– O senhor não terá se ofendido.

– De modo algum. E ainda lhe dou razão. Uns oitenta por cento dos romanos são gente insuportável.

– Tenho certeza de que o senhor faz parte dos vinte por cento bons.

– E aí a senhora se engana. Eu faço parte dos dois por cento péssimos – e disse isso sem sorrir, continuando a fitar os olhos de Annarita. – Vamos voltar ao que importa. Preciso de um par de luvas.

Annarita balançou a cabeça, como para acordar.

– Bem. Como o senhor as quer, de material impermeável ou de couro?

– Não, veja, estou procurando um tipo específico de luvas. Talvez a senhora as tenha. São luvas de neve. Marca Colmar. De couro preto.

– Um modelo que era vendido há alguns anos. Mas, no cesto de ofertas, talvez... Vou dar uma olhada – e, rápida, se aproximou de uma caixa de madeira de abeto clara cheia de luvas para esquiar. Começou a tirar diversos pares. – São para o senhor?

– A senhora é prima da Luisa. Então, deve ter conhecido o Leone.

Annarita se voltou na direção do subchefe.

– Sim, por quê?
– Faça de conta que as luvas são para ele.
A mulher sorriu, balançando um pouco a cabeça.
– Não estou entendendo.
– Ele deveria ter mais ou menos o meu tamanho, não?
A dona da loja olhou as mãos dele. Depois assentiu, triste.
– Mais ou menos – e voltou a procurar as luvas no cesto de madeira. – Cá estão. São boas?
Rocco as olhou.
– Perfeitas. Levo estas também. Quanto fica?
– Hã? Sim, vejamos. Os Teva custam 230 euros. As luvas, 80.

Rocco não piscou. Tirou a carteira, passou por Annarita e se dirigiu ao caixa. Annarita, veloz, se postou atrás do balcão.

– Posso pagar com o cartão de crédito?
– Claro que sim.

A mulher colocou o cartão e digitou o valor no caixa e na máquina.

– Onde fica essa câmera? – disse Rocco, indicando o computador ligado.
– Ah, essa? Em um terraço que dá vista para as pistas. Serve para ver como está o tempo nas encostas. Está conectada com a internet.
– E está sempre ligada, 24 horas por dia?
– Sempre. Mas faz imagens fixas, não filmadas.
– Quem a colocou?
– O pessoal da Monterosa Ski. Eles a controlam lá no escritório.

Rocco tirou o cartão. Assinou o recibo. Voltou-se. Pegou os Clarks velhos e os colocou numa sacola.

— Posso? — perguntou para Annarita, indicando o cesto de lixo.

— Quer jogar fora?

— É — e jogou os velhos Clarks na cesta de lixo da loja. — Obrigado. A senhora foi muito gentil.

— Mas que é isso. Foi um prazer, subchefe. Posso perguntar, porém, por que o senhor comprou um par de luvas para o pobre do Leone?

— Não são para o pobre do Leone. São para mim. Bom dia.

Ao se dirigir ao escritório do Monterosa Ski, Rocco olhava para seus sapatões novos. Altos no tornozelo, com as solas isolantes, quentes de deixar os pés fervendo. Eram grossos, mas, pelo menos, tinham uma cor aceitável, e eram justos nos tornozelos, de modo que as calças podiam cobrir o cano por inteiro. Não precisava enfiar as calças para dentro e parecer um pobre coitado com a casa inundada. As luvas também eram quentes. Elas lhe envolviam as mãos com a parte interna macia e aconchegante, feita de algum material sintético horrível, que, no entanto, cumpria sua função. O único problema eram os dedos. Imensos, de um yeti. E, além de bater uma das mãos contra a outra, como um orangotango, não permitiam outro tipo de ação.

Pierron havia estacionado bem na frente do escritório do teleférico. Quando viu o subchefe chegar, notou na hora a alteração na vestimenta.

– Finalmente! – disse. – Esses sim são sapatos de verdade!

– Duzentos e trinta euros. Paguei muito caro?

– Depende. De que marca são?

– Hum. São de couro e por baixo têm uma sola que parece um carro armado. Ah, sim, está escrito Teva.

– Marca Teva? Duzentos e trinta euros? Bom.

– Enquanto vamos para o escritório, você liga para... como é a merda do nome dele... Luigi, o chefe dos gatos, e o chama até aqui. Ele precisa levar a gente lá no alto.

– Podemos pegar o teleférico.

– Italo, você é um cara legal; mas, quando eu digo uma coisa, tem o seu motivo.

– Entendido. Desculpe – disse Italo, pegando o celular e seguindo Rocco, que se dirigia ao escritório de madeira e vidro do Monterosa Ski.

Rocco não gostou de não encontrar Margherita, a menina da noite anterior. No lugar dela estava uma criatura completamente desprovida de cabelos, que mascava devagar um chiclete. Ele tinha o rosto comprido e, como se não bastasse, tinha deixado crescer um cavanhaque pontudo esbranquiçado que o deixava ainda mais comprido. Os olhos eram arredondados e sem vida. O único indício da presença de uma atividade cerebral era o trabalho contínuo e incessante dos dentes e da mandíbula sobre o chiclete. Rocco o catalogou na mesma hora como um *Connochaetes gnou*, o ruminante bovídeo africano, aquele que, nos documentários, sempre é massacrado pelos guepardos e pelas leoas.

Quando o rapaz estendeu a mão para se apresentar como Guido, o responsável pelo escritório, Rocco quase se espantou ao encontrar dedos em vez de um casco bipartido.

— As imagens, nós as mandamos pela internet e elas ficam no computador por alguns dias. E aí, de tempos em tempos, nós as deletamos, senão ficamos sem memória. Ultimamente, não temos deletado. O senhor está com sorte — disse o gnu, e ficou ali, parado, ruminando e olhando o subchefe.

— Vocês têm essas imagens aqui?

— Não. Elas ficam na salinha dos computadores.

E o bovídeo ficava ali imóvel, na frente dos dois policiais.

Rocco sorriu.

— E ela fica...?

— Embaixo.

— Embaixo, onde?

— Embaixo, ao lado dos depósitos de equipamento.

O subchefe encarou Italo.

— Mas você acha que ele é burro ou está fingindo?

— Não, eu acho que ele é assim mesmo — respondeu Italo.

Rocco quase se espantava consigo mesmo, porque estava conseguindo manter os nervos no lugar.

— Guido, se o senhor não me acompanha, eu lá vou saber onde ficam os depósitos e a sala dos computadores?

— Não sei se posso levar o senhor lá.

O subchefe respirou fundo.

— Guido, vamos fazer o seguinte: ou você me leva a essa sala, ou eu levo você até a delegacia de Aosta dando pontapé na bunda – então indicou Pierron. – E ele me dá uma mãozinha.

Nos olhos do ruminante não se acendeu nenhuma luz. Nem susto, nem medo, nem raiva, nem desafio. Nada. Um buraco negro inexpressivo. Guido tirou o chiclete da boca, uma bola cor-de-rosa do tamanho de uma bolinha de pingue-pongue, colocou-a debaixo da escrivaninha e finalmente saiu da sala. Abrindo os braços, Rocco o seguiu.

A sala em questão era um tipo de garagem vazia com uns computadores e uma poltrona com tecido meio gasto. O cheiro de mofo e de outros fungos desconhecidos atacava as narinas.

– Ali, o computador é aquele – disse Guido, indicando algo que parecia um radiador antigo. – Ali está ligada a câmera de vídeo e dali ela manda as imagens em rede.

– Você sabe usar isso, Guido? – perguntou Rocco, olhando os muros apodrecidos enquanto Italo fitava o PC com muita atenção.

– Não.

– E aí, você chama alguém que saiba pra mim?

– Eu cuido disso – respondeu Italo. – É um PC velho. Não é difícil!

– Vai em frente, Italo. Deixe-me dar uma olhada.

O agente se aproximou da mesa, sentou-se, mal encostou no mouse e o monitor ligou. Guido estava em pé, a uma distância segura do computador, como se tivesse medo de vê-lo explodindo de um minuto para outro.

Havia umas vinte pastas, todas nomeadas com datas.

— Está vendo a bagunça que é? A gente periga passar a noite aqui – disse Guido.

— O que estas pastas contêm?

Como resposta, Italo abriu uma ao acaso. Havia dezenas de fotografias. Sempre o mesmo enquadramento. O da webcam lá nas pistas. De hora em hora. O mês escolhido era maio, e em vez da neve e das nuvens baixas, havia prados floridos e o sol a pino. À esquerda, a grande garagem com a escola dos instrutores; no centro, a entrada do teleférico para as pistas; à direita, a encosta que escondia Cuneaz, o povoadinho no meio da garganta onde Miccichè tinha o refúgio.

— Muito bom, Italo. Procure as fotos de anteontem. Quinta-feira.

— Mas à noite não se vê nada.

— Bem, me mostre das quatro horas da tarde em diante.

Italo encontrou a pasta.

— É esta aqui. Quinta-feira, 5 de fevereiro, vamos ver um pouco.

Havia dezenas de fotografias. Todas iguais. Mudava só a cor do céu.

— Escutem – disse Guido –, vocês sabem usar o computador. Eu deixo vocês aqui, não posso ficar muito tempo longe do escritório.

Rocco olhava as fotografias no desktop e assentiu sem dizer nada.

— Quando vocês terminarem, vão lá me avisar?

E depois, lentamente, Guido se encaminhou sem cumprimentar para a porta do escritório no subsolo.

– Levante um minuto – disse Rocco, e Italo deixou a cadeira para o subchefe.

Ele começou a olhar as fotos de quinta-feira. Tiradas de hora a hora. Colocou-as em fila. Criou um belo efeito da passagem do sol da manhã até a tarde. Olhou principalmente as fotos das 17h30 e as das 18h. Esperava um golpe de sorte. Ver qualquer coisa ou qualquer um que pudesse ajudá-lo. Em vez disso, nada. Só havia neve. E, na das 18h, um gato de neve que passava indo para o alto.

– Talvez esse seja o veículo do Amedeo, o que descobriu o cadáver – disse Italo.

Os dois policiais estavam com os olhos fixos no monitor. Rocco clicou com o mouse e abriu a pasta que continha as fotos dos dias anteriores. Escolheu sempre a mesma hora, 17h30, e as tirou da pasta. Ele as arrastou para o desktop e começou a compará-las com as de quinta-feira.

– O que o senhor está fazendo? – perguntou Italo.

O subchefe lidava com o mouse.

– Estou comparando as fotos. Vamos ver se tem alguma coisa. Você se lembra do passatempo das revistas de palavras cruzadas: o jogo dos sete erros?

– Como não? Descubra os detalhes que diferenciam os dois desenhos.

– Isso mesmo, Italo. Concentre-se.

A luz azul do monitor iluminava os rostos de Rocco e de Italo, tão concentrados na tarefa que o piscar de suas pálpebras havia diminuído. Em suas pupilas se refletiam as dezenas de fotografias. Todas iguais.

Não encontravam nada diferente. Sempre a mesma coisa. A neve. A garagem dos gatos. A escola dos instrutores. A base do teleférico. A pista para os principiantes. A encosta atrás da qual se situava Cuneaz. Nenhuma sombra. Ninguém que passasse.

– Aqui! – berrou Rocco de repente, fazendo Italo se sobressaltar.

– O quê?

Rocco voltou à foto do dia do homicídio: quinta-feira, 5 de fevereiro, às 18h. Alguma coisa naquela foto não ia bem. Comparou-a com a de quarta-feira. Sempre a das 18h. Colocou-as uma ao lado da outra. Tudo igual. A garagem, o teleférico.

– Está me parecendo tudo igual – disse Italo.

– A escola de esqui. Olhe bem! – e Rocco a indicou com a seta do mouse. – Tá vendo?

Italo se aproximou. Na foto do dia do homicídio, a porta da escola de esqui estava aberta.

– Está aberta!

– Isso – disse Rocco –, e agora olhe a foto da quarta-feira.

A porta da escola estava fechada.

– Agora vou abrir as fotos dos dias anteriores.

Sempre às 18h. Sempre o mesmo enquadramento. E a porta da escola de esqui sempre fechada.

– Tá vendo? Às 18h, a porta está fechada. A não ser no dia do homicídio – então Rocco relaxou na cadeira. Cruzou os braços atrás da cabeça e sorriu. – Quero levar estas fotos para a delegacia.

– E qual é o problema? Vou comprar um pen drive e as copio – disse Italo, se levantando.

Com o costumeiro barulho de ferragens, o gato de neve chegou à base do teleférico soltando fumaça e neve.

– Olha ele! – disse Italo.

– Eu tinha percebido – respondeu Rocco.

Luigi Bionaz desceu, cumprimentou os policiais fazendo-lhes um sinal para que se aproximassem.

Não tinha comparação. Andar com aqueles dois botes infláveis no lugar dos Clarks melhorava sensivelmente a vida. Rocco quase se divertia esmagando os montes de neve, os mesmos montes que, até o dia anterior, evitava como inimigos mortais.

– Bom dia, comissário!

Rocco não o corrigiu. Estava de saco cheio. Por um lado, anos de literatura e de séries de televisão, de Maigret a Cattani, haviam inculcado nas pessoas aquela palavra: comissário. Que, por sua vez, fazia com que passassem por sua cabeça os processos políticos da União Soviética de Josef Stálin. Entrou no veículo seguido por Pierron. Luigi engatou a marcha e começou a subida da pista principal.

– Aonde vamos? – perguntou Luigi.

– Onde nós encontramos o Leone.

– Entendido – e enfrentou uma curva mantendo a habitual bituca apagada entre os dentes.

Rocco olhou para Italo.

– Depois tenho de conversar com você.

Italo assentiu com o olhar um pouco preocupado.

– Fiz alguma merda?

– Não. Tenho de conversar com você justamente porque você não faz merda.

– Não estou entendendo.

– Não pode me entender. Porque não sabe o que eu preciso falar com você.

Luigi havia se interessado pela conversa dos dois policiais.

– Agora vocês me deixaram curioso – disse, mudando a marcha do veículo.

– Porra! – Rocco respondeu. – Tome cuidado pra não fazer este troço capotar e você já me deixa feliz.

Luigi Bionaz caiu na risada, batendo a mão no volante.

– Vocês romanos são supersimpáticos.

– Você acha?

– Sim. Vocês parecem pessoas introvertidas e maldosas, e, em vez disso, estão sempre soltando piadas.

– Se você acha – disse Rocco.

Haviam colocado uma faixa branca e vermelha em volta do lugar onde o corpo fora encontrado. Inclinado sobre a neve, estava um homem que recolhia alguma coisa. Usava um macacão branco, luvas e galochas. Um gorro de lã enterrado na cabeça o protegia do frio.

Italo o olhou, atento.

– A polícia científica ainda está trabalhando?

– Está.

O homem de macacão branco se voltou. Rocco o cumprimentou e ele, de longe, respondeu com um aceno de cabeça. Depois tornou a procurar vai saber o quê. Rocco e Italo passaram pela faixa, enquanto Luigi ficou ao lado do veículo, acendendo mais um cigarro.

O subchefe chegou ao local preciso onde o corpo havia sido encontrado. A neve ainda estava manchada de sangue marrom. Ele olhou ao redor. Na frente dele, no alto de uma colinazinha, ficava o Crest, o povoado com seis casas e um refúgio. Claro e visível era o atalho, que descia na direção deles e prosseguia até a pista que levava à cidade. À sua direita, árvores. À sua esquerda, árvores e uma choupana abandonada. Longe, o teto de uma casa. A chaminé soltava fumaça.

– Ali mora uma mulher, sozinha. Tem oitenta anos – explicou Italo, que parecia ler os pensamentos de Rocco. – Nós falamos com ela; mas ela é meio surda, e é um milagre ainda se lembrar como se chama.

– Por que Leone estava aqui?

As palavras de Rocco se perderam junto com a fumaça de sua respiração.

– Se ele descia pra cidade a pé passando pela pista que fica lá embaixo, por que motivo veio parar aqui?

– Talvez tenha descido lá do Crest.

– Alguém o viu?

– Ninguém. No refúgio há seis hóspedes, o garçom, o cozinheiro e dois rapazes que trabalham lá. Ninguém viu o Leone aquela noite. E não há ninguém morando nessas casas.

– Para ir ao Crest seria preciso fazer um desvio. Então, para ter ido até lá, ele precisaria ter um motivo. E motivo ele não tinha. Portanto, eu digo que ele veio lá da casa dele direto pela pista. Mas não entendo por que ele estava aqui, no meio do atalho, longe da pista. Não faz sentido.

— Não. Não faz. A menos que tenham trazido o Leone pra cá.

— Só que não há marcas de algo sendo arrastado. Então o trouxeram vivo?

— E depois o mataram?

Rocco olhou de novo para a pista. As marcas do gato que havia atropelado o corpo de Leone na noite de quinta-feira eram evidentes. Ele avaliou a distância com o olhar.

— Daqui até a pista tem uns quarenta metros. É difícil arrastar alguém no meio da neve fresca por quarenta metros. Uma marca, pelo menos uma, tinha de ter, não? O cara não caiu do céu!

Italo não tinha resposta. Rocco balançou a cabeça umas vezes.

— Ele veio até aqui por vontade própria. Aqui havia alguém que ele conhecia. Que o chamou, ou com quem tinha um encontro. Fumaram um cigarro, e essa pessoa provavelmente o matou. Não tenho dúvida quanto a isso — inspirou profundamente e sentiu o ar frio e limpo penetrando em seus pulmões. — Bem, vamos voltar lá pra perto do Luigi. Eu vou fazer uma visita à escola de esqui; você me espere no ponto de partida do teleférico.

Ele se encaminhava à grande construção que servia de garagem para os gatos de neve, no fundo da qual, por trás de uma porta de vidro, ficava a escola de esqui. Mulheres envoltas em peles estavam sentadas esperando os filhos esquiadores. Pareciam tartarugas, com a cabeça quase totalmente enfiada na carapaça peluda e as mãos nos bolsos. Nos pés, pareciam ter fox terriers abraçados aos tornozelos. Rocco lançou um olhar às suas costas. Ele viu a estação do teleférico que levava o pessoal da cidade para o alto. Italo acendera um cigarro e estava tomando um solzinho. Em cima da estação, em um terraço que todos estavam evitando frequentar por causa do frio intenso, havia um bar. Escondida por trás do mastro de ferro que mantinha a bandeira italiana lá no alto, estava a webcam. O subchefe saudou a objetiva, esperando que, naquele instante, a máquina tirasse a foto da meteorologia, imortalizando-o. E depois seguiu na direção da escola de esqui.

Um dos instrutores estava esparramado numa espreguiçadeira, usando óculos Ray-Ban espelhados e com os braços cruzados atrás da cabeça. O rosto queimado de sol. Rocco passou por ele e entrou no escritório. Foi na mesma hora atingido pelo cheiro forte de *vin brulé** azedo. Havia dois instrutores, um homem e uma mulher. O homem teria uns 25 anos, um belo tipo atlético de cabelos encaracolados. A mulher estava sentada à escrivaninha. Mal viu o subchefe, se levantou. Estava bem acima do peso.

– Bom dia – disse.

– Bom dia – respondeu Rocco.

– Deseja agendar uma aula? – perguntou, educada, a filhote de baleia bronzeada.

– Não. Estou aqui por outro motivo.

– Se quer informações, pode falar.

---

* Vinho quente ao estilo dos alpes italianos. (N.E.)

O rapaz, de uns 25 anos, esboçou um movimento, mas Rocco o deteve com um gesto.

– Não, espere, por favor. Fique o senhor também. Pode ser útil. Ou melhor, já que está aqui, chame também o seu colega que está lá fora. – O rapaz franziu o cenho. Rocco sorriu para ele. – Subchefe de polícia Schiavone, esquadra de Aosta. Polícia. *Comprì**?

O rapaz assentiu rapidamente e saiu para chamar o colega, que entrou na mesma hora trazendo lá de fora um ar convencido de quem não tem medo de nada nem de ninguém.

– O que foi? – perguntou. – É por causa da história de quinta-feira à noite?

– Muito bem. O senhor adivinhou. Deveria vir trabalhar conosco – Rocco deu uma gelada nele. Depois se postou na frente dos três instrutores e os olhou por uns dez segundos. Dez segundos que, para os três magos da neve, pareceram uma eternidade. O gelo metafórico foi a mulher quem rompeu.

– O que podemos fazer pelo senhor?

– A que horas vocês fecham?

– Às quatro. As lições duram uma hora, e às 16h45 fecham os meios de transporte, então a última hora para se ter uma aula é às três e meia.

– Quem fecha?

– Depende. Nós nos revezamos.

– Quinta-feira, quem fechou? – perguntou Schiavone.

– Anteontem eu fechei – respondeu o rapaz de 25 anos.

– Às 16h45? – perguntou o subchefe.

---

* Forma italianizada de *compris*, "compreendeu" em francês. (N.T.)

— Sim, mais ou menos. Ou melhor, um pouquinho antes, porque quando fui embora o teleférico estava fazendo a última viagem.

Rocco deu uma olhada ao redor. Olhou o cartaz que exibia a equipe completa de instrutores da estação. Havia pelo menos umas vinte pessoas. Todas sorridentes.

— Quem fecha é a mesma pessoa que abre na manhã seguinte?

— Sim. Sempre a mesma — disse o rapaz. — De fato, ontem, sexta-feira, eu abri.

— E como estava a porta do escritório?

— Fechada, por quê?

Rocco indicou a foto do grupo.

— Desses aqui, quem mais tem a chave deste lugar?

— A pessoa que está na sua vez de fechar é Omar, que é o responsável pela escola.

— Omar Borghetti, certo?

O convencido tirou os Ray-Ban espelhados. Ele era estrábico. Por pouco Rocco não caiu na risada na cara dele.

— O senhor o conhece? — perguntou o instrutor.

— De ouvir falar. Onde ele está?

— Está dando aula para um grupo.

Rocco voltou o olhar para o instrutor jovem.

— E o senhor, depois de ter fechado, o que fez?

— Peguei os esquis e desci para o vale.

— Pela pista, ou passou pelo atalho do Crest?

— Mas o senhor está louco, doutor? Pela pista! Naquele atalho, com todas as pedras que tem por lá, eu destruo as lâminas e a proteção dos esquis. No fim do dia, para voltar pra casa, uso os meus esquis, e não aqueles que me dão aqui.

– E depois?

– Depois, nada. Fui pra casa. Banho, cigarro, jantar fora. Quando saí do pub às dez horas me deparei com aquela confusão toda.

– Então, digamos, das quatro e meia às sete o senhor estava em casa. Alguém pode confirmar a declaração?

O rapaz olhou o policial, constrangido, e abaixou os olhos no exato instante em que a moça gorda erguia a mão. O instrutor estrábico caiu na risada.

– De quem o senhor está rindo? – Rocco deu outra gelada nele.

– Desculpe, é que eu não sabia – e então olhou para os colegas. – Desde quando?

– Mas que diferença faz pra você? Cuide de sua vida – disse a moça gorda, que havia ficado mais vermelha que o casaco do uniforme.

– Vocês podem chamar esse Omar Borghetti para mim? – interrompeu Rocco, brusco.

– Veja bem, doutor, ele está com um grupo de suecos em Gressoney, que fica do outro lado do vale. Antes de umas duas horas ele não volta.

Rocco balançou a cabeça.

– Eu não tenho sorte, não é? Assim que ele voltar para cá, digam para ele entrar em contato com a delegacia de Aosta. Tenho de falar com ele. Passem bem – sorriu com o canto da boca, depois olhou o jovem de cabelos encaracolados. – Tchau, Ahab – e, deixando o rapaz pensando nessa estranha saudação, Schiavone se despediu dos três instrutores.

Mal desceu do teleférico que o levara de volta à cidadezinha junto com Italo, Rocco pegou o celular.

– Inspetora Rispoli, sou eu, Schiavone – a voz aguda da funcionária da polícia ressoou no celular de Rocco.

– Diga, doutor...

– Quanto tempo precisa pra vocês me darem o endereço de Omar Borghetti?

– Em Champoluc?

– Ahn, acho que sim.

– Eu telefono para o senhor em um minuto. Ah, ouça, D'Intino e Deruta não dão sinal de vida. Não telefonam e não atendem o celular. O que devo fazer?

– Deixa pra lá. Esquece. Vamos considerá-los *missing in action*.*

Rocco encerrou o telefonema. Calçou as luvas de neve da Colmar. Olhou para Italo.

– Com estas porras destas luvas, além de dar uns tapas, você não pode fazer mais nada.

– Mas são iguais às da vítima?

– Mesma marca, e mais ou menos o mesmo tamanho.

O sol brilhava, e os tetos das casas soltavam fumaça. Um cheiro de coisa boa de comer se espalhava pelo ar. Tudo estava calmo e silencioso. Descendo os degraus de ferro que os conduziam à rua principal, por um momento Rocco pensou que não deveria ser tão ruim assim morar em um lugar daqueles. Muito calmo e tranquilo. Mas não poderia ser o refúgio para a sua velhice. Tinha três defeitos fundamentais: não tinha o mar, fazia frio demais e ficava na Itália.

---

* Desaparecidos em ação. (N.T.)

– Que pena, eu estava começando a gostar – disse, pensando na localidade, mas a frase foi captada por Italo, que ficara em silêncio durante todo o trajeto.

– Eu? E o que foi que eu fiz de errado?

– Não tem nada que ver com você. Estava falando do lugar.

Italo não fez comentários.

Estavam caminhando na direção do carro quando a voz inconfundível de Deruta fez com que se voltassem.

– Doutor! Doutor!

Deruta e D'Intino se encontravam na frente deles, a uns cinquenta metros. Estavam com os rostos pálidos de frio. D'Intino batia os dentes e Deruta estava com as orelhas arroxeadas e inchadas. Perante essa visão de cansaço e de esgotamento, Rocco sorriu, congratulando-se. Os dois policiais se adiantavam com passinhos rápidos, e quanto mais se aproximavam, mais Rocco percebia que os sapatos, as calças compridas e os casacos acolchoados dos uniformes estavam encharcados.

– Parecem dois atores de teatro de variedades, não?

Italo sorriu sob os bigodes que não tinha.

– Santa mãe do céu, que frio, não? – disse Deruta, quando se aproximou do subchefe.

– Na minha opinião, não – respondeu Rocco, mostrando suas belas luvas novas. – Então, D'Intino, está se sentindo melhor? Soube que ontem você passou mal.

– Sim, estou melhor. Eles até me colocaram no soro.

– Ótimo. E como vai a pesquisa?

D'Intino pegou o bloco de notas.

– Estamos coletando todos os nomes, como o senhor nos disse, e... – o bloco de notas caiu na neve, virado para baixo. D'Intino o recuperou, mas a neve já estava apagando as palavras escritas, que em pouco tempo ficariam ilegíveis.

– D'Intino, mas que porra você está fazendo?

D'Intino tentou, desesperado, secar a primeira página, mas só conseguiu aumentar a mancha de tinta azul por toda a folha. Rocco arrancou a folha, a amarrotou com calma, a jogou no chão e deu-lhe um pontapé, mandando-a para o meio da rua. Depois olhou os dois agentes:

– Voltem ao serviço. Não estamos aqui de férias, fui claro?

– Claro, doutor. Tem uma coisa que talvez o interesse.

– Vamos ouvir.

– Naquele hotel ali – e indicou uma casa com uma placa em que estava escrito *Hotel Belvedere* sob um ramo de madressilvas pintadas –, encontramos duas pessoas, um casal, que partiram às pressas na noite do homicídio. Anteontem.

– Bom. Pegaram os nomes?

– Pegamos.

– Comuniquem à inspetora Rispoli.

Deruta abaixou os olhos.

– O que foi, Deruta?

– É que, quer dizer, doutor... Só faz dois anos que Rispoli está na polícia. Eu e D'Intino estamos em serviço desde 1992. Não parece justo, pra nós, que...

Rocco o interrompeu.

– O que é isso, agora as ordens são discutidas? Se eu disse pra vocês que Rispoli coordena, Rispoli coordena. Fui claro? – deu meia-volta de repente e se dirigiu ao carro, seguido por Pierron. Bem nesse momento, o celular do subchefe tocou. – Diga, Rispoli.

– Bem, o endereço preciso de Omar Borghetti é em Saint-Jacques, Chemin de Resay, número 2. Antes que me pergunte, olhei o mapa no computador. Eu explico para o senhor como chegar lá.

– Pois me explique.

– O senhor segue pela estrada de Champoluc, passa por Frachey, depois, lá pelas tantas, vai chegar a um povoado. É o próprio Saint-Jacques. Lá tem um hotel. Em frente começa a rua. No número 2 é a casa do Borghetti.

– Obrigado, Rispoli. Ouça, eu acabei de encontrar o Gordo e o Magro aqui em Champoluc. Estão bem. Avise as famílias.

Caterina Rispoli riu ao telefone. E aquela risada límpida e sincera fez Rocco Schiavone ficar de bom humor de novo.

Com o aquecimento ao máximo, Rocco e Italo saíram de Champoluc, seguindo rumo ao vilarejo de Frachey. A estrada entrava no seio das montanhas, que dominavam a paisagem e pareciam poder engolir os dois e o carro a qualquer momento. Rocco as observava em silêncio. A sensação que elas lhe davam não o agradava nem um pouco. Massas prontas para esmagar uma pessoa. E faziam surgir, de modo automático, a costumeira percepção da pequenez do ser humano, a fragilidade da vida e coisas do tipo. Felizmente, para interromper os pensamentos sombrios e inúteis do subchefe, chegou o telefonema de Sebastiano.

– Sebastiano! E aí, está fazendo o quê?

– Você tinha razão, Rocco. Peguei uma ucraniana impressionante.

– E se divertiu?

– Sim. E nem custou muito. Onde você está?

– Em Champoluc. Estou seguindo as pistas.

– De esqui? – Sebastiano não entendeu direito.

– Mas que pista de esqui, Sebastia, você me imagina de esquis? Escute, ainda não falei com o uniforme que pode ajudar a gente – e olhou, furtivo, para Italo, que mantinha os olhos fixos na estrada. – Mas vou fazer isso mais tarde. A gente se vê no restaurante para fazer os planos.

– Me parece ótimo. Eu vou comer alguma coisa, e à tarde torno a chamar a tipa.

– Não se apaixone.

– Rocco, com aquelas chupetinhas, ela devia ser classificada como patrimônio da Unesco!

Sorrindo, Rocco desligou o celular. E teria ele próprio preferido estar com uma ucraniana ou com Nora passando uma tarde tranquila debaixo dos cobertores.

– Chegamos – disse Italo.

A placa Saint-Jacques fez com que ele voltasse aos aborrecidos deveres de policial.

– Que casa linda! – exclamou Pierron. – É um *rascard*.

– Um...?

– *Rascard* – explicou Italo. – São as casas típicas desta região, e também da França. Antigamente, na parte inferior, ficavam os estábulos, e as pessoas viviam só na parte de cima. Depois...

– Chegaram os arquitetos – concluiu Rocco. – Bem, é bonita.

– Mas o Omar não está. O que vamos fazer?

– Você fique tranquilo no carro.

– E o senhor?

– Eu não. Nós temos uma chave de fenda?

Italo abriu o porta-luvas e pegou uma pequena chave de fenda com o cabo vermelho. Ele a entregou ao subchefe.

– Vai fazer o que com ela?

– Italo, alguma vez a sua mãe lhe disse que você faz perguntas demais?

– Não, ela morreu quando eu era pequeno.

– Então eu digo.

Rocco abriu a porta e desceu do carro.

Deu uma olhada ao redor. As casas e a rua do vilarejo de Saint-Jacques pareciam desertas. Aproximou-se da porta de Omar, que dava para uma ruela interrompida por uma casa em construção com neve cobrindo os andaimes, o misturador de cimento e os tijolos abandonados por ali pelos pedreiros desde o fim do outono.

O *rascard* ficava protegido da rua e dos olhos indiscretos. O subchefe observou o portãozinho de entrada. Uma única fechadura simples. Nada de travas. Uma fechadura absolutamente comum.

"Confiam nas pessoas por estas bandas", pensou.

Aproximou-se da janela lateral. Uma janelinha de guilhotina. A madeira era velha, estragada em vários pontos. Tentou olhar para o interior, que, no entanto, estava escondido por uma cortina fina. Mas o que queria saber era a posição exata do fecho da janela. Estava no centro. Ergueu ligeiramente o caixilho inferior, abrindo o mínimo de espaço entre ele e o batente, o suficiente, no entanto, para poder enfiar a ponta da chave de fenda. Rocco a virou duas ou três vezes rapidamente, até ouvir um "tac". Puxou a chave de fenda para fora. Depois, lentamente ergueu o caixilho inferior. A janela se abriu. Rocco saltou pela janela e deslizou para o quarto de Omar Borghetti.

A casa era pequena, revestida de madeira. Em uma parede havia uma estante lotada de romances. Uma mesa e quatro cadeiras, duas poltronas de veludo verde, uma televisão pequena. A cozinha pequena e essencial ficava em um canto, no fundo. Só um quarto de dormir, um banheiro e, por fim, um armário cheio de apetrechos de esqui. Quarenta metros quadrados, um cantinho acolhedor. Um belo refúgio, onde dava para puxar o fio da tomada e ficar por conta própria sem maior contato com o mundo externo.

Rocco não tinha a menor ideia do que procurava exatamente. Mas sabia que, xereteando entre os objetos de uma pessoa, com frequência a gente fica sabendo muito mais do que conversando. Os objetos não mentem.

Começou pelo aparador da saleta.

A primeira coisa interessante que encontrou foram fotos. Não tiradas nas pistas de esqui, como seria de se esperar. No mar. Com palmeiras. E as personagens eram Omar Borghetti e Luisa Pec. Na espreguiçadeira, com um coquetel. Debaixo de uma folha de bananeira. Ela sentada nos ombros dele, mergulhado até o peito em uma água branco-azulada. Os dois bronzeados, comendo à luz de velas, tendo como pano de fundo um pôr do sol deslumbrante. De novo os dois na frente da pirâmide do Louvre. Os dois em um café do Quartier Latin. Sempre e só os dois.

Uma obsessão e tanto para Omar Borghetti. E, deixando de lado a paixão de um homem pela esposa de Leone Miccichè, a outra coisa que Rocco descobriu graças às fotos de biquíni foi o corpo de Luisa Pec.

– Caralho! – comentou, conciso, o subchefe.

Perfeito.

Por uma coisa assim se pode morrer? Talvez, sim, respondeu para si mesmo. E também se pode matar. Luisa Pec havia arrancado, dilacerado e roubado o coração de Omar, e agora ele estava igual a um urso em seu covil, lambendo as feridas e se lembrando da pele, das nádegas e dos olhos de Luisa.

O amor.

O amor e Rocco haviam se encontrado várias vezes por aí. Antigamente ele se apaixonava facilmente. Seu coração e seus pensamentos corriam atrás das colegas do liceu, da universidade, das colegas de trabalho. Mariadele, Alessandra, Lorenza, Myriam, Finola. Bastava um olhar, o jeito de pentear os cabelos, uma olhadinha dos pés à cabeça, e o coração de Rocco Schiavone batia mais rápido, enlouquecia, se atirava para o alto para depois se arrebentar no chão, arrasado. Um dia, chegou Marina, e ele se casou. E ali houve um clique, como a fechadura de uma janela que se fecha. Aos 35 anos. Marina apertou um botão, e o coração de Rocco começou a bater só pelo A.S. Roma. Estava com sua esposa, a amava, e não havia lugar para outras. Fechado. Acabado. E a situação não o incomodava de jeito nenhum. Olhava para outras mulheres, mas assim como se admira um belo quadro, ou uma paisagem que nos deixa sem fôlego. Marina era o seu porto. Ele havia atracado e não sentia mais necessidade de sair por aí pelo mar.

No banheiro de Omar havia uma quantidade de cremes para as mãos, para o rosto, de calêndula, Nívea, Leocrema. A atenção com que Omar tratava de sua pele contrastava com o aparelho que usava para fazer a barba: uma navalha de uma lâmina só, antiga, daquelas que se veem nos velhos filmes de gângster, quando o barbeiro faz a barba de Al Capone ou quando bandidos se desafiam no meio de uma ruela do East Harlem. Cabo de osso branco e lâmina muito afiada.

Porém, roupas e cacarecos de Omar Borghetti não interessavam ao subchefe Schiavone. Ele queria fazer algum progresso. Descobrir uma vírgula, uma coisinha qualquer que, no entanto, lhe descortinasse um mundo.

E chegou lá.

Entre duas pastas de papéis e de documentos, onde estavam as propagandas de plano de previdência, as contas pagas, a escritura da casa comprada por Omar em 2008 pelo valor de 280 mil euros, apareceu a planta de um imóvel em uma folha A4. Era a fotocópia de um documento do registro de imóveis. No alto, a escala do desenho, 1:100. E o lugar onde o imóvel se localizava: Cuneaz.

Era uma casa enorme. E dava para ver que aquela era a planta do refúgio que Luisa e Leone haviam reformado juntos.

"Por que você tem isto?", se perguntou Rocco, e na mesma hora ele respondeu para si mesmo em voz alta. "O siciliano te roubou tempo e dinheiro, meu amigo", e ele havia destinado aquele dinheiro para a casinha onde agora o subchefe, como um ladrão de apartamento, ia de um lado para outro enfiando o nariz no passado e no presente do proprietário.

– O senhor ficou lá dentro quase meia hora – disse Italo Pierron para o subchefe, enquanto este recolocava a chave de fenda no porta-luvas.

– E daí?

– Fiquei me perguntando se o senhor encontrou alguma coisa interessante.

– Um monte. Estou com fome. Vamos procurar um lugar decente, comemos alguma coisa e conversamos.

Italo ligou o carro e engatou a primeira marcha.

– Fechou bem a janela?

Rocco o encarou.

– Ele não vai nem perceber que estivemos lá dentro.

– Estivemos?

Um sorriso irônico se desenhou no rosto de Rocco.

– Certo, estive. Mas por quê, você não gosta de trabalhar comigo?

– Muito. Mas gostaria de fazer mais coisas.

– Para fazer mais coisas, preciso confiar em você.

– Rocco, você já confia em mim.

O sorriso do subchefe se abriu ainda mais.

– Você é um cara muito esperto, Italo.

– Não tanto quanto você. Posso te chamar de você, certo?

– Já está chamando. Na delegacia, no entanto, continuamos com o "senhor" oficial, tudo bem?

– Entendido. O que vamos fazer, convocamos esse Omar Borghetti?

– Por enquanto, ele sabe que deve dar uma passada na delegacia. Mas nós vamos deixá-lo um pouquinho ansioso.

Pararam perto de Frachey, em um hotel cujo nome era muito promissor, Le Charmant Petit Hotel. O restaurante do hotel era acolhedor, e os aromas provenientes da cozinha pareciam cumprir a promessa feita pelo nome. Ele era todo revestido de madeira antiga, com a lareira acesa. Janelas enormes tinham vista para o bosque e para o parque coberto de neve. Rocco mordiscava um grissino enquanto, junto com Italo, escutava Carlo, um jovem de barba, o rosto alegre de uma beleza mediterrânea, quase árabe.

– Como primeiro prato, temos um risoto ao vinho barolo que é uma loucura, ou então...

– *Stop!* – disse Rocco. – Já me convenceu. Eu escolho o risoto.

– Eu também – acrescentou Italo.

– Vinho?

— Gosto do Le Cret. Vocês têm?

— Claro. Para o segundo prato, esperamos um pouco?

— Tudo bem. Carlo, você pode matar uma curiosidade minha? Você é amigo do Caciuoppolo?

— Quem? — disse o rapaz, sorrindo.

— É um colega nosso, trabalha nas pistas.

— Ah, sim, conheço. Ele é de Vomero. Eu venho de Caserta. Vocês estão aqui por causa do crime no Crest, não é?

— É — respondeu Rocco.

— Vocês vão prender o filho da mãe que matou o Leone?

— Estamos tentando.

Italo entrou na conversa.

— O que estão dizendo na região?

Carlo apoiou os nós dos dedos na mesa.

— Estão dizendo muita coisa. Tem quem suspeite que o Leone pisou no calo de alguém lá na Sicília. Outros têm certeza que ele tinha contraído muitas dívidas e não conseguia pagar.

Rocco gostava do rapaz. Tinha o rosto inteligente e atento.

— E você, o que está pensando, Carlo? — perguntou para ele.

— Nada. Não o conhecia bem. E nem os negócios dele. Mas essa história de que é alguém lá do sul me parece idiotice. Se te matam por uma vingança, ou porque você traiu alguém, eles fazem o corpo aparecer no centro da cidade, ou então somem com ele pra sempre. Lá em cima, não faz sentido.

— Muito bem, Carlo. Está certo.

— Mas alguém o odiava – acrescentou Italo.

— Olhem – disse Carlo, respirando fundo –, só tinha uma coisa que era do Leone e que aqui em Champoluc todos queriam.

— O refúgio lá em Cuneaz? – arriscou Rocco.

— Não. Luisa Pec. Vocês a viram, não?

— E como! – respondeu Italo.

— Com licença, eu vou para a cozinha, senão só vou servir o risoto de vocês no jantar.

E pediu licença para os dois policiais, desaparecendo então por trás da porta vaivém.

Italo abaixou ligeiramente a cabeça, aproximando-se do subchefe para não ser ouvido pelos três casais que estavam nas mesas ali por perto.

— Rocco, mas um lugar como este eu não posso pagar de jeito nenhum.

— Italo, fique tranquilo, você é meu convidado. Porra, se não posso te oferecer um almoço, o que é que nós vamos fazer?

Italo deu de ombros, ligeiramente.

— É mesmo. E o que vamos fazer se, com 27 anos, continuo a morar na casa do meu pai para economizar no aluguel e nas contas, e se preciso fazer as contas para ir ao cinema e comer uma pizza...

— É – Rocco mordeu um grissino. – Você é esperto, Italo. As suas perspectivas de carreira na polícia é que não são lá muito boas.

— Eu sei. E digo mais uma coisa pra você. As minhas perspectivas em geral não são muito boas. Mas, se eu encontrar alguma coisa melhor, saio da polícia.

Italo não estava abrindo uma brecha para Rocco. Havia escancarado o portão. Sem perder tempo, Rocco entrou.

– Tem uma coisa que nós podemos fazer para melhorar um pouquinho a nossa existência nesta terra. Está interessado?

– De que se trata?

– É uma coisa ilegal.

Italo pegou um grissino. Deu uma mordida nele.

– Quanto?

– Muito ilegal.

– Roubar?

– Dos ladrões.

– Estou nessa! – e deu outra mordida no grissino. – Sou eu o uniforme sobre quem você falava com o seu amigo ao telefone, não é?

– Exato. Quer saber os detalhes?

– Pera aí. Me diz, do que se trata? Não precisa atirar, certo?

– Não. É maconha. Uma boa quantia.

– Uma apreensão?

– Exato, Italo. Mas nem tudo vai para a delegacia.

– Quanto sobra pra mim?

– Três mil e quinhentos.

– Negócio fechado!

E, nesse instante, um aroma intenso anunciou a chegada dos dois risotos ao vinho barolo. Italo e Rocco se voltaram para a porta da cozinha. Carlo vinha com um enorme prato de estanho fumegante e com um sorriso no rosto. Colocou o risoto na mesa. Serviu os policiais, enquanto nuvenzinhas de vapor se elevavam da comida. Em um silêncio religioso, os policiais observavam os grãos avermelhados e sentiam o perfume de paraíso na Terra que se espalhava por toda a sala. Carlo não disse palavra. Terminou de servir os policiais, depois fez uma ligeira mesura divertida e se afastou da mesa. Rocco pegou o garfo. Colocou o risoto ao vinho barolo na boca. Depois de Luisa Pec e das geleiras eternas, aquele risoto seria a terceira coisa de Champoluc que o subchefe levaria na memória para sempre.

Apenas enquanto bebericava uma grapa de zimbro e conversava, amável, com Carlo e Italo, Rocco se lembrou de que o juiz Baldi o convocara para as três e meia.

O rosto do magistrado à espera atrás da escrivaninha lhe apareceu com a violência de um soco bem na testa.

Italo dirigira com imprudência cortando as curvas em zigue-zague e trocando de marcha como um endemoniado. Rocco lhe dissera para ir mais devagar. Não por medo de colisão, mas porque se arriscava a fazer o risoto ao vinho barolo ir parar no tapete do automóvel, e desperdiçar aquela obra-prima por causa da convocação de um juiz não lhe parecia justo.

Chegaram com meia hora de atraso.

No entanto, Baldi não estava no escritório.

Rocco, sentado na frente da escrivaninha do magistrado, olhava o céu achatado e cinzento além da janela. A foto emoldurada em prata ainda estava ali, ao lado da mesa, virada para baixo. Estendeu o braço. Virou-a e olhou-a. Era a foto de uma mulher de uns quarenta anos. Cabelos cacheados, um lindo sorriso de anúncio de pasta de dente.

A ex do juiz era de uma beleza discreta, pelo menos ali no retrato emoldurado. Não uma mulher que faz você se virar na rua para olhar, mas dava para o gasto. A briga entre os dois devia ser recente. Porque a foto virada para baixo era apenas o primeiro passo rumo ao divórcio definitivo. Foto virada para baixo significava que o juiz ainda tinha alguma esperança de recuperar o relacionamento. Dali para frente, geralmente se passa para a foto na gaveta, sinal de que as coisas estão piorando, para acabar com a foto no lixo, o fim, a laje sepulcral. Rocco recolocou a fotografia no lugar bem na hora em que a porta se abriu. Baldi aparentava estar tranquilo e alegre; os cabelos que lhe cobriam uma parte da testa estavam mais soltos do que no dia anterior e balançavam a cada passo. Quando trocaram um aperto de mãos, ele sentiu a mão seca, segura e forte.

– Sinto muito o atraso, estava em Champoluc.

– Temos novidades? – perguntou Baldi.

– Algumas. Estou seguindo a pista do amante despeitado. O tal Omar Borghetti. Eu o convoquei à delegacia.

– Encontrei uma coisinha, sabe? Olhe aqui – disse o juiz, levantando o dedo indicador. Ele deu a volta na escrivaninha, abriu uma gaveta e tirou uma pequena pasta vermelha. Sentou-se na cadeira e a abriu. – O que temos aqui... o que temos... – repetia o magistrado, enquanto virava as folhas umedecendo os dedos. – Vejamos. Luisa Pec e Leone Miccichè se casaram faz um ano e meio. Um funcionário do cartório os casou. Nada de igreja. Fizeram a cerimônia em Cuneaz, onde têm um tipo de hotel perto das pistas. Comunhão de bens etc. Aqui – com o dedo sobre os documentos, Baldi olhou para Rocco. – Pediram um empréstimo de muitas dezenas de milhares de euros no Banco Intesa aqui em Aosta. Que, no entanto, não foi aprovado.

– Algum projeto em vista, o senhor acha?

– Eu diria que sim. Está vendo? – o juiz pegou uma folha da pasta. – Tinham dado como garantia uns imóveis lá na Sicília.

– Propriedade de Leone Miccichè e do irmão. Isto, no entanto, não significa nada.

– Não. Não significa nada. Peças, Schiavone. São todas peças que são colocadas juntas e talvez nos deem um belo quadro da situação.

– Sim, um belo quadro da situação. A propósito de peças, olhe isto – Rocco pegou as luvas compradas algumas horas antes na loja de Annarita.

– Bonitas – disse o juiz.

– Não são? São idênticas às do pobre do Leone. Posso fumar?

– Eu diria que não.

– É para mostrar uma coisa.

– Então, prossiga.

Rocco colocou um cigarro na boca. Pegou o isqueiro. Depois colocou as luvas. Tentou acender o cigarro. Não conseguia. O juiz o observava.

– O que o senhor quer me mostrar?

– Uma coisa simples. Leone Miccichè, antes de ser assassinado, fumou. Ele foi até aquele atalho, saindo da pista principal, e fumou um cigarro; provavelmente também bateu papo com o assassino. Mas não estava usando as luvas. Isto quer dizer que, em primeiro lugar! – e ergueu o polegar ainda enluvado –, o cigarro não foi o assassino que lhe ofereceu, mas ele pegou um dos seus próprios.

– Ele podia já estar fumando, não? Antes de chegar para bater papo com o assassino.

– Não, porque, se já estivesse com o cigarro na boca, ele estaria usando as luvas.

– Correto.

– Segundo! – e Rocco ergueu o indicador. – Provavelmente, ele também o acendeu. O que não se explica, no entanto, é outra coisa.

– E que seria?

– Por que tirar as duas luvas? Bastaria tirar uma.

Baldi pensou no assunto.

– É verdade. E o senhor formou alguma opinião?

– Não. Por enquanto, não. Só sei que o maço de Marlboro que Leone tinha no bolso estava vazio. Talvez ele tenha pegado o último e não tenha jogado o invólucro no chão por consciência ambiental.

– Pode ser. Ótimo, doutor Schiavone. Ótimo. Pensemos nisso.

Rocco tirou as luvas e as colocou no bolso enquanto o juiz fechava a pasta de Leone Miccichè.

– Agora, Schiavone, me deixe trabalhar. Estou com a receita no meu pé. Apanhamos uma boa quantidade de sonegadores. Coisa grande.

Rocco se levantou da cadeira.

– Sabe? Se não fosse toda essa evasão fiscal, seríamos um dos países mais ricos da Europa.

Rocco ficou parado, escutando. Pressentia que um dos sermões do magistrado estava por começar.

E estava mesmo.

– Porém, ninguém reconhece o Estado como algo que lhe pertença. Muitos na Itália pensam e raciocinam como no século XIX, que o Estado é um inimigo, um invasor que está ali para sugar o seu sangue e pronto. E só há um modo, muito simples, para acabar para sempre com a evasão fiscal. E sabe qual é?

– O senhor vai me dizer agora mesmo.

– Eliminar o dinheiro vivo. Todos os pagamentos, e estou dizendo todos, deveriam ser feitos com cartão de crédito ou de débito. Ninguém pode pagar em *cash*. E pronto! Teríamos como rastrear os pagamentos; e ninguém poderia dizer que não recebeu.

Rocco Schiavone pensou no assunto.

– Pode ser uma ideia. Mas há um porém, doutor.

– Diga – o magistrado o encorajou.

– E a senhoriagem, como fica?

Baldi o fitou.

– Sabe quanto custa imprimir uma nota de cem euros? Trinta centavos. E ela vale cem euros. A diferença, os bancos centrais embolsam. Ora, de acordo com o senhor, os bancos renunciariam a esses ganhos imensos para combater a evasão fiscal?

– Não havia pensado nisso. Muito bem, boa hipótese. Vou examinar a questão.

— Mas que porra é este monte de coisa na minha mesa? – berrou Rocco, olhando os envelopes e os pacotes. Era a correspondência de Leone Miccichè. Lembrou-se de ter dado a ordem ao gerente dos correios lá em Champoluc para enviar tudo para a delegacia. E aquele cara zeloso e apavorado havia obedecido. Começou a examinar tudo. Contas. Uma carta do banco. A fatura da Sky. Uma carta do Club Alpino Italiano. Abriu-a. Era a renovação da carteirinha. Nada de interessante. Jogou tudo dentro do cesto de papéis.

Sentou-se à escrivaninha, pegou a chave debaixo da foto emoldurada de Marina e abriu a gaveta. Precisava fumar um, tranquilo, para relaxar os nervos e espantar o cansaço. Pegou o primeiro baseado bem gordo, e a cabeça já tinha ido lá para os lados de Nora. Dormiria com ela esta noite? Não sabia. Não gostava de ficar longe de casa à noite. Gostava da sua cama, do seu colchão, que o reconhecia todas as noites e o abraçava junto com as cobertas. Acendeu o baseado e deu a primeira tragada. Depois, Annarita lhe voltou à cabeça, aquela da loja de artigos esportivos. Que o havia rechaçado com a força de uma mola industrial. Sim, ele havia confundido a gentileza da vendedora com disponibilidade. E era um erro imperdoável. Talvez, disse consigo mesmo, estivesse acostumado com a falta de educação e os modos rudes dos lojistas romanos. Aquele sorriso e aquela gentileza tinham outro significado. Em Roma. Em Aosta e no interior, pelo contrário, era a simples cortesia devida a um cliente. Nada mais. Estava na segunda tragada quando alguém bateu à porta.

– Não! – berrou o subchefe. Deu uma terceira tragada profunda, depois apagou o baseado diretamente no tampo da escrivaninha. Uma centena de fagulhas caiu por terra, como fogos de artifício. Cuspiu na bituca e a jogou no cesto de lixo. Levantou-se. Em primeiro lugar, foi abrir as janelas. Lá fora já estava escuro. Uma rajada gélida o atingiu no peito.

– Saco, que frio do cão – em seguida agitou o ar com as mãos como se estivesse espantando um mosquito e se dirigiu à porta do seu escritório. Abriu uma fresta. Apareceu o rosto do agente Casella.

– O que você quer?

– O Farinelli, da científica, está aqui. Mando entrar?

Rocco se voltou para o escritório. Inspirou. O cheiro de erva ainda era muito evidente. Tornou a olhar Casella.

– O Farinelli está resfriado?

Casella fez uma careta.

– Resfriado? Não, acho que não; por quê?

– Então o leve à sala dos passaportes.

– Faço com que ele preencha o formulário? – perguntou Casella.

– Qual formulário?

– Para o passaporte.

– Casella, o único formulário que eu gostaria que você preenchesse seria o da sua transferência para o fim do mundo calabrês. E suma daqui! – o mandou embora e fechou a porta.

Farinelli brincava com o copinho de plástico ainda cheio de café. Quando Rocco Schiavone entrou na sala dos passaportes, nem o mirou.

– Mas como é que vocês conseguem beber esta nojeira? Qualquer dia levo isto ao laboratório e faço uma análise.

– Não faça isso – respondeu Rocco, sentando-se na frente do colega –; certas coisas é melhor não saber. A gente vive melhor.

– Você pode dizer isso em alto e bom som, não é?

– Sim, eu posso. Você veio aqui revirar o meu passado ou tem alguma coisa realmente sensacional para me mostrar?

Farinelli se inclinou e pegou a bolsa de couro. Abriu-a. Com uma lentidão igual à de um monge zen japonês durante a cerimônia do chá. Rocco apoiou o queixo na mão e o ficou observando. O nariz de Farinelli era grande, mas combinava bem com aquela carona redonda. Tinha um pouco de prognatismo e, graças à mandíbula ligeiramente para frente, parecia ter sempre um sorrisinho arrogante nos lábios. Os olhos negros eram inteligentes, mas daquela inteligência precisa, de um contador que acha pelo em casca de ovo. Ele não fazia nenhum animal surgir na cabeça de Rocco. Ainda que há algum tempo revirasse a memória em busca de uma semelhança. E a procurava entre os répteis. Porque olhos desse jeito, firmes e escuros, só eles têm.

– Como está a sua esposa? – perguntou.

Farinelli o encarou.

– Bem. Por quê?

– Por nada, falei só por falar. Ela continua bonita?

– Eu gostaria que você não pensasse na minha esposa.

Finalmente, Farinelli mostrou uns papéis.

— Bem, duas coisas muito importantes. A primeira é o lenço encontrado na boca do cadáver.

— Sim.

— Cheio de sangue. Nós o examinamos.

— Deixa eu adivinhar? Era de Leone Miccichè!

Farinelli passou a língua nos dentes. Parecia que queria cuspir no rosto do subchefe.

— Lógico – respondeu –, mas isso não é tudo. Veja, fizemos uma análise simples, e o resultado é grupo sanguíneo A Rh negativo. O grupo do Miccichè. Depois, no entanto, quase por acaso, o que foi que nós descobrimos?

— Que tem outro?

— Isso. Grupo O. Tá entendendo? Grupo O negativo 4.4. E é de um homem. O que nos diz duas coisas: ou o assassino se cortou, talvez Leone o tenha mordido enquanto o homem lhe enfiava o lenço na boca, desde que nesse momento Miccichè ainda estivesse vivo, ou então é sangue de uma ferida velha. Mas creio que nós temos o grupo sanguíneo do assassino.

— Ótimo! Agora a gente manda fazer exame de sangue em uns milhares de pessoas, vemos quem não tinha álibi e pá! Nós o pegamos.

— Era uma piada?

— Esqueça, Farinelli. Ótimo trabalho, de qualquer modo – e lhe deu um tapa nas costas. – É uma excelente notícia.

— Sim, mas tenho outra ainda mais curiosa.

— Sou todo ouvidos.

— Você se lembra do tabaco que encontramos no local?

— Sim, aquele todo picado, como não. E daí?

— Não é Marlboro.

Rocco colocou as mãos na frente da boca.

— O que foi? – perguntou Farinelli.

— Sabe que tipo de tabaco é?

— Precisamos fazer análises muito longas e tediosas. Mas, se ajuda...

— Ajuda e muito. Muito mesmo – disse Rocco e, perdido em seus pensamentos, se levantou da cadeira. – Luca, me diz uma coisa, vocês por acaso encontraram também o isqueiro lá em cima?

— Não. Não o encontramos. Por quê?

— Agora eu acho que entendi por que o Leone tirou as duas luvas. Obrigado, Luca... excelente trabalho. – Então, saindo da sala do passaporte, chamou em altos brados: – Pierron!

Italo freou ao lado do teleférico. Já estava escuro fazia um tempinho, e os carros com os esquiadores haviam ido embora. Nas pistas, no alto, Rocco via os faróis dos gatos que trabalhavam a neve. As lojas ainda estavam abertas, e as luzes alegres davam um ar natalino a toda a localidade, ainda que o Natal já tivesse passado fazia um bom tempo.

A temperatura estava bem abaixo de zero. Inutilmente Rocco abotoou o último botão do *loden*. A mão gélida se insinuava mesmo assim entre as suas roupas, acariciando-lhe, sádica, a pele.

— Onde nós procuramos? – perguntou Italo, acionando a trava eletrônica da BMW.

Rocco não respondeu. Saiu imediatamente na direção do bar de Mario e Michel, que era o ponto de encontro dos instrutores de esqui no povoado. Do lado de fora havia uma barraca que vendia *vin brulé*, e alguns instrutores, com os casacos acolchoados vermelhos, os rostos queimados pelo sol, os sapatões com grampos ainda nos pés, se divertiam, riam e bebiam junto com os ingleses.

– Subchefe de polícia Schiavone. Estou procurando Omar. Onde ele está?

O instrutor estrábico se voltou, segurando na mão o copo de vinho. Estava embriagado.

– Está lá dentro. Está jogando baralho.

– Obrigado – Rocco passou a barraca de *vin brulé* e se voltou na direção de Italo.

– Beba alguma coisa. Volto logo.

Os vidros do bar estavam embaçados no lado de dentro, sinal de que estava tão cheio quanto o ônibus no horário de pico. Rocco abriu a porta dupla, entrou, e um calor de floresta tropical o envolveu junto com um cheiro forte de álcool e de café. Não havia lugar nem para ficar em pé. O barulho do vapor da Faema que funcionava para fazer ponche, cappuccino e chá, as vozes, as risadas e o tilintar dos copos eram ensurdecedores. O subchefe deu uma olhada por todo o local. Vislumbrou Amedeo Gunelli, o rapaz que havia encontrado Leone, sentado a uma mesinha com umas pessoas. Lá estavam a instrutora de esqui, a gordinha, junto com seu colega-amante de cabelos encaracolados. Depois, outra mancha vermelha. Era o casaco de Omar Borghetti. Ele estava sentado a uma mesinha com três pessoas; cartas na mão, empenhado em uma partida de escopa. Jogou uma carta na mesa, berrando "Escopa!", e o seu companheiro berrou de alegria. Omar sorriu.

– E com este fazemos 21, não?

Foi nesse momento que sentiu nas costas a mão de Rocco Schiavone, pesada como a caçamba de uma escavadeira.

Mario lhes dera duas cadeiras e eles haviam se instalado na dispensa, entre caixas e engradados. Sentados um de frente para o outro, Rocco fitava Omar. Omar, por sua vez, olhava para o chão. O subchefe não dizia uma palavra. Esperava. Fazia com que os segundos transcorressem sem dizer uma palavra.

Omar Borghetti havia passado um pouco dos quarenta anos, mas o físico indicava outra coisa. Os cabelos bastos e curtos, salpicados de branco. O rosto bronzeado e atravessado por dezenas de pequenas rugas claras, sobretudo nos cantos dos olhos, onde pareciam evidenciar a cor verde-água da íris. Ele devia causar estragos na pista. Rocco imaginava dezenas de vovós e de menininhas que o adoravam aos gritos, "Professor! Professor! Como é que eu estou indo?", e que caíam desajeitadas por cima dele para que fossem erguidas por seus braços potentes e másculos.

Aquele silêncio constrangia o esquiador, que o enfrentava acariciando a pele das faces recém-escanhoadas. E que tinham dezenas de pequenos cortes, sobretudo perto do pescoço.

– Onde o senhor esteve até agora? – disse, de repente, Rocco Schiavone. – Eu estava à sua procura. Sabe disso?

– Não.

– Fui à escola de esqui. O senhor não estava lá. Os seus colegas não lhe disseram?

– Sim, mas pensei que fosse uma história de uma multa que não paguei no mês passado. Quer dizer, para essas coisas tem tempo, não é? – e deu um sorrisinho do tipo "eu e você nos entendemos, né?".

– Uma multa? – rugiu o subchefe, e o sorrisinho de Omar desapareceu como a onda na praia. – E, na sua opinião, por uma porra de uma multa um subchefe sai por aí?

– Então por que o senhor me procurou?

– Porque me apaixonei por você – disse Rocco. – Que besta, quando a polícia o procura você se apresenta o mais rápido possível, fui claro?

– Por que o senhor não fala mais baixo?

– Porque aqui não estamos nas pistas, Borghetti, eu já poderia colocar você atrás das grades. Aqui, eu sou o subchefe, e você não é porra nenhuma e responde às minhas perguntas, claro?

– O senhor é um animal, me chame de senhor!

Rocco se levantou de um salto.

– Se você não fechar essa porra dessa boca eu te faço uma coisa que vai dar muito trabalho pro seu dentista.

– Muito bonito o senhor, se escondendo por trás de um uniforme.

– Eu não estou usando uniforme, cara de bosta, estou com um *loden*. E eu te espero quando e onde você quiser e te reduzo a um monte de carne picada!

– Me faça as perguntas que deve me fazer e largue do meu pé! – berrou Omar.

Primeiro ele sentiu o deslocamento do ar, depois o impacto da mão no rosto que fez sua cabeça virar e quase o fez cair da cadeira. Omar arregalou os olhos, parecia não acreditar no que acabara de acontecer. Rocco estava em pé, com as mãos apoiadas no espaldar da cadeira, e se inclinava sobre ele como um temporal que se aproxima.

– Você ainda não entendeu com quem está lidando.

Omar levou a mão ao rosto. A narina direita estava manchada de sangue.

– O senhor pegue isto – disse o subchefe, passando de repente a tratá-lo por senhor e lhe estendendo um lenço. O instrutor de esqui enxugou o sangue. – Tudo bem, nós começamos com o pé esquerdo. Tentarei manter a conversa no plano do respeito mútuo, sr. Borghetti.

"Um bipolar", pensou Omar. "Esse aí é louco de pedra."

Rocco acendeu um cigarro.

– Vamos ao que interessa, ok? – soltou a fumaça no ar, depois tornou a olhar o instrutor de esqui. – Por que na quinta-feira à noite o senhor estava no escritório, lá nas pistas, depois da hora de fechar?

– Quinta-feira?

– A noite em que Leone Miccichè foi assassinado. Por que o senhor ainda estava lá no alto?

– Eu? Eu não estava lá no alto. Eu nunca fico no escritório depois das quatro e meia.

O queixo lhe tremia e as pálpebras piscavam. Rocco não tirava os olhos dele.

– A porta do escritório estava aberta. O senhor é o único a ter as chaves além do encarregado de turno. Quem pode ter aberto a porta, se não o senhor?

– Quem estava de turno e tinha a chave.

– Resposta errada. Não era ele. Então?

Omar Borghetti passou a mão no rosto.

– Se o senhor não estava na escola, pode me dizer então onde estava?

– É uma coisa delicada.

– Não tanto quanto uma acusação de homicídio, pode acreditar em mim.

– Homicídio? – apesar do belo bronzeado, Omar ficou pálido como um fantasma. – Mas que homicídio? O que...?

– Exatamente logo depois de o senhor estar zanzando lá no escritório, alguém estava matando o Leone. O senhor não sabe disso, mas agora espero que a situação tenha ficado clara.

– Não. Eu não. Eu não sabia. Quer dizer, sabia que o Leone, naquela noite... mas não sabia, não naquela hora. Meu Deus, meu Deus, meu Deus – cobriu o rosto com as mãos.

Omar Borghetti havia entendido.

Rocco recuperou o lenço sujo de sangue. Ele o olhou, sorrindo, e o guardou no bolso.

– Então o senhor não quer mesmo me dizer o que estava fazendo lá no alto?

– Quero um advogado – disse Omar Borghetti, com uma voz estranha e sem vida, como se dublado por alguém.

– O senhor viu filmes demais na televisão, Borghetti. Eu só estou perguntando...

– O senhor está me enchendo o saco, comissário, e se está me acusando, me diga, porque eu quero um advogado!

Rocco voltou a falar alto.

– Eu acabei de lhe pedir para manter a conversa em níveis aceitáveis de educação. Mas o senhor está pisando no meu pé com sapato de biqueira de ferro, e eu lhe garanto, isso não é uma coisa agradável. Eu só quero saber o que o senhor estava fazendo lá em cima na noite do homicídio!

– E eu quero um advogado.

– Tudo bem. Vamos fazer o seguinte. Eu lhe enviarei oficialmente uma notificação até amanhã de manhã, o senhor deverá se apresentar perante o juiz, com o advogado. Eu tenho elementos em mãos para colocar o senhor atrás das grades por um tempinho, e lhe asseguro que, na hipótese de o senhor conseguir sair, eu uso três quartos do meu tempo para tornar a sua vida um inferno. Eu acabei de chegar a Aosta, Borghetti, e não tenho porra nenhuma pra fazer. O senhor vai maldizer o dia em que não quis responder educadamente às minhas perguntas. Até logo.

Rocco virou as costas no exato momento em que Omar falou.

– Estava no Belle Cuneaz. Com Luisa.

Rocco voltou a encarar Omar.

– Por quê?

– Queria falar com ela.

– O senhor odiava Leone Miccichè. Ele roubou Luisa e também o projeto do refúgio lá nas pistas, diga a verdade.

– Como é que o senhor faz pra saber de certas coisas?

Rocco não respondeu.

Omar prosseguiu.

– Eu e Luisa éramos, ou melhor, somos muito amigos.

– Mas para o senhor a coisa não andava muito bem, não? E depois ficou sabendo que ela estava grávida e então perdeu a cabeça.

– Luisa amava Leone, e não tinha lugar pra mim, eu sabia, e sei mesmo agora, quando Leone não está mais vivo. Eu e Luisa agora somos como irmãos.

– E sobre o que o senhor queria falar com ela aquela noite?

– Sobre o quê?

– Ah, muito esperto. Sobre o quê?

Omar passou uma das mãos no rosto.

– É uma coisa delicada.

– Eu sou uma pessoa delicada.

Omar fez uma careta sarcástica. Rocco respondeu com um sorriso.

– Sei que causo uma impressão diferente, não é mesmo? Mas o senhor já leu Pirandello? Cada qual desempenha um papel nesta vida, e a máscara, e blá-blá-blá?

Finalmente, Omar falou.

— Luisa está me devendo.
— Quanto?
— Quase cem.
— Cem mil? E a troco de quê?
— A estação passada foi um desastre. E aí o Leone tinha feito umas melhorias, quis colocar banheira de hidromassagem em todos os quartos, e uma jacuzzi externa. Mas não tinha dinheiro suficiente. Então eu dei uma mão. Eram as minhas economias. Eu queria receber de volta, sabe, não se fica milionário sendo instrutor.
— E nem sendo policial. E vocês discutiram? Brigaram?
— Não. Ela simplesmente me disse para esperar no máximo um mês, que a estação estava indo de vento em popa, e que ela pagaria a dívida.
— E aí?
— Aí eu fui embora. Coloquei os esquis e desci para o povoado.
— Que horas eram?
— Não sei, estava escuro. Os gatos já estavam trabalhando na pista.
— O senhor sabe esquiar no escuro?

Omar apresentou seu melhor sorriso.

— Senhor subchefe, eu sou medalha de bronze no Italiano de 1982, e fazia parte da *squadra azzurra*. Eu poderia esquiar em uma crevasse de costas e com os olhos fechados. Aprendi primeiro a descer com os esquis e depois a andar.
— Encontrou alguém descendo para o povoado?
— Não. Ninguém.
— O senhor e a Luisa se veem sempre?

– Quase todos os dias. Ela vai à minha casa de vez em quando. Batemos papo, tomamos um chá. Ou então eu vou ao refúgio. Eu disse para o senhor, somos como irmãos.

– E se eu pedir para Luisa Pec confirmar essa versão dos fatos, o que ela me diria?

– O que eu disse para o senhor. A verdade.

Rocco andou uns passos na saleta. Olhou o espelho pintado da Coca-Cola, a geladeira dos sorvetes à espera da estação quente, um rack cheio de garrafas de vinho tinto e as caixas de gim.

– Então, o que o senhor pensa? Quem poderia estar no escritório naquela hora?

– Não tenho ideia.

– Tem alguma coisa naquele escritório que possa chamar a atenção de alguém?

– Não, que é isso. Tem um armarinho, e colocamos nele as coisas para alguma emergência. Bobagens, sabe? Tipo uma malha de reposição, óculos. Não tem dinheiro, e nem coisas de valor. A não ser um televisor da década de 90, que eu nem sei se funciona.

– E se eu precisasse tornar a falar com o senhor?

– Telefone para a escola de esqui. Eu vou telefonar todos os dias para saber se o senhor me procurou. E lhe dou também o endereço de casa, para qualquer emergência.

– Não preciso sair à procura do senhor, certo?

– Não.

Rocco abriu o maço de cigarros e ofereceu um para Omar Borghetti.

– Fuma?

O instrutor de esqui negou com a cabeça, decidido.
– Não, obrigado, nunca fumei.
Rocco registrou a informação.
– Sinto muito pelo tabefe.
– Eu é que sinto. Eu me comportei como um idiota.
Omar estendeu a mão, mas Rocco não correspondeu.
– Se o senhor me permite – disse o policial –, eu o cumprimentarei quando tudo isto tiver terminado.
– Quer dizer que o senhor ainda pensa que eu...
– Quando tudo isto tiver terminado – repetiu Rocco, pronunciando distintamente cada palavra.

Italo já estava no segundo copo de vinho quente quando Rocco saiu do bar de Mario e Michael.
– Isto aqui desce que é uma beleza. O senhor o encontrou?
– Tudo certo. Vamos voltar para casa – Rocco o olhou. – Você é capaz de dirigir? Não vai me dizer que está bêbado?
– Com este frio, pra ficar bêbado precisaria de uns seis copos.
– Veja lá, não estou com vontade de me chocar contra uma árvore.
– Tudo sob controle.
Eles foram até o carro.
– Levo o senhor para casa?
– Não estamos na delegacia. Pode me chamar de você.
– Ah, é; verdade, eu tinha esquecido. Pra casa, então?
– Primeiro vamos ao laboratório. Tenho de dar uma coisa para o Fumagalli.

— O quê?
— Um lenço.

Entraram no carro. Seis segundos depois, a BMW de Italo, espalhando lama e neve para todos os lados, partiu rumo a Aosta.

Quente, a ponto de ferver, raspo a pele, quero senti-la berrando de calor. Eu gosto de deixar cair a água na cabeça e fechar os olhos. Só que, por trás das pálpebras, sempre tem alguma coisa que me leva a abri-las. É um tipo de álbum fotográfico, por trás das pálpebras. E são todas fotografias que eu nunca olharia. Mas elas estão ali. Alguém as colocou. Torno a abrir os olhos, então. O banheiro se transformou em um banho turco. Mal vejo meus pés. A unha ficou arroxeada. Saio do box. Fumaça e vapor por todos os lados. Branco leitoso, como se dentro do banheiro tivesse entrado uma nuvem. Bonita. Quente.

— O que você está fazendo? — é a voz de Marina. Não consigo vê-la. Está oculta pelo vapor.

— Tenho de sair, querida. O Sebastiano está me esperando. Na verdade, até estou atrasado.

— Vocês vão fazer alguma bobagem?

Fico com vontade de rir. As bobagens, como a minha esposa as chama, ela ainda não sabe, mas será graças a elas se um dia formos viver na Provença.

— É. Vamos fazer uma idiotice.

— Preste atenção. Não se meta em encrenca.

— Tudo bem, querida. Onde você está? Não estou te vendo.

— Estou aqui, do lado da porta.

Tiro o vapor do espelho com a mão. Aparece o meu rosto. A barba já cresceu. E veja só que olheiras.

– Pareço um guaxinim, não é?

Marina ri. Ela ri em silêncio. Você percebe porque do nariz lhe saem jatinhos regulares de ar. Tz tz tz tz... parece um sprinkler de jardim.

– Você quer saber a palavra do dia?

– Sim. Qual é?

– Jactação. É uma agitação dos membros, provocada por estado nervoso ou febre alta ou doenças agudas.

Começo a passar a espuma de barbear no rosto. Jactação.

– Quem é que realiza ações sem sentido provocadas por um estado nervoso? – pergunto para ela.

– Isso você deveria entender sozinho, Rocco.

– Eu? E quais são essas ações?

– Mais cedo ou mais tarde é preciso enfrentar a situação, você não acha?

Eu sei. E gostaria de fechar os olhos. Mas depois o álbum fotográfico dos horrores poderia tornar a me fazer uma visita por trás das pálpebras. Torno a abrir os olhos. O vapor no banheiro desapareceu. Só no espelho tem a marca de um soco. Deve ter sido eu.

Não se lembrava, no entanto, de ter desenhado um coração. Rocco apoiou a testa nele. Depois, tornou a passar a espuma de barbear no rosto.

Sebastiano Cecchetti estava na mesa da noite anterior. Mal viu Rocco entrar no restaurante, lhe fez um gesto, levantando a mão. Tinha umas gotas de suor na raiz dos cabelos e algumas gotinhas bem embaixo do nariz. E não era a temperatura do restaurante que lhe provocava essa reação. Seba estava tenso e preocupado. Bastava olhar nos olhos dele para se dar conta disso.

– O que é que está acontecendo, Seba?

– Estou esperando um telefonema. O caminhão talvez chegue antes. Amanhã, na hora do almoço.

– Num domingo?

– Num domingo.

– Amanhã tem Roma e Udinese. Não quero perder.

– Rocco, estou achando que você vai perder – Sebastiano deu uma olhada no celular. Estava verificando se tinha sinal. – Você falou com o uniforme?

– Tudo certo. Está com a gente. Só espera que eu o chame. Sabia que seria amanhã à noite, mas não tem problema.

Sebastiano massageou a barriga.

– O estômago está revirando. Não sei. Qualquer coisa está cheirando mal, estou com medo de que dê alguma confusão.

– Hum. O que fazemos?

– Vou comer só um pouco de queijo.

Rocco balançou a cabeça.

– Estou querendo dizer amanhã. Vamos em frente?

– Te falo assim que receber o telefonema.

– Oi, Rocco!

Não havia percebido a aproximação dela. Havia surgido por detrás da coluna. Nora mordiscava um grissino apoiada à parede, lânguida. Os cabelos presos num rabo de cavalo mostravam o pescoço longo e a delicada curva da garganta, enfeitada com um colar de pérolas.

– Oi, Nora.

Sebastiano se voltou para a mulher.

– Você desapareceu. Muita coisa pra fazer?

– Uma confusão. Este é o meu amigo Sebastiano. Vem de Roma.

Sebastiano se levantou, e se seguiu um elegante beija-mão.

– Muito prazer.

– Está sozinha? – perguntou Rocco.

Nora indicou uma mesa, onde estavam um homem e uma mulher de uns cinquenta anos, que riam fazendo luzir os dentes mais brancos que os copos e que os pratos na mesa.

– Quem são? – perguntou Rocco.

Nora mastigou um pedaço de grissino.

– Amigos. Com ciúmes?

– Não – respondeu Rocco, enquanto Sebastiano a inspecionou com um olhar de cima a baixo, pior que scanner de aeroporto. Nora ficou ali, apoiada à parede com seu tailleur cinza-escuro. Sentia os olhos de Sebastiano grudados nela e isso parecia lhe proporcionar um prazer sutil.

– Amanhã é domingo. O que a gente vai fazer? A gente se vê?

– Olha, Nora, este não é o momento. Se você quiser, eu telefono mais tarde.

– Mais tarde é tarde demais.

– Então a gente se fala amanhã e eu digo o que a gente vai fazer.

Nora piscou para Rocco, ofereceu um sorriso a Sebastiano e voltou para a mesa. Sebastiano não a perdeu de vista até ela se sentar.

– Corpão. Quem é?

– Uma mulher.

– Você a trata como merda.

– Você acha? Eu a trato como a gente se trata na cama. Nada mais, nada menos.

– Eu acho que vocês ficam bem juntos.

– Acha? – perguntou Rocco.

– Acho. Hoje à noite você vai?

– Hmm.

– Você vai levá-la pra casa, não?

– Não estou nem pensando nisso, Seba. Eu, em casa, não levo ninguém.

Sebastiano encheu um copo d'água.

– Um dia você tem de superar esse treco, Rocco.

Rocco não respondeu. Olhava a toalha, tirando dela imaginárias migalhas de pão.

– Você não pode continuar desse jeito. Já se passaram quatro anos. Quando é que...

Rocco olhou para o amigo.

– Sebastiano, eu gosto de você. Mas sobre esse assunto, por favor, não diga nada. Não me dê conselhos sobre coisas que eu já sei. Eu não suporto. Ponto final.

– Rocco, a Marina está...

– Chega, Seba! Por favor – berrou Rocco, com os olhos vermelhos e úmidos e a boca contraída em um grito contido pelo desespero que o deixava paralisado e lhe sufocava a garganta, quase o impedindo de respirar.

Sebastiano deu uns tapinhas na mão que estava apoiada na toalha.

– Desculpe, Rocco. Me desculpe.

Rocco piscou algumas vezes. Enxugou uma lágrima, deu uma fungada e depois sorriu.

– Que é isso, Seba. Eu gosto de você.

As nuvens haviam passado e os passarinhos tinham voltado a cantar, felizes. Sebastiano recuperou o sorriso e indicou Nora na outra mesa.

– Eu iria pra cama com aquela lá.

– Não chega a ucraniana?

– Tem razão. Ela me fez uma chupetinha das boas.

Os dois começaram a rir e, bem nesse momento, o celular de Sebastiano vibrou. Com um gesto rápido, o homem estendeu a manzorra e agarrou o BlackBerry. Levou-o ao ouvido sem dizer uma palavra. Estava ali, escutando, prestando muita atenção naquilo que seu interlocutor dizia. Rocco não entendia, Sebastiano não demonstrava nenhuma emoção. Depois, o homenzarrão abaixou a cabeça, acompanhando o gesto com uns grunhidos. "Mmm. Mmmm." E começou a amassar um pedacinho de pão. Outros grunhidos. Finalmente disse uma palavra muito expressiva.

– Caralho! – e encerrou o telefonema.

Olhou Rocco nos olhos.

– Não é pra amanhã na hora do almoço.

– Ótimo.

– É pra hoje à noite, Rocco!

Sábado à noite

Exatamente meia hora depois do telefonema de Rocco, Italo Pierron se apresentou no corso Ivrea, de uniforme, o rosto tenso e escanhoado. Pôs-se ao volante do Volvo do subchefe. Rocco pegou a sirene e a colocou sobre o teto do carro. Enquanto Italo acelerava na direção da autoestrada, Rocco fez as apresentações:

– Seba, este é Italo; Italo, este é Sebastiano.

– Muito prazer – disse Italo. Sebastiano, por sua vez, não disse nada. Olhava lá fora as luzes dos outros carros e as massas escuras das montanhas.

Durante meia hora, ninguém disse nada.

Finalmente, Sebastiano se manifestou.

– Então, o plano é o seguinte. O caminhão a gente reconhece com facilidade. É laranja, e no contêiner está escrito Kooning S.p.A. Entendido?

– A gente sabe por qual estrada ele vem? – perguntou Rocco.

– A carreta sai da autoestrada depois do túnel perto das onze horas, e vai pela nacional 26. Deve fazer uma parada em Morgex, mas a gente tem de pará-la antes.

– Em Chenoz? – propôs Italo, tentando adivinhar.

– Muito bem! – disse, espantado, Sebastiano.

– É nativo – acrescentou Rocco. – Assim que a gente parar, distintivo na mão, e a gente manda eles abrirem o baú; e você, Seba?

– Vocês têm de me deixar antes de Morgex, em Chez Borgne. O furgão está lá. Eu me encontro com vocês no posto de bloqueio, carregamos e vamos embora.

– A gente não tem de escoltá-los até a delegacia? – perguntou Italo.

Quem respondeu foi Rocco:

– Depende. Se eles aceitarem a proposta, deixamos que eles sigam com a carga um pouco mais leve. Se, pelo contrário, eles encherem o saco, aí, sim, temos de levá-los para a delegacia.

– E a nossa parte? – perguntou Italo, que parecia não ter feito outra coisa a vida toda.

– Pegamos depois da apreensão – acrescentou Rocco. – Mas eu tenho certeza de que não vai ser preciso.

Um vento forte e insistente retorcia o topo das árvores, que se inclinavam como se quisessem recolher as pinhas recém-perdidas. A neve esfarrapada às margens da estrada era preta. Italo estava parado atrás de uma curva no meio da estrada com a placa de sinalização na mão e batia os pés por causa do frio. Rocco, por sua vez, fumava apoiado no capô do carro, iluminado de modo intermitente pela luzinha azul. As nuvens no alto corriam e de tempos em tempos deixavam entrever um pedacinho de céu salpicado de estrelas. Um único poste de luz a duzentos metros de distância coloria a neve e a estrada de um amarelo sujo. Os poucos carros que passavam mal viam o agente de polícia ao lado da estrada e diminuíam a marcha na hora. Mas Italo agitava a placa de sinalização para que eles prosseguissem e se perdessem na noite. Eram onze e meia. Não devia faltar muito tempo.

– E o que mais você descobriu a meu respeito? – perguntou Rocco no silêncio da noite, interrompido apenas pelo rumorejar das árvores. Italo se voltou para olhá-lo. O subchefe, com os olhos fixos na estrada, soltava a fumaça branca do cigarro que se misturava à respiração.

– Que suspeitam do seu envolvimento com duas mortes, e alguma coisa que tem a ver com um político.

Rocco deu mais uma tragada.

– Ah. E você, o que ficou pensando?

– Eu? Nada. Ou melhor, sobre as mortes eu pensei alguma coisa. Eles tinham nome?

– Mas é claro que tinham.

– Mas foi você?

Rocco jogou fora o cigarro.

– Quer saber de uma coisa? A vingança não serve pra nada. Ou melhor, só serve pra fazer você acreditar que ajeitou tudo, refez o mosaico. Na verdade, você só deu vazão à sua frustração. Compreensível, mas sempre se trata de frustração. O problema, porém, é que até você se vingar, você não entende essas coisas. Eliminar quem te fez mal é inútil. Você continua a cometer o mesmo erro. E eu vou morrer com esse erro.

– E por isso mandaram você pra cá?

Rocco sorriu.

– Não. Essa é uma velha história. Faz quatro anos. Não, estou aqui por outro motivo. Você não sabe de nada, porque não ficaram sabendo de nada.

– Está a fim de me contar?

— Um imbecil de trinta anos violentava menininhas. Eu o peguei e, em vez de prendê-lo, como deveria ter feito, eu enchi ele de porrada. Agora ele anda com uma bengala e perdeu a vista de um olho. Satisfeito?

— Puta que... e você foi denunciado?

— Não. O fulano é filho de alguém que tem poder suficiente para acabar com a minha pele. E ele acabou.

— Quantas menininhas ele violentou?

— Sete. Uma se matou faz seis meses. Sabe em que ponto eu errei? Falar com eles, com os pais, vê-las e ter uma ideia de como ele as havia deixado. Nunca se deixe envolver emocionalmente, Italo. É um erro. Um erro imenso. Você perde a lucidez e o autocontrole.

— E agora, onde está o fulano?

— Eu já disse. Por aí. Ainda que andando com bengala. E, mais cedo ou mais tarde, vai voltar a fazer. Lindo, não?

Italo balançou a cabeça.

— E por isso te mandaram embora de Roma?

— Dá para acreditar? Sim, por isso. Que é uma das poucas coisas justas que eu fiz na vida.

— Eu teria matado o sujeito.

— Não fale assim, Italo. Você já matou alguém?

— Não.

— Não faça isso. Porque depois você pega o hábito — Rocco olhou para o céu. Depois, sorriu ligeiramente. — Dá para ver as estrelas. Amanhã vai fazer sol.

Italo olhou para o alto.

— Não é garantido. Talvez em dez minutos tudo esteja coberto de novo.

À distância, um cão latiu. Foi respondido pelo balido de uma ovelha. Depois, um rugido distante. Um gorgolejar subterrâneo e contínuo. Poderia se parecer com a cheia de um rio ou uma avalanche se aproximando deles.

Em vez disso, era o motor de um caminhão. Rocco saiu do Volvo.

– Vamos, Italo, está na hora.

Italo cuspiu no chão e se endireitou, segurando a placa de sinalização.

– Destrave a arma – sugeriu o subchefe.

Italo abriu o coldre, liberando a pistola.

– Está armado?

Rocco assentiu. Andou na direção da estrada. Agora o barulho estava mais forte. O caminhão estava se aproximando. Faltava pouco, e os faróis do monstrengo apareceriam ali na curva, iluminando o asfalto e o bosque nas laterais da estrada. Italo engoliu em seco. Rocco jogou o cigarro na neve suja de lama.

– Deixe que eu falo. Você me segue.

O policial jovem concordou, nervoso.

– Fique calmo, Italo.

O motor estava cada vez mais perto. Rocco fungou e, de repente, como se fosse um encantamento, o vento parou de sacudir homens e coisas. Em seguida, na curva surgiram oito faróis ofuscantes em meio ao rugido de centenas de cavalos-vapor. A carreta, um dragão de metal enorme que soltava vapor, parecia querer engolir o vale e os seus habitantes. Italo imediatamente ergueu a placa de sinalização. Rocco se afastou do carro. O motor do monstrengo bufou, os policiais perceberam a redução da marcha e o veículo perdeu velocidade enquanto se aproximava deles. Era uma carreta sem reboque. Do lado, estava distinta e visível a escrita *Kooning S.p.A.*

– É ele – gritou Rocco.

O monstrengo diminuía a velocidade. Uma luz começou a piscar do lado direito do veículo que, devagar, passou pelos policiais. A cabine do motorista estava às escuras. Enquanto via a carreta passar, Rocco só conseguiu ver um pequeno reflexo luminoso de algumas luzes no painel de controle. O caminhão, bufando e fazendo muito barulho, se deteve a uns vinte metros à frente dos policiais. O motor parou e o monstrengo ficou ali, com as luzes acesas e a fumaça que saía dos dois canos de escapamento traseiros. À espera. A porta do motorista não se abriu.

– Vamos! – disse Rocco. E saiu andando na direção da carreta. Italo colocou a placa de sinalização no teto do Volvo, verificou se a pistola estava em seu devido lugar, e então seguiu o subchefe.

Rocco havia se aproximado do caminhão. As partes cromadas brilhavam com as luzes do único poste de iluminação que sinalizava o cruzamento à distância. O motor em ponto morto golpeava a noite de modo ritmado. O subchefe bateu três vezes e depois ouviu o barulho do vidro que se abaixava. Surgiu o rosto do motorista. Loiro, nariz achatado, olhos claros e cheio de espinhas. Pouco mais de vinte anos. Sorriu e olhou o subchefe. Faltavam-lhe pelo menos três dentes.

– *Ja*?* – disse.

---

* Em alemão no original: Sim. (N.T.)

Ja, pensou Rocco.

– Abra, idiota! – berrou.

O homem fez sinal de que não entendia a língua.

– *Open and come down!** – berrou Italo, mal havia se aproximado, com um timbre e um tom de voz indiscutivelmente peremptórios.

A porta se escancarou e o motorista apoiou um pé no primeiro degrau.

– *Am I to come down?***

– *Yes! Now!**** – respondeu Italo.

O homem obedeceu. Desceu os degraus e, com um pulo final, pisou na estrada. Rocco fez um gesto para que ele se aproximasse. O homem obedeceu tranquilo, sempre com um sorriso no rosto. Italo, por sua vez, subiu no caminhão e se inclinou para dentro da cabina.

– *You!* – berrou. – *Come down. Documents!*****

Rocco não entendeu com quem ele estava falando. Mas é claro que deveriam ser dois motoristas. O agente Pierron se retirou da cabine e tornou a descer os degraus. Pouco depois, um segundo homem saiu da cabine com cara de quem acabou de acordar. Era negro, grandão e com os cabelos rasta. Tinha nas mãos um envelope de plástico.

Os dois caminhoneiros, um ao lado do outro, vestidos só com uma malha, pareciam não sentir o frio,

---

* Abra e desça! (N.T.)
** Tenho que descer? (N.T.)
*** Sim! Agora! (N.T.)
**** Você! Desça. Documentos! (N.T.)

não tremiam. Estavam ali como se fosse primavera e as cerejeiras já estivessem em flor. Eram mais altos do que Rocco pelo menos uns dez centímetros, e os bíceps dos dois eram indecentemente grandes.

– São fortinhos, hein? – disse Italo. – *Stay quiet and calm down, ok?**

– Ok – responderam em coro os dois caminhoneiros, enquanto Rocco abria o plástico com os documentos. Fingia interesse, mas estava pouco se importando com o que estava escrito e com os timbres da alfândega.

Pouco surpreso, ele encontrou notas de dinheiro dentro do licenciamento do veículo. Eram duas notas de cem. Deu um sorriso, olhando os dois caminhoneiros. Estes responderam também com sorrisos, cúmplices. Rocco pegou as duas notas verdes e as mostrou para Italo.

– Olha só o que eu encontrei no meio dos documentos! São de vocês? – Rocco estendeu o dinheiro, mas os dois caminhoneiros não deram mostras de que iam pegá-lo.

– São para mim? O que é isso? Uma gorjeta? Traduza, Italo!

– *It's a tip?***

O negro sorriu e assentiu.

– Ah, obrigado, muito obrigado mesmo. Entendeu, Italo? Isso é uma tentativa de corrupção. De acordo com esses dois bostas, eu e você valemos duzentos euros. Meio pouquinho, não?

– Acho que sim – respondeu Italo, rígido e com a mão sempre pronta para sacar a arma.

---

* Fiquem quietos e tranquilos, ok? (N.T.)
** É uma propina? (N.T.)

Rocco amassou as notas devagar e as enfiou no bolso dos jeans do loiro.

– Você me entende, não é? – o loiro arregalou os olhos, espaventado. – Este dinheiro, você enfia no rabo – depois colocou a mão no bolso interno e pegou uma folha de papel, agitando-a debaixo do nariz do loiro. – Italo, diga a ele que isto é o mandado de busca!

Na verdade, eram as notas das despesas deles em Champoluc.

– Não sei dizer.

– Busca! – berrou Rocco. – *Understand?**

O caminhoneiro empalideceu.

– *Perquisition?*** – disse.

– Muito bem. Abra – e Rocco indicou a traseira do caminhão.

– *But...* polícia italiana *good*! Força, Itália! Cannavaro!

– Mas que porra esse idiota está dizendo? – e então o subchefe se postou a um palmo do rosto do loiro. – Abra agora mesmo, ou te arrebento!

– *I have to take the keys... may I?*

– Ele disse que tem de pegar as chaves – traduziu Italo.

– Diz pra ele que eu pego.

Rocco subiu o primeiro degrau e se içou para dentro da cabine.

O painel de controle era um mar de luzes e de luzinhas de todas as cores. Preso no para-brisa havia um GPS funcionando. Rocco virou a chave, desligando o

---

* Entendem? (N.T.)

** Busca? (N.T.)

motor. Ele pegou o molho de chaves. E então as mostrou ao motorista.

— São estas? *This?*

O caminhoneiro assentiu.

Enquanto Rocco e o caminhoneiro loiro se dirigiam à traseira da carreta, o outro, o negro, ficou parado perto da carroceria, com o rosto um pouco assustado. Italo o olhava com a mão apoiada no coldre da pistola. O negro a notou, sorriu. Uma das pálpebras lhe tremia, e de vez em quando ele lambia os lábios.

— Este aqui está enchendo as calças! — berrou Italo.

— Traga ele pra cá! — respondeu Rocco. — E pegue a arma. Agora a coisa vai engrossar.

Italo sacou a pistola, olhou o rapaz rasta que, ao ver a arma, arregalou os olhos.

— *C'mon let's go...* — e os dois saíram andando.

Estavam todos em frente à porta traseira do caminhão. O motorista enfiou as chaves na fechadura dupla do contêiner. Estava levando tempo demais para o gosto de Rocco, que arrancou as chaves da mão dele e as girou na fechadura. Esta fez um estalido e as maçanetas viraram, livres. Italo, com a pistola na mão, não tirava os olhos dos dois caminhoneiros. As duas portas grandes do contêiner se abriram. No interior do caminhão não havia caixas, mas outro contêiner.

— Que porra é essa? Um contêiner dentro de um contêiner? — disse Rocco. — Vamos entrar e abrir este também.

O barulho de um veículo se aproximando fez Italo se voltar. Era um furgão azul da Fiat, que estacionou bem ao lado da carreta.

— E agora? — disse Italo.

— Tranquilo — respondeu o subchefe bem no momento em que Sebastiano descia da Ducato. Italo sorriu.

— Tinha esquecido — e o saudou ao modo militar. O outro, fazendo o papel de policial, correspondeu à saudação. Os dois caminhoneiros observavam em silêncio o recém-chegado. Sebastiano respondeu com um olhar ameaçador. Seu metro e noventa eram compatíveis com a estatura dos dois rapazes. Ele cuspiu no chão e examinou o conteúdo do caminhão.

— Ora, ora, ora. O que temos aqui?

— Um contêiner dentro de um contêiner — respondeu Rocco, enquanto fazia um gesto para que o loiro o seguisse. Subiram.

O contêiner menor era vermelho e tinha uma fechadura nas duas portas traseiras. O subchefe olhou o molho de chaves. Mostrou-as ao motorista cheio de espinhas.

— Quais?

O outro as pegou e começou a verificar para escolher a adequada. E então foi um instante. Ele as jogou na cara de Rocco que, apanhado de surpresa, cambaleou para trás o suficiente para que o motorista, de um salto, descesse do caminhão e começasse a fugir. O negro, rápido como um raio, deu um soco em Italo, que caiu por terra, perdendo a pistola. Sebastiano mal teve tempo de se voltar para vê-los fugindo pela estrada. Rocco havia descido do caminhão e se aproximado de Italo que, com uma careta de dor, levava uma das mãos aos lábios. Pegou a pistola e saiu correndo atrás dos dois fugitivos. Sebastiano, por sua vez, desistiu na mesma hora da perseguição.

Corriam, os desgraçados. No cruzamento para Chenoz os dois se separaram. Rocco decidiu seguir o branco. Tinha visto muitas provas de corrida para saber que se há uma coisa que você não pode fazer com um negro é apostar uma corrida. Muitos cigarros e muito tempo longe de qualquer atividade física já lhe estavam tirando o fôlego. O loirinho ganhava terreno. O joelho do subchefe gritava de dor. Poderia dar um tiro nele, derrubá-lo e depois colocá-lo atrás das grades. Mas em seguida a deformação profissional desapareceu em um instante.

"Que é que estou fazendo?", disse consigo mesmo. "Vão à merda." E se deteve.

– Vai, gatão, vai! A pé, até Roterdã, cagão! – berrou.

Com o corpo dobrado por causa da falta de ar, cuspiu no chão um bocado de saliva. Depois se esticou com as duas mãos apoiadas nos músculos lombares e tentou um alongamento tão inútil quanto doloroso. A coluna estralou umas vezes. Finalmente, ele se virou e voltou por onde havia vindo.

Italo estava com o lábio cortado. Sebastiano tinha colocado um pouco de neve. Nada de mais. Rocco pegou as chaves da carreta no chão.

– Melhor, digo pra vocês. Temos mais tempo para trabalhar, não? – Sebastiano assentiu. Italo sorriu.

– Eles nos fizeram de palhaço – disse – e não gosto disso.

– Fomos nós que fizemos eles de palhaços – respondeu Sebastiano. – Vai, força Rocco, abre.

Rocco subiu no caminhão e se aproximou da fechadura do contêiner interno. Tentou a primeira chave.

Depois a segunda. Finalmente, na terceira a fechadura se abriu. As portas se escancararam com um ruído metálico.

Olhos.

Dezenas de olhos que os fitavam. Rocco deu um passo para trás e quase caiu do caminhão.

O contêiner estava cheio de gente.

– Puta que pariu! – disse Rocco, com um fio de voz. Da escuridão do contêiner que estava dentro da carreta surgiam olhos, dentes e rostos. – Quem são?

Sebastiano balançou a cabeça. Italo, com a mão no lábio dolorido, se aproximou.

– Indianos? – perguntou a meia-voz, enquanto Rocco descia do caminhão. A coisa impressionante era o silêncio absoluto que reinava dentro daquele refúgio alucinante. Nenhum dos habitantes da caverna de ferro soltava um pio.

– Vamos fazê-los descer. *Out!* – começou a gritar. – *Out of here!* – e, junto com Italo e Sebastiano, começou a gesticular para convencer aquelas pessoas a sair do caminhão.

Lentamente a massa escura produziu um emaranhado de braços, pernas e cabeças. E dentes. Sorriam, aqueles homens, e sussurravam em uma língua distante alguma coisa que parecia uma reza. Italo começou a colocá-los em fila na beira da estrada.

– Um, dois, três... – do caminhão desciam também mulheres, com crianças nos braços, rapazinhos, meninas de uns dez anos.

– 56, 57, 58... – Italo continuava contando. Quase não cabiam mais na borda da estrada. – 59... Rocco, o que a gente vai fazer?

Rocco continuava a olhar o caminhão, que parecia não parar de vomitar pessoas. Uma fonte de humanidade sofredora.

Italo parou no 87. Todos haviam descido. E estavam ali, com os olhos arregalados, apavorados. Magros de dar medo, com frio. Um deles esticou uma das mãos, que segurava um passaporte. Sebastiano se aproximou e pegou o documento.

– Acoop Vihintanage... são do Sri Lanka.

O homem balançou a cabeça da direita para a esquerda.

– Ah! – disse. Depois abraçou um homem à sua direita e uma mulher à sua esquerda. – *Amma... akka!*

– Não estou entendendo nada – disse Sebastiano.

– *Brother... sister... mine.**

– Diz que são o irmão e a irmã dele – traduziu Italo.

– E quem está se importando – disse Sebastiano, devolvendo o passaporte a ele. E então se aproximou de Rocco. – E aí?

– E eu que sei? Vamos tentar entender para onde eles iam. Italo? Estes falam inglês, faça com que expliquem um pouco para onde vão.

– Agora mesmo – Italo se aproximou do homem que havia dado o passaporte.

Rocco, por sua vez, subiu de novo no caminhão.

– O que é que você está fazendo? – perguntou Sebastiano.

– Dando uma olhada. Quero ver o que tem aqui dentro.

---

* Irmão... irmã... meus. (N.T.)

– Pegue – e o amigo lhe jogou uma pequena lanterna. Rocco a ligou e entrou no caminhão.

Um fedor de suor e de humanidade o agrediu com a ferocidade de uma fera faminta. Teve de sair correndo, tossindo.

– Puta merda... tem o cólera aí dentro!

– Vai saber quanto tempo faz que eles estavam fechados aí dentro. Coloca um lenço na frente da boca. – Sebastiano jogou também um lenço branco para ele.

– Pelo menos ele está limpo?

– Pior do que aí dentro não pode ser – respondeu Sebastiano.

Rocco tapou o nariz e a boca, ligou a lanterna e entrou.

Mal conseguia ficar lá dentro sem bater no teto com a cabeça. Milhões de grãos de pó bailavam no feixe de luz que cortava a escuridão. No piso havia trapos. Sacolas de tecido. Um cavalinho de madeira e um carrinho de lata. Depois a lanterna iluminou uma espécie de interruptor. Rocco o pressionou e se acendeu uma luz de neon no teto do contêiner. Então a cena se apresentou em toda a sua esqualidez. Amontoados no chão, os poucos pertences daquelas pessoas, fechados em sacos plásticos de lixo ou em fardos de trapos sujos. Rocco cruzou todo o contêiner. Seus passos ressoavam metálicos. Chegou à outra ponta do contêiner. Não havia mais nada. Mas alguma coisa não o convencera. Refez o caminho no sentido contrário e contou dez passos pisando em folhas, trapos, caroços de maçã. Depois desceu do caminhão.

– O que está acontecendo? – perguntou Sebastiano, que via o amigo pensativo.

Rocco não respondeu. Tornou a dar os dez passos ao longo da carroceria da carreta. E se deteve. Para a ponta ainda faltavam três passos.

– Seba?

O amigo foi encontrá-lo.

– O que foi?

– O contêiner tem dez passos de comprimento. Quer dizer, até aqui, tá vendo? Para a ponta da carroceria do caminhão faltam pelo menos três metros.

– O que você quer dizer?

– Que tem alguma coisa atrás do contêiner.

– Como é que a gente faz? Não dá pra tirar. Precisa de um guindaste.

– É, ou então... – tateou o metal que revestia a carroceria do caminhão. Bateu nele. Depois pegou uma pedra e jogou-a com força na carroceria. Nem riscou.

– Aqui tem alguma coisa.

– Vamos tentar fazer um buraco no contêiner? – propôs Sebastiano.

– E com o quê?

– A gente tenta com o macaco – Sebastiano se voltou, se dirigiu ao furgão azul. Abriu a porta traseira, enquanto o exército mudo de cingaleses observava os dois homens alvoroçados em volta da carreta. Italo continuava a falar com o homem do passaporte e com o irmão dele. Sebastiano subiu no caminhão, balançando uma chave de cruz. Aproximou-se da ponta do contêiner e começou a golpeá-la. O ferro apenas balançava, mas além de riscar o verniz e fazer um barulhão dos infernos, Sebastiano não obtinha bons resultados. Jogou a chave no chão e saiu. Fora do caminhão, Rocco o esperava.

– E aí?

– Nada. Precisa de uma furadeira, uma fresa, sei lá.

Rocco olhou ao redor. Campos e vala à direita, campos com árvores à esquerda. Foi ao centro da estrada. Dirigiu-se à curva. Naquele momento, Italo se aproximou de Sebastiano.

– Bom, eles iriam direto para Turim. Lá, tinham um encontro com alguém que ia arrumar um lugar para eles ficarem e serviço.

– E eu estou me importando com isso? Não sou policial, Italo! – respondeu Sebastiano.

– Era só para dizer – respondeu o agente. – Para compreender essas duas coisas, eu ralei muito. – O lábio, pelo menos, não estava inchando. – Ele está procurando o quê? – perguntou então o agente, olhando o subchefe no meio da estrada.

– Hum.

– E fazemos o que com eles? – disse Italo. – Não podemos deixá-los no meio da estrada. Daqui a pouco eles vão congelar.

– Vamos fazê-los entrar no caminhão. Pelo menos ficam em um lugar quente. Não me vem mais nada à cabeça – disse o homenzarrão abrindo os braços. – Mas que merda essa que tinha de acontecer comigo!

Italo se dirigiu à coluna de cingaleses no exato momento em que Rocco voltava. Viu que Italo estava começando a levar aquele grupo de desesperados para o caminhão.

– O que você está fazendo?

– O Sebastiano disse para tornar a colocá-los aí dentro. Ou então morrem de frio.

– Não. Tive uma ideia melhor. Sebastiano, fique aqui cuidando de tudo! – berrou para o amigo, que fez um gesto de assentimento com o polegar virado para cima.

– Você tem uma arma?

Sebastiano tirou da cintura uma Beretta, mostrando-a para Rocco.

– Ótimo! – berrou para ele e saiu andando.

– E para onde nós vamos?

– Pegue esse povo e diz pra eles irem atrás de nós.

Italo assentiu e se dirigiu ao homem com o passaporte.

– *Ok you. Follow us. Follow!**

Marco Traversa e sua esposa Carla estavam voltando para casa. Haviam passado uma noite horrível em um jantar com velhos amigos da escola. Uma daquelas reuniões que Marco costumava evitar. Sabia que, depois dos trinta anos, era melhor não voltar a ver antigos conhecidos. Não eram noites agradáveis. Eram horas passadas a contar os problemas de saúde, problemas com os filhos, e a calcular quem na vida tinha progredido mais do que os outros, ou conservado mais cabelos na cabeça. Marco trabalhava no banco. O Audi que dirigia, ele tinha comprado de segunda mão, e Carla trabalhava em casa fazendo traduções para uma pequena editora valdostana. Nada de filhos, poucas viagens, uma vida

---

* Ok, vocês. Sigam-nos. Sigam! (N.T.)

normal. Para contar aos velhos companheiros de classe tinha bem pouco. E o papel de ouvinte nunca lhe descera pela garganta. Principalmente se tinha de ficar ouvindo as histórias de Giuliano e de seu barco a vela, ou de Elda e os filhotes de pitbull do seu canil em Champorcher. Por sorte, o casal Traversa havia caído fora com a desculpa de que teriam de acordar muito cedo no dia seguinte, e tinham saído da *villa* reformada dos Miglio junto com outros quinze membros da antiga terceira série B do liceu clássico XXVI de Fevereiro. O único pensamento de Marco ao enfrentar as curvas na direção da autoestrada era o teste do bafômetro. Se a polícia rodoviária o detivesse, teria problemas. Não que ele tivesse bebido muito, mas todo mundo sabe que bastam dois copos e eles já confiscam sua carteira de habilitação, bloqueiam o cartão do banco e te mandam aos trabalhos forçados em Cividale del Friuli para escavar rochas cársticas. Guiava devagar, a setenta quilômetros por hora; ainda que Carla o incitasse a dar uma acelerada, pelo menos nas retas, onde, se tem polícia, a gente vê, e como vê.

– Depois desta curva eu acelero, prometo – disse, sorrindo. Ele a passou a sessenta quilômetros por hora. E aí, na frente dele, iluminado pelos faróis halógenos do carro, se materializou um homem com um *loden* e os braços abertos. Marco freou.

– Bosta!

– O que é? – perguntou Carla.

– Hum. Vamos esperar que não seja nada grave.

Na frente do para-brisa passou um segundo homem com uniforme da polícia.

– Puta que pariu, a polícia rodoviária! – disse Marco Traversa, segurando com tanta força o volante que os nós dos seus dedos ficaram brancos. Já via sua carteira de habilitação reduzida a pedacinhos no asfalto. Mas, para sua surpresa, o policial não se encaminhou para o Audi. Em vez disso, continuou atravessando a estrada.

– Mas pra onde eles estão indo?

– Carla, e eu sei?

Atrás do policial de uniforme apareceu um homem de pele morena. Magro, pequeno, um tanto encurvado. Depois outro, depois mais outro.

– Quem... quem são? – perguntou Carla com um fio de voz.

Marco esfregou o rosto.

– Não sei. Não sei mesmo.

Homens, crianças e mulheres com a cabeça coberta por um sári continuavam a atravessar a estrada. Passando na frente do carro, sorriam e cumprimentavam o casal com um ligeiro aceno de cabeça. Até Marco respondia sorrindo como um cretino e fazendo tchauzinho com a mão. Junto com a esposa, observava aquela diáspora bíblica, um rebanho desesperado, negros na noite negra, vestidos de farrapos e lenços.

– São indianos? – perguntou Carla.

– Ahn... – disse Marco –, talvez sim.

– E pra onde eles vão?

– Ora. E eu faço ideia?

Passavam e passavam. A correnteza de pessoas parecia não acabar mais. Depois, assim como haviam aparecido, desapareceram engolidos pela escuridão dos campos. Marco esperou, com o motor ligado e os faróis que iluminavam a pista livre.

– O que você acha, vou em frente?

– Vai, querido, vai – disse Carla, acariciando a mão que ele mantinha fixa no câmbio. Marco Traversa engatou a primeira marcha e saiu devagar. Olhou à esquerda, mas não havia mais traços daquela fila indiana interminável.

Quando Emilio Marrix abriu a porta, se deparou com um homem com um *loden*, um agente de polícia, e, parcialmente escondidos na sombra dos troncos dos lariços, um grupo de homens e de mulheres.

– Quem... quem são vocês? – perguntou Emilio, e as bochechas ficaram ainda mais vermelhas.

O homem com o *loden* apresentou o distintivo:

– Subchefe Schiavone, polícia de Aosta. Ele é o agente Pierron.

– Prazer, Emilio Marrix, aposentado dos correios – respondeu com um sorriso e alisando os cabelos brancos que trazia penteados para trás.

– Podemos?

Emilio fez que sim com a cabeça e se colocou de lado. Schiavone entrou, seguido por Italo. Depois, um por vez, entraram os cingaleses. Emilio sorria sem saber o que fazer, e eles respondiam unindo as mãos junto ao peito e inclinando a cabeça.

– O que posso fazer por vocês? – perguntou Emilio.

Rocco olhou a casa. Uma bela casinha, imaculada, com a televisão ligada. Na frente da televisão, em um sofá de veludo, havia uma mulher dormindo. Um gato estava deitado no mármore da lareira acesa. As paredes revestidas de madeira estavam repletas de quadros de paisagem. Em um ângulo, um cavalete e uma tela já começada. Tubos de tinta colorida colocados em uma mesinha baixa com rodinhas.

– É o senhor que pinta? – perguntou Rocco.

– Não, é a minha esposa – respondeu Emilio. – Ginevra! – chamou.

Ginevra acordou com um sobressalto. Mal viu sua sala lotada como um ônibus no horário de pico, arregalou os olhos.

– O que... o que está acontecendo?

– Este senhor é o subchefe de polícia de Aosta – o marido a tranquilizou na hora.

A mulher se ergueu do sofá. O queixo lhe tremia. Olhava aquela quantidade de gente arrumando os cabelos brancos com um gesto simples da mão; depois passou para o vestido florido, por fim puxou o zíper do suéter de tecido verde.

– Boa noite – disse, com uma voz fraca e fina.

– Não se assustem – disse Rocco. – Já explico. Nós interceptamos um caminhão carregado com estes imigrantes.

– Sim, mas aqui não tem lugar. Temos só um quarto para hóspedes – objetou Emilio.

Os cingaleses haviam se postado ao longo das paredes da casa. Formavam mais de três filas e deixavam apenas espaço suficiente para que Ginevra e o marido falassem com os policiais. O gato balançava a cauda. Depois começou a se lavar lambendo a pata dianteira.

– Eles não precisam dormir aqui – disse Rocco. – Eu pediria que os senhores os recebessem em um lugar aquecido enquanto eu e o meu colega terminamos de lidar com o caminhão.

– Devem estar com fome – disse Ginevra.

– Não se preocupem – disse Rocco –, é coisa rápida. Emilio, posso lhe pedir uma coisa?

O dono da casa sorriu.

– A estas alturas, uma coisa a mais ou a menos, que diferença faz?

– O senhor tem uma serra circular?

– Daquelas para cortar metal?

– Isso mesmo.

– Sim, mas é movida a bateria.

– Melhor ainda. Pode me emprestar?

– Claro, venha comigo. Com licença... – Emilio tentava abrir caminho entre os corpos dos cingaleses espremidos nos poucos metros quadrados da sala. – Me desculpe, com licença. Licença? – atravessou a sala, seguido por Italo e Rocco. Conseguiram atravessar a massa humana e chegar à porta de entrada. – Bem, um instante. Posso? – disse a duas mulheres, que se colocaram de lado, permitindo que abrissem o batente da porta revestida. Depois, finalmente os três homens saíram da casa.

Ginevra havia ficado ali, plantada no meio da sala, e olhava aqueles homens e aquelas mulheres que estavam todos de olhos baixos. Tinham vergonha.

– Alguém fala italiano?

Nenhuma resposta. Não se ouvia uma mosca voar. Até as crianças pequenas estavam em silêncio, sem se lamentar. Ginevra olhou uma mulher nos olhos. Podia ter tanto trinta quanto cinquenta anos.

— A senhora... venha comigo. *Venez avec moi, ok?** — e lhe fez um gesto para que a seguisse. — *Tout le monde* — disse então, se dirigindo à sala. — *Asseyez! Asseyez s'il vous plaît.*** — E, com as mãos, imitava o ato de se sentar. Homens e mulheres começaram a olhar ao redor e a procurar um lugar onde sentar. Uns acabaram nos sofás, outros nas cadeiras, muitos no chão. Enquanto isso, Ginevra e a mulher entraram na cozinha. A dona da casa começou a mexer nas prateleiras e nos armários. Pegou todas as coisas que tinha para comer, colocando-as sobre a mesa. Pronunciou as palavras bem devagar:

— Vamos fazer um belo macarrão, e o que tem a gente divide, tudo bem? Para as crianças, tenho leite. Eu ordenhei hoje. *Lait, comprì? Pour les enfants!**** — e sorriu para a mulher, que agradeceu inclinando a cabeça. — Peço desculpas, não tenho muito. Que pena, se eu soubesse que vocês vinham, teria ido fazer compras. — E em seguida Ginevra começou a pegar vasilhas e panelas.

Sebastiano havia ficado agachado entre os caixotes com os ouvidos de prontidão para qualquer barulho. Os dois caminhoneiros poderiam voltar, e ele estava ali, parcialmente escondido na sombra os esperando com o revólver na mão. Cada barulho dos galhos das árvores, do sopro de vento, um graveto que estalava fazia com

---

* Venha comigo, ok? (N.T.)

** Vocês todos... Sentem-se! Sentem-se, por favor. (N.T.)

*** Leite, entendeu? Para as crianças. (N.T.)

que seus nervos ficassem em estado de alerta. Da curva surgiram sombras. Apontou o revólver. Mas em seguida o abaixou, sorrindo. Eram Rocco e Italo, acompanhados por um homem de uns setenta anos que trazia nas mãos uma ferramenta.

– Este é o Emilio. Ele está nos ajudando – disse Rocco. Emilio sorriu para Sebastiano e os dois trocaram um aperto de mãos. – Ele trouxe uma serra circular – acrescentou Rocco.

Emilio a mostrou para Sebastiano.

– Se a pessoa não tem prática, é melhor não usar. Por isso eu vim.

Sebastiano lançou um olhar atravessado para Rocco. Mas Rocco deu de ombros. Então ele subiu no caminhão e estendeu uma das mãos para ajudar Emilio, que, por sua vez, subiu com agilidade e sozinho. Mal o homem viu o contêiner, começou a balançar a cabeça.

– Estavam aqui dentro? Que coisa de outro mundo!

– O senhor acha? Pelo contrário, são coisas deste mundo, sr. Emilio. Venha aqui no fundo, por favor!

Emilio se aproximou do subchefe, que batia com os nós dos dedos na parte final do contêiner.

– Caro Emilio, nós temos razões para crer que aqui dentro haja alguma coisa.

– Mas quem dirigia o caminhão, onde está, doutor?

– Fugiram. Então, vamos abrir um buraco?

– Claro, claro – Emilio agarrou a serra circular. – Agora, para trás. – Ligou-a. O barulho era ensurdecedor e amplificado pelo espaço fechado. Quando a lâmina cortou o metal, foi insuportável. Um ruído que ficava entre o giz riscando a lousa e o motor do dentista. Fora do caminhão, Italo tapou os ouvidos. Sebastiano ficara de prontidão, vigiando a estrada. Rocco, por sua vez, se limitara a amarrotar dois pedaços de papel e a enfiá-los nos ouvidos.

Emilio não levou nem cinco minutos para abrir um buraco onde pudesse passar com facilidade uma criança de dez anos. Desligou a serra circular e secou os lábios.

– Pronto, está feito.

Rocco se aproximou do buraco, enquanto Italo e Sebastiano subiam no caminhão para ir olhar. O subchefe se apoiou na parede de metal, então deu um pontapé no centro da chapa cortada. E ela começou a se soltar. Deu mais um pontapé, depois outro. Sebastiano e Italo estavam com os olhos arregalados, em uma espera febril. Emilio havia se sentado em um dos bancos laterais e esperava educadamente instruções.

No quinto pontapé, o metal finalmente cedeu, caindo na parte interna do vão secreto. Rocco pegou a lanterna e entrou. Sebastiano e Italo se aproximaram do buraco.

Caixas. De madeira. Cubos e paralelepípedos, um em cima do outro. No espaço apertado, Rocco mal conseguia girar sobre si mesmo. Iluminava com a lanterna as caixas, enquanto Sebastiano, junto à passagem recém-aberta, se esforçava para ler as coisas escritas na madeira.

– Vê se você encontra escrito *Chant number 4*. Essas são as nossas caixas!

– Nem em sonho – respondeu Rocco. Sua voz ecoou no metal. – Só números.

– Mas o que é essa mercadoria?

– Não sei. Vamos levar as caixas pra fora e dar uma olhada.

As caixas eram pesadas, e Emilio não se recusou a ajudar. Depois de uma hora de serviço pesado, suados e cansados por causa do esforço, os homens se sentaram nas caixas que haviam colocado ao lado da estrada. Uma pirâmide de madeira. Cada caixa tinha um cadeado. E uma escrita com um código misterioso. O céu havia clareado, e as estrelas frias piscavam lá do alto. Era uma hora da manhã, e não passavam mais carros pela estrada. Emilio voltou com uma bela garrafa térmica.

– Olha só. A minha esposa fez um pouco de café. Ela deu comida para aqueles coitados. Agora, estão todos dormindo.

Eles beberam. Estava bom e, acima de tudo, quente. Rocco e Italo acenderam um cigarro.

– O que nós fazemos agora, Rocco?

– A gente abre e vê o que é que temos aqui dentro.

Emilio, com um golpe preciso da serra, abriu o cadeado da primeira caixa. Rocco a abriu. Dentro, havia palha. E, por baixo da palha, retângulos de plástico.

– Puta merda! – berrou o subchefe.

– O que é? – perguntou Sebastiano.

– Plástico.

Sebastiano e Italo se olharam. Emilio não entendeu.

– Matéria plástica?

– Plástico – corrigiu Italo. – Explosivos.

Emilio arregalou os olhos, assustado.

– Vamos abrir outra. Força, Emilio.

– Às ordens!

Na segunda, encontraram fuzis automáticos. Depois, mais plástico. E depois detonadores. Mais plástico. Um lança-mísseis desmontado. Munição.

Sentados nas caixas abertas, os quatro homens se olharam, assombrados.

– Sebastia, estou com uma dúvida – disse Rocco. – *Chant number 4* não será um código para C-4? Explosivos? Olha só a quantidade que tem!

Sebastiano assentiu.

– Pode ser. Pode ser. Que enrolação, vai confiar no Ernst – respondeu o amigo.

– Vamos chamar a polícia! – disse Emilio.

Rocco deu-lhe uma palmada nos ombros.

– Nós somos a polícia, Emilio – Sebastiano e Italo se entreolharam, perplexos. – Tudo bem – prosseguiu o subchefe –, agora você pega a serra circular e volta pra casa, vai descansar, porque já pegou frio demais. Obrigado por toda a ajuda que nos deu. Sem você, não poderíamos fazer nada. – O velho aposentado dos correios sorria e assentia.

– Que é isso, por tão pouca coisa. Ora, estou contente, sabem?

– Tá, vai ficar com a Ginevra. Depois eu vou lá e resolvemos o problema dos cingaleses.

– Tudo bem. Vou indo. Espero vocês lá dentro. Foi um prazer ajudar. Uma bela aventura, bela aventura... – e Emilio voltou para casa com sua serra circular e os passos ágeis.

– Aqui, precisa chamar a Interpol, se vocês querem saber! – disse Sebastiano. – Estou falando sério, você entendeu? Isto aqui é um arsenal!

– Sim, temos de apreender o caminhão. Não tem a menor dúvida – e Rocco jogou fora a guimba apagada que ainda tinha na boca.

– *Chant number 4*! – berrou Italo.

– O quê? – disseram, juntos, Sebastiano e Rocco.

Italo estava ajoelhado no chão com o rosto colado a uma caixa.

– Aqui está escrito *Chant number 4*!

Os dois se aproximaram. Era verdade. Em uma caixa estava escrito, com caneta hidrográfica, *Chant number 4*. Sebastiano e Rocco se entreolharam. Rocco agarrou um fuzil automático da caixa mais próxima; depois, com dois golpes precisos da coronha, quebrou o cadeado. Abriram a caixa. Dentro, havia oito cabeças de Buda, de pedra. Sebastiano pegou uma. Jogou-a no chão. Dos cacos surgiram três pacotes de celofane cheios de marijuana. O sorriso voltou aos lábios de Rocco e de Sebastiano. E também aos de Italo. Estavam ali por causa daquilo.

– Força! – berrou Sebastiano, pegando os pacotes recém-encontrados e as três cabeças de Buda. – Vamos lá! – e saiu rapidinho na direção do furgão. – Muito bem, Ernst, muito bem! Era verdade! – repetia, em altos brados.

Italo e Rocco terminaram de carregar as esculturas. Em seguida, Sebastiano se voltou para o amigo.

– Estou indo. É, eu deixo você na merda.

– Não se preocupe. O número da minha conta você tem, não?

– No máximo três dias e o dinheiro chega.

– E o dele também! – disse Rocco, indicando Italo.

– Com ele a gente acerta agora mesmo! – Sebastiano meteu a mão no bolso. Tirou um maço de notas verdes de cem euros. – Três mil e quinhentos. Pegue e conte.

– Confio – disse o agente, guardando o dinheiro no bolso.

Sebastiano deu-lhe uma palmada nas costas, entrou no furgão e engatou a marcha a ré.

– Tchau, Italo. Você é um cara legal. Até logo, Rocco!

– Até logo, amigo. Lembre-se de mim. E vê se dá notícias.

– Manda um abraço pra ucraniana, se você a encontrar.

– Com certeza.

O furgão partiu acelerando no meio da noite. Italo e o subchefe ficaram lá, olhando até que as luzes traseiras foram engolidas pela escuridão.

– Bom. E agora, e os cingaleses?

Rocco indicou o caminhão com as luzes ainda acesas.

– Você sabe guiar esse treco?

– Eu consigo dirigir até uma carreta com reboque, por quê?

– Daqui até Turim dá uma hora e meia – Rocco olhou o relógio. – Agora faltam vinte para as duas. Digamos que a gente carregue o caminhão, você vai e às três e meia está em Turim. Deixa os cingaleses, e às cinco e meia está de novo aqui.

– E?

– E às seis eu chamo a central. E a confusão começa. Você acha uma boa ideia?

– Então me dá a garrafa de café, ou então eu durmo já em Verres.

Rocco entregou a garrafa para Italo e foi até a cabine do caminhão. Sentou-se ao volante. Preso ao para-brisa, bem visível, estava o GPS. Rocco sorriu e berrou para Italo:

– O endereço em Turim está aqui. Você tem o rabo virado pra lua, amigo. Nem precisa sair da autoestrada. É uma área de serviço. Contente?

– Por três mil e quinhentos, eu vou até Catania com o caminhão!

Rocco desceu da cabine.

– Por falar nisso, me dá quinhentos euros. Devolvo amanhã.

– Por quê?

– Nós colocamos 87 cingaleses dentro da casa deles. Não vamos dar um dinheirinho pra eles?

Italo assentiu e pegou o maço de notas.

– Agora eu vou pegar aqueles pobres coitados. Você fique aqui. De sobreaviso. Pistola na mão. Aqueles dois bostas dos caminhoneiros podem aparecer. A carga é importante demais. Preste muita atenção, por favor.

O céu estava clareando. Sentado em uma caixa de madeira com um fuzil de repetição AK-47 nos joelhos e o enésimo cigarro na boca, Rocco Schiavone esperava. Pensava em Ginevra e em Emilio, que aceitaram tudo o que havia acontecido sem dizer uma palavra. E que até tinham relutado em aceitar aqueles quinhentos euros; mas, no fim, Rocco havia levado a melhor. Eles prometeram que não diriam uma palavra sobre os cingaleses, e que até apoiavam o subchefe na decisão de não denunciar a história para as autoridades. Esquecendo o detalhe de que a autoridade, nesse caso, era o próprio Rocco Schiavone.

Os carros que passavam diminuíam a marcha para dar uma olhada naquela estranha pilha de caixas de madeira abandonadas no acostamento da estrada e naquele homem enrolado em um edredom com estampa de flores sentado com um fuzil de repetição nos joelhos, como um velho apache de sobreaviso. Eram cinco horas de uma manhã de domingo gelada como um freezer de congelados. Se não fosse pelo café, pela grapa, o presunto e o chocolate que Ginevra lhe havia levado continuamente até as quatro da manhã, junto com o edredom, Rocco teria tido o fim de um alpinista inexperiente nas alturas do Everest. Estava com o nariz vermelho e não sentia mais as orelhas. Quanto ao resto, tirando a dor no joelho, até que estava bem. Havia seguido o conselho de Emilio e conservado as pernas dentro da caixa de explosivo cheia de palha.

Finalmente, viu à distância os faróis da carreta se aproximando. Italo havia voltado mais de meia hora antes do previsto. O subchefe se levantou, jogou o cigarro longe das caixas, dobrou o edredom e se aproximou da estrada. A carreta diminuiu a marcha bufando como uma locomotiva, os freios rangeram e ela finalmente se deteve perto do subchefe. O rosto de Italo, cansado, mas sorridente, se aproximou da janela.

– Tudo certo, chefe. Vou estacionar!

Rocco sorriu.

– Vai, Italo, vai! – então, pegou o celular, feliz da vida com a ideia de arrancar da cama o chefe de polícia, o juiz, os jornalistas e a tropa toda.

Domingo

A coisa toda teve repercussão nacional. O chefe de polícia não cabia em si de alegria, e continuava a fazer uma coletiva depois da outra, mesmo sendo domingo. A magistratura louvava a inteligência e capacidade de um subchefe e de um policial desconhecido com um futuro brilhante; e começaram a pipocar hipóteses sobre quem seria o destinatário daquele arsenal. Italo e Rocco haviam decidido uma história em comum, e a seguiram. Uma indicação de um informante de fronteira, amigo do subchefe, a fuga dos dois caminhoneiros e a descoberta das armas.

– Tudo bem que aquele contêiner tão grande e vazio... é estranho – tinham dito o chefe de polícia e o juiz. E Rocco havia esticado os braços e sorrido.

– Com certeza alguém descarregou material antes da fronteira, ou algo assim.

Sobre os cingaleses não foi dita uma palavra, e aqueles homens e aquelas mulheres tornaram a ser uma sombra indistinta na vida quotidiana dos cidadãos italianos.

– Sabe que no interior da cabine do motorista encontramos até um pacotinho de marijuana? – o chefe de polícia Corsi havia dito. Rocco sorrira e esticara os braços de novo.

– O que se há de fazer? Essas são pessoas sem Deus.

– É. Dirigir uma coisa daquelas chapados como Jimi Hendrix. Coisa de louco.

– O senhor conhece Jimi Hendrix?

O chefe ficou em silêncio por uns instantes.

– Caro doutor Schiavone, quando o senhor tinha de fazer as provas da quinta série do ensino básico, este que vos fala dançava ao som de "Hey Joe", "Little Wing" e "Killing Floor" na frente da faculdade de arquitetura.

– Não acredito! O senhor é da geração de 68?

– Tinha dezenove anos, e estava apaixonado.

– O senhor brigava com a polícia?

– Não. Dava no pé. Mas creio que temos coisas mais importantes para fazer, não?

O resto do domingo, Rocco passou dormindo. E perdeu o Roma e Udinese. Mas não foi uma perda tão grande. Os rubro-amarelos levaram uma surra memorável.

Segunda-feira

Rocco não gostava de hospitais, muito menos de necrotérios. Mas Alberto Fumagalli trabalhava em um, e Rocco sabia que, se alguém quer as coisas muitíssimo bem-feitas, e com rapidez, é bom a gente mandar quem está muito ocupado fazê-las. Quando a porta do necrotério se abriu e Alberto saiu com o seu habitual avental manchado de ferrugem, que talvez não fosse ferrugem, Rocco se levantou e foi ao encontro dele.

— Acabaram de telefonar do laboratório. As análises do sangue no lenço que você me trouxe estão prontas.

— À tarde é o funeral do Leone.

— Sim, eu sei. Mandei todos os resultados da autópsia para o juiz Baldi. Trabalhei o fim de semana inteiro. Nos órgãos internos etc.

— E conseguiu descobrir algo muito importante?

— Sim. Leone Miccichè tinha uma ótima saúde.

— Nada mais?

— Eu aposto um colhão, aliás, os dois, que Leone morreu entre sete e nove da noite.

Rocco se deteve no meio do corredor.

— Sabe o que isso quer dizer?

— Sim. Amedeo Gunelli praticamente o matou, sem querer. Quando ele passou por cima de Leone com aquele carro armado, as chances de que Leone ainda estivesse vivo são de noventa por cento. Semicongelado, embaixo de vinte centímetros de neve, mas ainda vivo. Que merda, hein?

– Você acha?

Voltaram a andar e saíram do corredor do necrotério para pegar o elevador.

– Você está com um ar cansado – disse Alberto. – Ouvi dizer que ontem à noite você aprontou uma das boas.

– Sim. Uma apreensão de armas de fogo.

– Que sorte, não?

– É só ter as informações corretas.

Alberto o olhou com olhos vazios e inexpressivos, com os que costumava olhar quando não queria que o pegassem desprevenido.

– O que tinha no contêiner?

Rocco coçou a cabeça.

– Oitenta e sete cingaleses.

– E pra onde você os levou?

– Turim. Tinham um contrato para trabalhar.

Alberto Fumagalli balançou a cabeça. O elevador abriu as portas e os dois saíram.

– Você é um belo de um idiota, Rocco.

– Eu sei.

– Teria feito o mesmo se fossem romenos?

– Em primeiro lugar, não penso nisso como uma questão racial. As raças não existem. E, além do mais, os romenos fazem parte da Comunidade Europeia, nem entram como clandestinos. Não precisam.

– *Touché!*

– Vá tomar naquele lugar.

– Eu gosto de você, Rocco.

– Chega dessa veadagem, Alberto.

– Não, estou falando sério.
– Se você me conhecesse melhor, não diria isso.
– Agora é você que está falando como uma florzinha.
– Quanto falta pra chegar a esse laboratório?
– Pouco, por quê?
– Porque discutir com você é cansativo e me deixa em um estado de apreensão emotiva.
– Rocco, você não tem apreensão emotiva – e Alberto abriu a porta do laboratório.

O técnico entregou uma folha para o subchefe.
– O sangue no lenço de papel que o senhor nos deu pertence ao grupo O negativo 4.4.
– Mas é o mesmo que tem no lenço encontrado na boca do Leone! – exclamou Alberto.
– Caralho – murmurou Rocco Schiavone.
– É algo ruim? – perguntou o legista.
– É para o Omar Borghetti. O sangue no lenço de papel é dele. Eu o peguei com uma desculpa, digamos, pouco ortodoxa. A gente se vê, Alberto. Obrigado!
– Agora nós o pegamos! Te amo – gritou na direção dele, e então o médico caiu na gargalhada, enquanto a porta do laboratório se fechava às costas de Rocco.

A "Ode à alegria" de Beethoven avisou Rocco que uma chamada estava sendo recebida. Respondeu sem olhar o display:
– Schiavone. Quem é?
– Italo, doutor, me desculpe se atrapalho o senhor.
Italo havia passado para o "senhor" oficial, sinal de que estava na delegacia com alguém por perto.

– Diga, Italo.

– O senhor precisa vir aqui. A inspetora Rispoli me mostrou uma coisa que eu acho que vai lhe interessar muito.

– Pode dar uma prévia?

– Não. Porque é um envelope fechado. E acho que o senhor precisa ler o conteúdo.

O cabeçalho era do Laboratório de análises clínicas LAB 2000. O envelope era endereçado a Leone Miccichè.

– O gerente dos correios o trouxe pessoalmente, há algumas horas. Tomei a liberdade – disse a inspetora Rispoli.

– Fez muito bem.

Rocco abriu o envelope. Eram tabelas com análises. Espermograma, ultrassonografia escrotal, TSH, espermocultura. Rocco tentou ler e entender alguma coisa.

– Azoospermia. Hum!

– O que está escrito aí, doutor?

– Não sei. Daria pra dizer que é um exame que o Leone fez... vejamos quando – virou a folha. A data era clara. – Não faz nem quinze dias.

– Mas exames de quê?

– Assim, por cima, são exames de fertilidade.

Rocco passou a folha para Italo.

– Pegue, chame o Fumagalli. Eu acabei de ir lá, e não estou com vontade de ouvi-lo. Peça pra ele dizer o que é isto. E me telefonem no celular, eu vou falar com o juiz.

Rocco se levantou da cadeira e deu uma palmada nas costas da inspetora Rispoli.

— Muito bem, Caterina. Acho que isto é uma coisa muito importante.

Caterina enrubesceu. Italo, por sua vez, se dirigiu ao telefone do subchefe.

— O senhor quer um mandado de prisão? – perguntou o juiz Baldi ao subchefe de polícia Rocco Schiavone.

— Ainda não. Veja, tem alguma coisa que não está batendo. O sangue no lenço vermelho encontrado na boca do cadáver pertence a Omar Borghetti, e isso o incriminaria, mas...

O juiz se virou um pouco para o lado do subchefe.

— Mas...?

— Veja, como eu demonstrei ontem para o senhor, Leone Miccichè, lá no alto, no meio do atalho, fumou um cigarro. Ele tirou as luvas provavelmente para acender. Mas a bituca não foi encontrada. No entanto, foram encontrados traços de tabaco no local do crime.

— E o que tem isso?

— Omar Borghetti não fuma.

— Espere, e quem se importa com isso? O tabaco era com certeza do cigarro do Leone, não?

— Não. Leone fumava Marlboro light. Desde sempre. O tabaco é de outro tipo.

O juiz se esparramou na cadeira, respirando ruidosamente.

— Isso quer dizer que quem estava com ele fuma, e não fuma Marlboro?

— Isso. E eu estou convencido de que o assassino ofereceu um cigarro para Leone. E que ele o fumou. Em primeiro lugar, porque, se não fosse assim, nós encontraríamos traços de Marlboro, além daqueles do outro tipo de tabaco. Em segundo lugar, porque a esposa nos disse que os cigarros dele tinham acabado. Tudo bem, como fumante, quando estou com três cigarros no maço até eu digo que eles acabaram e vou comprar mais; mas o maço encontrado com o cadáver estava vazio. A probabilidade de que ele não tivesse cigarros é muito grande.

– E a bituca? Por que não foi encontrada? O filtro, qualquer coisa...

– Porque o filho da puta que o matou recolheu as bitucas. Elas são uma prova, não?

O juiz começou a brincar com a caneta. Ele a mordiscou umas vezes, olhando Rocco nos olhos.

– O senhor já tem uma hipótese, não tem?

– Eu? Sim. Só me falta um detalhe, e aí a coisa começa a mudar de figura. O senhor não vê? Omar Borghetti teria motivo: ciúmes. Descobre que agora Luisa Pec está grávida, e desconta no marido. Mas por que ele espera três anos? E depois que eles se casaram? O senhor vê que não faz sentido?

– Não muito.

– Então o motivo deve ser outro.

– Dinheiro?

– Não só. Luisa e Leone deviam 100 mil euros para Omar. Os negócios não iam lá muito bem. Leone estava tentando vender suas propriedades lá na Sicília a todo custo, para acertar as contas. E quase tinha convencido o irmão. Que, cá entre nós, não gostava tanto assim de Leone.

Baldi se levantou de um salto.

– E se não é o dinheiro?

"Ode à alegria" soou no bolso do *loden* de Rocco.

– O senhor me dá licença? Estou esperando uma chamada muito importante.

– Atenda.

– Schiavone, quem é?

– Oi, Rocco. Sou eu de novo, o seu legista preferido!

– Viu os exames?

– Não precisa de um diploma pra entender.

– E o que eles dizem?

– Uma coisa supersimples. Leone Miccichè era infértil. Não podia ter filhos. Na verdade, na espermocultura detectaram a azoospermia.

– Azoospermia? O que é?

– Não tem um espermatozoide em um mililitro de esperma. Pense que, no mínimo, deveria ter 20 milhões.

– Você está me dizendo que Leone Miccichè não podia ter filhos?

– Isso mesmo. E, veja bem, este não é o primeiro exame. Digamos que estas análises são a base de todas as análises; estou falando para ser entendido por um pobre ignorante como você.

– Pois se explique melhor.

Alberto Fumagalli bufou.

– Veja, antes de fazer uns exames assim minuciosos, Leone deve ter consultado um médico que os solicitou, ou já tinha uma suspeita. Resumindo, uma consulta ele tinha feito, com certeza. Depois ele foi ao laboratório e fez estes exames.

– Como eu faço pra saber quem é o médico que fez o pedido?

— Fácil. Telefone para o laboratório. Eles devem ter uma cópia da requisição do médico. E nela tem nome, sobrenome e até o endereço.

— Obrigado, Alberto, te devo um jantar!

— Que é isso, por tão pouca coisa. *Bye* – e desligou o telefone.

— Eu entendi bem? – disse Baldi.

— Eu diria que sim.

— E então? Quem engravidou Luisa Pec?

— O filho da puta que matou Leone. O coitado tinha descoberto o que estava acontecendo, foi fazer os exames, e o cara deve ter ficado sabendo. Faz sentido?

— Eu diria que sim. E o sangue no lenço? Era do Omar Borghetti, não?

— Pensei em uma coisa. Até logo. Espero voltar aqui em 24 horas com o nosso amigo algemado.

Rocco se levantou. Colocou o celular no bolso. O juiz tornou a chamá-lo.

— O senhor é esperto. Mas isso eu já sabia. Só tem uma coisa que o senhor precisa me explicar.

— Diga.

— Sabe? O caminhão meio vazio, aquele com o armamento.

Rocco era a imagem da inocência.

— Sim?

— Tem uma coisa que não bate.

— Diga-me, doutor.

— O GPS. Ele tinha marcado dois endereços. Um era perto de Turim, na autoestrada, em uma área de serviços.

Rocco engoliu em seco, não tinha se dado conta.

– O outro, por sua vez, era... era... – começou a procurar uma folha de papel entre os documentos. – Cá está. Alekse Santića, vai saber se é assim que se pronuncia. É uma estrada de uma cidadezinha que se chama Bečići, em Montenegro.

– Mmm.

– Bečići fica perto de uma cidade linda que se chama Buvda.

– Mmm.

– Pare de mugir. A Interpol já está em ação desde hoje de manhã. Há boas possibilidades de que o armamento fosse para lá. Buvda é um porto, sabe?

– Fiquei sabendo agora.

– Só que, e acompanhe meu raciocínio, o armamento com toda a probabilidade ia direto para lá; e então, por que o endereço de uma área de serviços perto de Turim?

Rocco começou a sentir um suor frio correndo pela espinha dorsal.

– E então, sabe o que eu fiz?

– Me diga.

– Requisitei ao departamento de autoestradas as imagens da A5, a autoestrada Turim-Aosta, para ver se aquele caminhão tinha passado por ali. E já que estava lidando com isso, também pedi as imagens da área de serviço. O senhor não vai acreditar.

"Porra!", disse Rocco com seus botões. "Apanhado em uma armadilha, como um rato em um restaurante."

– Não havia imagens – prosseguiu o juiz.

– Como?

– Imagine só, houve um problema em todo o sistema de informática da A5. Eles o consertaram, mas não têm nenhuma imagem de ontem à noite. Uma pena, é o que eu digo, não é? – e olhou para Rocco com um sorriso sinistro, um sorriso que o subchefe de polícia havia visto só na boca de chefões da máfia ou de alguns políticos espertalhões. O sorriso de quem sabe. E prefere não falar.

O subchefe limpou a garganta.

– É uma pena quando o diabo mete a mão torta, não?

O juiz encarou Rocco:

– É, é uma pena. Ou um grande golpe de sorte. Estou sendo claro, subchefe? Traga-me o assassino de Leone Miccichè, doutor Schiavone. E eu, essa história do contêiner e de Turim, eu a esqueço. É um conselho de amigo.

Rocco assentiu duas vezes. Agradeceu ao juiz Baldi com um olhar, depois passou pela porta e saiu do escritório.

Às dez e dez, Italo e Rocco já estavam na estrada na direção de Champoluc.

– Está doendo o lábio?

– Não. O frio praticamente o anestesiou.

– Meus ouvidos estão começando a ficar fechados – Rocco tampou o nariz e soprou forte.

– Isso não é bom pra sinusite.

– Tantas coisas fazem mal pra gente, Italo. Uma a mais...

Italo trocou a marcha.

– A gente precisa se preocupar?

– Com o quê?

— Como, com o quê? Com a história dos cingaleses.

— Não, fique tranquilo. Está tudo em ordem. Por falar nisso, me lembre que eu preciso devolver os seus quinhentos euros.

— Ninguém suspeita de nada?

Rocco tamborilou com os nós dos dedos no vidro.

— O juiz Baldi sabe.

Italo empalideceu.

— Sabe do quê? Da maconha?

— Não, não da maconha. Dos cingaleses.

— Caralho!

— É. Ele inventou uma lorota sobre um problema na rede informática da autoestrada. Ele viu as imagens, e como!

Italo passou a mão na boca.

— E ele vai fazer o quê?

— Não sei. Não entendi se ele está guardando a informação para me advertir, ou se está deixando de lado. Baldi não é lá muito normal.

— E você, pelo contrário, é?

O subchefe soltou uma risada vigorosa e catarrenta. Era a primeira vez que Italo o ouvia rindo assim, com toda sinceridade. Ele ficou com vontade de rir também.

E gargalharam. Juntos. Até a fonte congelada na entrada do povoado. Só pararam quando viram que, na entrada da igreja, dois homens estavam erguendo paramentos pretos e roxos. Eles tinham esquecido, mas hoje seria o funeral de Leone Miccichè.

— A gente vai ter tempo? – perguntou Italo.

– Claro que sim. Falta pouca coisa. Na próxima, pare à direita. Ali, em cima do mercadinho.

No primeiro andar de um prédio pequeno de madeira e pedra se localizava o consultório do doutor Alfonso Lorisaz. Rocco subiu uns degraus. Abriu a porta com a placa de bronze que dizia "Alfonso Lorisaz. Especialista no aparelho urogenital". Entrou. A sala de espera estava cheia de gente. Assim que o policial entrou, todos se voltaram para ele. Uma enfermeira de uns sessenta anos estava sentada a uma escrivaninha carimbando receitas.

– Pois não? – disse a Rocco, mantendo os olhos fixos na tela do computador.

– Schiavone. Preciso falar com o médico.

– O senhor tem hora marcada?

Rocco estendeu a mão e colocou o distintivo da polícia na frente do monitor. Foi então que a mulher ergueu o olhar.

– A senhora está me ouvindo?

– Sim.

– Sou o subchefe de polícia Schiavone, e não tenho hora marcada. Mas também tenho certeza de que a senhora vai descobrir um modo de eu evitar a fila, *nespà*?*

A enfermeira se levantou de um salto e foi bater à porta do médico. Entrou. Saiu uns segundos depois com as bochechas vermelhas.

– O doutor terminou a consulta. Ele o receberá agora mesmo.

– Ótimo!

---

* Versão italianizada do francês *N'est-ce pas?*, ou "Não é?". (N.T.)

Classificar Alfonso Lorisaz no seu bestiário mental foi de uma simplicidade constrangedora para o subchefe. Era um roedor da subordem ciuromorfo, gênero castor, ou seja, um castor. Os incisivos salientes e os olhos estavam escondidos por trás de uns óculos redondos pequenos e com armação dourada, as mãos pequenas aparentemente palmípedes; careca, mas com um tufo de pelos que saltavam para fora do botão da camisa. Ele parecia ter acabado de construir um dique e agora farejava o ar, nervoso, procurando um perigo iminente. Levantou-se de um salto assim que Rocco entrou no consultório. Ele não tinha um metro e setenta de altura.

– O que posso fazer pelo senhor? – guinchou Alfonso.

– O LAB 2000, que fica ali em Aosta, me indicou seu nome por causa de uma requisição de exames que o senhor fez para Leone Miccichè. O senhor o conhece, não é?

– Claro que conheço. Ou melhor, conhecia. Coitado. Era um tipo simpático, sabe? Eu me lembro...

– *Stop*. O subchefe de polícia não está interessado em seus relacionamentos pessoais. Diga-me uma coisa: o senhor lembra qual era o problema dele, não?

– Claro. E o examinei. Fiz um exame preliminar em Leone, e me dei conta do problema dele. Então, solicitei aqueles exames. Meu diagnóstico...

– Stop. O subchefe de polícia não está interessado em seus diagnósticos. No entanto, caso o senhor queira saber, descobriram que Leone era estéril.

– Eu havia percebido. O senhor se lembra dos valores da espermocultura? Assim, por curiosidade.

– Azoospermia. Nem um espermatozoide em um mililitro de esperma. Está contente?

– Não estou contente. Eu tinha certeza.

– Pense um pouco, dr. Lorisaz: o senhor falou sobre isso com alguém?

– Sobre esse assunto do Leone?

– Exato.

– Não, que eu lembre, não. Mas, o senhor sabe, este é um lugar pequeno.

– O que quer dizer?

– Que talvez os boatos corram. Sabe por que estou lhe dizendo isso? Somos todos um pouco parentes. Aqui não é como na cidade grande. Todos sabem muita coisa sobre todos.

– Se o senhor cumpriu o seu dever, como alguém poderia ficar sabendo desse assunto?

– O senhor tem razão, mas...

– Mas o senhor não cumpriu o seu dever.

– Não, não... eu cumpri, e como. Não disse nada a ninguém, imagine só, uma coisa tão delicada.

– E então?

– E então, o que eu sei sobre isso? A primeira espermocultura nós fizemos aqui, em um pequeno laboratório que tenho no andar de baixo. Talvez a enfermeira tenha visto. Ou outra pessoa, vai saber?

Rocco olhou o médico nos olhinhos protegidos pelos óculos.

– Por que tenho a sensação de que o senhor está me escondendo alguma coisa?

— É uma sensação equivocada, senhor subchefe. Eu não disse nada a ninguém.

— Veja, é muito importante. Há um homicídio envolvido nessa história, e se o senhor está escondendo informações, se trata de um crime. É preciso auxiliar as investigações, sabe?

— Meu Deus, agora o senhor está me deixando preocupado.

— Ótimo. Fique preocupado.

O médico olhou para o chão, como se buscasse uma ajuda entre os rejuntes do piso. Rocco sabia que, na verdade, ele estava pensando no meio menos doloroso e mais sagaz para fugir da enrascada. Ele piscava os olhos e mordia os lábios com os dois incisivos salientes.

— Não se lembra de nada?

O médico havia pensado no assunto, e respondeu:

— Nada que possa interessar ao senhor. Não creio ter falado com ninguém.

— Espero que o senhor tenha dito a verdade. O senhor é casado?

— Eu? Sim. Mas, por quê?

— Posso saber o nome de sua esposa?

O médico arregalou os olhos.

— Por quê?

— Curiosidade profissional.

— Claro. Minha esposa se chama Annarita.

— Annarita. Ela deve ter um sobrenome, não?

— O meu, Lorisaz.

— Estou falando antes de se casar.

– Pec. Como a esposa do pobre Leone. Annarita e Luisa são primas em terceiro grau.

Annarita Pec. A moça da loja de artigos esportivos. Aquela que o havia rejeitado com graça, dignidade e firmeza.

– É claro, vocês são todos um pouco parentes por aqui, não é?

– Verdade. Mas por que pergunta?

– Porque, veja bem, talvez à noite, voltando para casa, um papinho com a sua esposa, e o segredinho de Leone Miccichè tenha lhe escapado. Não pode ser?

Alfonso respirou profundamente, erguendo os ombros.

– Deus do céu, não sei. Com certeza eu lembraria. E, ainda que eu tivesse dito para ela, a minha esposa é uma pessoa muito reservada.

– Podemos então contar com a sua discrição?

– Claro, doutor – disse o médico, sorrindo como se houvessem tirado um peso do seu estômago. – Minha esposa é um túmulo.

– Sua metáfora é de péssimo gosto, dr. Lorisaz. Tenha um bom dia.

Italo ligou a BMW no mesmo instante em que Rocco saía do prédio do consultório médico. Mal fechou a porta, Italo tirou o pé da embreagem.

– Para onde vamos agora?

– Pegar o teleférico. O médico falou com a esposa sobre os exames do Leone.

Italo desviou de um velho que perambulava pela estrada gelada com os esquis nas costas, como um Cristo no Calvário.

– Bem, talvez a mulher tenha ficado de boca fechada.

– A esposa do médico é prima da Luisa. Você acha que ela não contou para a Luisa? Para ela, ou talvez para o Mario, seu amigo do bar?

– Pode ser. Sim, você tem razão, Rocco. Mas por que contou?

– É um povoado. Fofoca? Conversa fiada? Ou talvez por uma sã e endêmica virtude feminina. Chamada sadismo. Já ouviu falar?

– E como!

O sol tinha levado a melhor sobre as nuvens, e os esquiadores eram formigas coloridas sobre uma encosta de açúcar. Rocco e Italo avançavam na direção dos escritórios da escola de esqui. Eles andavam a passos largos. Sob o sol, o *loden* de Rocco soltava nuvens de vapor aquoso das costas, a ponto de fazer com que ele se parecesse com um demônio fumante recém-saído de um livro sobre o apocalipse. Eles deram de cara com Luigi, o chefe dos gatistas, ocupado, como sempre, enrolando um cigarro.

– Bom dia, subchefe!

– Bom dia, Luigi. Você me dá um cigarro?

– Claro – e estendeu-lhe o recém-enrolado.

– Mmm... Estes eu fumava no ensino médio.

– Eu só aguento estes.

– Que tabaco você usa, Luigi?

– Samson. É o melhor – Luigi acendeu o cigarro do subchefe. – Veio para o funeral de hoje, doutor?

– Você vai?

– Claro que sim. Vamos todos.

– Então a gente se vê depois lá na igreja.

– Vai comigo? – e indicou seu quadriciclo. – Eu deixo o senhor guiar. Na descida é ainda melhor.

– Não, não. Pode ir. A gente se vê lá. É bom, este. Um pouco forte, mas o tabaco cai bem.

Quando Rocco Schiavone entrou no escritório, lá estavam a instrutora um pouco gordinha sentada à escrivaninha e outro instrutor de certa idade ocupado com palavras cruzadas sem casas negras. Mal viu os policiais entrando, a mulher se levantou.

– Subchefe! – disse.

– Subchefe, muito bem! Finalmente vocês começaram a aprender – Rocco olhou ao redor, depois se voltou para a fotografia do grupo de instrutores de esqui do Val d'Ayas.

– O senhor acabou encontrando Omar Borghetti?

Rocco não respondeu, ocupado examinando aquela fotografia do grupo. Italo fez um gesto para a instrutora ficar em silêncio. Ela assentiu, um pouco assustada.

– Quando foi tirada esta foto?

– No início da estação.

– Aqui tem um armarinho com objetos pessoais?

– É este – disse a mulher, indicando um armarinho baixo com uma fechadura. Rocco se aproximou do móvel.

– Vocês trancam com chave?

– Não. Só tem bobagem aí dentro. Principalmente coisas do Omar.

Rocco se agachou e abriu a porta. Tirou uns óculos de esqui, um gorro de lã, duas luvas impermeáveis brancas, creme para os lábios, protetor solar, duas camisetas limpas e duas bandanas, uma verde e uma azul.

– Esperto, o rapaz – disse em voz alta, e ninguém entendeu a quem ele estaria se referindo. Italo tinha uma suspeita, mas a manteve em segredo.

– Três na vertical: uma agitação dos membros, provocada por estado nervoso ou febre alta ou doenças agudas. Começa com jota e termina com *ão*. Oito letras – disse o instrutor de esqui absorto em sua *Settimana Enigmistica*.

Rocco olhou para ele.

– Jactação.

– Caramba, está certo, cruza com leão sete na horizontal! Obrigado! – disse, contente, o homem, e preencheu as palavras cruzadas no momento em que a silhueta de Omar Borghetti surgiu à contraluz na entrada do escritório.

– Doutor! – disse, tirando as luvas e levando uma lufada de ar limpo para dentro do escritório revestido de madeira. Ele também usava o casaco acolchoado vermelho e as calças pretas; no pescoço, usava uma bela bandana amarela.

– Ah, Omar Borghetti... – disse Rocco –, à contraluz eu não havia reconhecido o senhor. Era exatamente quem eu procurava. Cadê?

– O quê? – perguntou Omar, jogando as luvas de esqui sobre a mesa.

– A bandana vermelha. A que o senhor está usando na foto – e mostrou a foto do grupo pendurada na parede. – Levou para lavar?

– Não. Deveria estar ali dentro – e se aproximou do móvel que Rocco havia acabado de investigar.

– Não está.

– Como não está? Tenho uma vermelha, uma azul, uma verde e esta amarela – e apontou a bandana atada ao pescoço.

Rocco pegou as duas bandanas, a verde e a azul, entre o polegar e o indicador e as levantou, mostrando-as como se fossem dois ratos mortos.

– A azul e a verde, cá estão. Falta a vermelha.

As bandanas balançavam, inertes, na frente do rosto de Omar.

– Não estou entendendo.

– Eu entendo, Omar.

Omar olhava os colegas, confuso.

– O que o senhor quer dizer? O que tem a minha bandana vermelha?

– Ah, tem a ver, e como! – Rocco lançou um olhar para Italo. Este entendeu na hora e continuou, no lugar de seu superior:

– A bandana vermelha foi encontrada com o cadáver de Leone Miccichè.

Omar empalideceu. No escritório reinava um silêncio glacial, e parecia até que a temperatura tivesse caído uns dez graus. O instrutor velho afastou os olhos das palavras cruzadas; a mulher, por sua vez, levou as mãos ao rosto.

– No... cadáver? – murmurou Omar Borghetti. – Mas, me desculpe, o senhor sabe quantas bandanas vermelhas tem por aí? Por que tem de ser justamente a minha? Talvez esteja em casa, e eu a levei para lavar, não?

– Não – respondeu Rocco, seco.

– Por que não, subchefe?

– Acredite em mim, Borghetti. A sua bandana é aquela lá. E sabe por quê?

Omar só negou com um gesto de cabeça.

– Porque havia marcas de sangue naquela bandana vermelha que o senhor costuma usar no pescoço – e Rocco se aproximou de Omar –, e o sangue pertence ao seu grupo. O negativo, 4.4. O seu. Ruim, hein?

Omar teve de se sentar.

– Como... como...?

– Não se preocupe como eu faço para saber dessas coisas. Mas eu cheguei a uma conclusão. E, neste momento, sinto muito, mas tenho de dizer uma coisa que não vai lhe deixar alegre – Rocco se apoiou nos braços da cadeira e se postou a dez centímetros de distância, a ponto de Omar sentir seu hálito de tabaco e de café. Mas não o olhava nos olhos. Observava o pescoço dele. Com muita atenção.

– O que... o que o senhor tem para me dizer?

– Troque de barbeador.

No teleférico que o levava de volta ao povoado, Rocco estava em silêncio. Italo se limitava a olhar o céu azul, contra o qual se recortava a crista dos picos e das geleiras. O subchefe havia apoiado os cotovelos nos joelhos e, recurvado, mantinha as mãos diante da boca, movendo um pouco os dedos, como se tocasse uma trompa. O agente Pierron, ao contrário, sentia o estômago vazio, e o balançar imprevisto do teleférico piorava a situação. O rangido da cabine e o vento que atravessava as grelhas de ventilação acompanhavam a descida rápida rumo a Champoluc. Já se percebiam os tetos cheios de neve e os carros dos esquiadores estacionados que lançavam reflexos prateados sob os raios de sol.

– Que horas são?

– Quase uma hora – respondeu Italo.

– A que horas escurece?

– Às cinco. Por quê?

– Precisamos esperar até as cinco horas. Algumas coisas devem ser feitas sem muito estardalhaço, você não acha?

Não, Italo não achava. Até porque não tinha a menor ideia do que o subchefe estava falando. Ainda que ele tivesse uma suspeita que ficava cada vez mais concreta em sua mente. A única nota dissonante era a estranha tristeza que havia atingido Rocco. Se, como Italo achava, eles haviam chegado ao fim daquela história, ele esperava ver o chefe sorridente. Mas não era assim. O rosto e o corpo dele diziam uma coisa completamente diferente. Os olhos estavam baços, entristecidos, apresentavam uma pátina que amortecia a luz. Parecia até que Rocco estava com uns fios de cabelo branco a mais. Ou melhor, o agente Pierron sabia, os cabelos brancos eram sempre os mesmos, mas agora dava para percebê-los. Estavam evidentes, e pareciam ter derrotado os castanhos.

Era como se em poucos minutos dez anos de vida tivessem rapidamente passado por Rocco Schiavone.

– Você me espere aqui, no bar do Mario e do Michael. Coma um sanduíche, tome uma cerveja e descanse. Eu volto logo.

– Aonde você vai? – perguntou Italo.

Bastou um olhar atravessado de Rocco, e Italo respondeu a própria pergunta:

– Tenho de cuidar da minha vida.

Rocco sorriu e deixou o agente na frente do bar.

Ele andou uns cem metros pela calçada até a loja de artigos esportivos. Entrou. A campainha soou no meio da madeira dos lambris e das roupas para esqui bem à mostra. Annarita surgiu de uma portinha por trás do caixa.

– Bom dia. O que foi, não está satisfeito com os sapatos?

– Não, os sapatos são ótimos. Quem me decepcionou foi a senhora.

As faces da mulher ficaram vermelhas, fazendo com que os olhos cor de avelã resplandecessem ainda mais.

– Eu? O que é eu tenho a ver com isso? O senhor se refere àquilo que nós conversamos da última vez...?

– Não tem nada a ver. Sei perder, tenho um bom espírito esportivo. Eu só gostaria de dar um conselho à senhora.

Ela o fitava com olhos nervosos. Não entendia até que ponto as palavras de Rocco iriam. E este prosseguiu:

– Há coisas que é melhor a gente manter em segredo. Coisas íntimas, secretas ou familiares. Não é legal espalhá-las por aí, como está na moda.

– Eu não sei a que o senhor se refere.

– Seu marido. Ele é médico.

– Sim. E o que tem a ver com isso?

– Para quem a senhora disse que Leone Miccichè era estéril?

O sorriso sumiu dos lábios de Annarita, e os olhos se arregalaram como dois poços, dos quais não se vê o fundo. Ela quase perdeu o equilíbrio, tanto que precisou se apoiar no móvel onde estavam os gorros de lã.

– Como? O que está dizendo... qual...?

– Sabe de uma coisa? Se a senhora tivesse cuidado de sua vida, e se não tivesse saído por aí falando das questões íntimas do Leone e dos exames dele, provavelmente nós não estaríamos aqui nos preparando para ir ao funeral daquele pobre coitado.

Annarita levou as mãos à boca.

– O que o senhor está querendo dizer?

– Pense no assunto. Pense para quem a senhora contou essas coisas. Some um mais um. E, dentro de três horas, vai entender que o que eu estou dizendo é a pura verdade. Espero que, para o futuro, a senhora aprenda a lição. – Rocco tornou a abrir a porta da loja de artigos esportivos. Annarita havia permanecido imóvel, olhando-o com olhos inexpressivos. – Sabe de uma coisa? Gosto das pessoas deste vale. Vocês são limpos, honestos e sinceros. Até a senhora. A senhora só tem um defeito. Não cuida da sua própria vida.

Ficou na calçada olhando um velho que caminhava com tamancos feitos de madeira. Os passos incertos e o andar claudicante faziam ele se parecer com uma velha marionete roída por insetos. Balançando a cabeça, o subchefe pegou o celular.

– Dr. Baldi?
– Diga. Temos novidades?
– Sim. Posso mandar a inspetora Caterina Rispoli ao tribunal?
– Posso saber o motivo?
– Dois mandados de prisão preventiva.

O juiz Baldi ficou em silêncio. Um vulcão antes da erupção.

– Doutor? Está me ouvindo?
– Estou, Schiavone. Sabe o que dizem os procedimentos? – o juiz Baldi ainda se continha, talvez não estivesse sozinho em sua sala. – O senhor, Schiavone, deveria vir aqui me explicar como e por quê; e então, se eu considerar adequado, assino os mandados.
– Não há tempo. Tenho medo de que os assassinos de Leone Miccichè possam desaparecer de um minuto para outro.
– O que leva o senhor a pensar assim?
– Eles são inteligentes.
– Por que está falando de assassinos?
– Porque são dois. Um matou Leone, o outro é cúmplice do homicídio.

– Puta que pariu, Schiavone! – finalmente o vulcão entrou em erupção. – O senhor está se agarrando a uma porra de uma cordinha e continua a agir como bem lhe parece? Há um procedimento a respeitar, sabe? Quer acabar fazendo fotocópias no ministério?

– Poderia ser – disse Schiavone em voz baixa. – Se eles mantiverem o salário, por mim, tudo bem.

– Pare com essa porra desse seu sarcasmo! E me diga quem devemos colocar atrás das grades, e o motivo. E procure ser convincente, porque eu não trabalho desse modo.

– Tudo bem. O senhor tem cinco minutos?

– Ah, claro que tenho. Procure aproveitá-los bem, porque se o senhor me disser merda, eu dou um jeito para que a ameaça se concretize. Estou sendo claro?

– Cristalino como o gelo destas montanhas.

– Então comece. Desembuche.

Italo estava sentado no balcão do bar do Mario e do Michael. Na sua frente, o copo de cerveja vazio, e em um prato de madeira as migalhas do sanduíche. Não tinha se dado conta de que o subchefe estava sentado do lado de fora nas mesinhas, mordiscando um pedaço de chocolate, até perceber a nuca e a gola do *loden* verde virada para cima. O agente deixou cinco euros no balcão e saiu para se juntar ao chefe. Rocco, envolto no casaco, mastigava lentamente a barrinha de Milka. Ele olhava um ponto fixo na estrada. Poderia ser o aro do pneu da Land Rover, bem como o montinho de neve perto dos degraus da calçada. Um homem barbudo passou com um grande labrador preto. O cachorro tinha uma bandana vermelha à guisa de coleira e seguia o homem, sem guia. Passou na frente do subchefe e parou para cheirá-lo. Rocco, sem nem olhar, começou a acariciá-lo sob o focinho. O cachorro balançava a grande cauda, e ela batia nas pernas da mesa fazendo barulho. O homem barbudo parou no meio da rua e se voltou na direção do cachorro. "Billo!", ele chamou. Mas, o cachorro não lhe dava atenção, agora que Rocco o olhava nos olhos úmidos e redondos e afundava os dedos nos pelos negros para fazer-lhe uma massagem. Billo estendeu a pata para apoiá-la nos joelhos de Rocco.

– Ei, você... – disse o subchefe –, que bandana bonita e elegante você está usando.

Sorrindo, o dono se aproximou.

– Desculpe, mas se alguém faz carinho nele, ele não larga mais.

– Imagine. Eu amo os cachorros. Quantos anos tem?

– Seis. Mas continua um filhote. Vem, Billo, vamos embora!

Rocco acariciou pela última vez por trás das orelhas de Billo, que latiu feliz e seguiu o dono.

– Até mais.

Rocco ergueu a mão para responder ao cumprimento. Só então Italo se aproximou e, sem dizer nada, sentou-se ao lado dele.

– Uma vez eu tive um cachorro. Em Roma. Ela se chamava India. Não tinha raça; ou melhor, tinha umas quatro ou cinco, e só faltava falar. Eu sei, todos que têm cachorro dizem isso, mas no caso dela era verdade. Um dia, ficou doente; e depois de seis semanas morreu. Sabe como ela morreu?

– Não.

– Eu estava cuidando dela. Estava lhe dando remédio na veia. E me afastei um pouco da cama dela para ir pegar algo pra beber e, quando voltei, ela tinha morrido. Entendeu? Ela esperou eu me afastar. Porque a morte, para os animais, é uma coisa muito íntima. Mais íntima que o nascimento. E não se divide com ninguém.

Italo pensou nessas palavras, mas não entendia a que o subchefe estava se referindo.

– Na natureza, a morte não tem culpa. A morte é só velhice, doença ou sobrevivência. Isso os cachorros sabem. Dá para ler isso nos olhos deles. Você deveria arrumar um cachorro, Italo. Ia aprender um monte de coisas. Por exemplo, ia aprender que na natureza não existe justiça. Este é um conceito totalmente humano. E, como todas as coisas humanas, é discutível e ilusório – Rocco se virou de repente para Italo. – E me dê um cigarro.

Italo pegou o maço.

– Ainda os Chesterfield? Eu já disse que gosto de Camel – e o subchefe pegou um do mesmo jeito.

– Eu sei, Rocco; mas o Camel me dá nojo.

Italo acendeu o cigarro, e Rocco deu uma tragada profunda. Então, olhou para o céu. Ele havia ficado cinzento de repente. Um tipo de lâmina achatada e sem forma, como a tampa de uma lata velha.

– Em um instante tem o sol; no minuto seguinte, está tudo encoberto.

– Na montanha, muitas vezes é assim.

– Um clima afetado pelo transtorno bipolar, você não acha? Mas isso não te dá medo?

– Nasci aqui. Eu tenho medo é do metrô embaixo da terra.

– Vamos indo para a igreja?

– Pode ser. Rocco?

– Sim?

– Quem foi?

– A inspetora Rispoli já vai chegar com os mandados do juiz.

– Os mandados?

– Sim. São dois assassinos.

– E quem são?

– Você já vai ver.

Metade da população da cidade estava na frente da igreja. Os turistas passavam olhando, curiosos. Poucos sabiam de que se tratava. Quem ficara sabendo da descoberta do cadáver já havia terminado as férias e ido embora; os que haviam acabado de chegar procuravam se informar com os moradores locais. O subchefe de polícia e o agente Pierron passaram pelo meio da multidão. O cheiro era em parte de protetor solar, do perfume adocicado das mulheres, de tabaco e dos gases do escapamento dos carros. Eles subiram as escadas. Não dava para entrar; a igreja era pequena e estava lotada ao ponto do absurdo, e a barreira humana parecia impossível de ser transposta. Era possível ouvir a voz do padre amplificada ecoando na abóbada de cimento.

– E é por essa razão que, sempre que nos defrontamos com a morte, nos sentimos em uma situação de solidão extrema. Mas não é assim...

– Com licença? – dizia em voz baixa Rocco. – Com licença?

– O cristão sabe que, neste momento de separação, não está sozinho. Também Jesus, vocês sabem? Ele passou pela experiência da morte...

Tendo superado a barreira humana, na frente de Rocco se abriu a nave central. Estavam todos sentados. O caixão de Leone ao pé do altar. Uma coroa de flores ao lado e um buquê cuidadosamente colocado sobre a madeira do catafalco, lustrada com todo cuidado. O padre, um homem de uns quarenta anos, paramentado, estava ao lado do caixão. As cabeças todas voltadas para ele. Rocco seguiu até os bancos da frente. Alguns davam uma olhada de relance para o subchefe. O gerente dos correios estava lá e o saudou com um aceno de mão; o mesmo fez Mario, o barman, e o médico castor ao lado da esposa, Annarita. Ela, em vez de cumprimentar, mantinha o rosto abaixado. Lá estavam todos os instrutores de esqui em uniforme de trabalho, e também Omar Borghetti. Amedeo Gunelli, o que havia encontrado Leone no meio da neve, estava sentado ao lado do chefe, Luigi Bionaz, que, pelo menos na igreja, tinha deixado de preparar seu enésimo cigarro.

– Na cruz, Jesus está sozinho. Não tem mais ao Seu lado os Seus discípulos, os apóstolos a quem havia ensinado por três anos. Não está lá a multidão que canta o Hosana. Só estão Maria, Sua mãe, e João, ao pé da cruz. Mas, Jesus sabe, no fundo de Seu coração, que Deus pai onipotente não O abandonou: é este o sentido do salmo 22...

Finalmente, Rocco se deteve. Vislumbrava o perfil de Luisa Pec. Lá estava também o irmão de Leone, Domenico, com a esposa.

– ...e ele nos ensina que a morte é o início, é ir ao encontro do nosso Pai que está no céu, onde Ele nos acolhe, em Seus braços infinitos, para um novo começo, a verdadeira vida nova. Oremos. Pai nosso que estais no céu...

Todos os fiéis repetiam com o padre. Todos menos Luisa, que estava com os olhos baixos, fitando o piso da igreja. Depois, ela lentamente ergueu a cabeça, se voltou na direção de Rocco, como se sentisse sobre si o olhar do subchefe de polícia.

Eles se olharam. Uma *mater dolorosa* de uma beleza renascentista, com seus cabelos loiro-avermelhados que lhe caíam pelas costas.

"Sim", pensou Rocco, "por uma mulher assim se pode morrer. E se pode também matar."

– As palavras de nada valem – prosseguiu o padre –, todo o vale, a cidade que se reúne junto de Luisa, do irmão Domenico e da esposa dele, todos os amigos de Leone, que foi acolhido como um irmão entre estas montanhas que não lhe pertenciam, mas que agora, sem ele, parecem mais vazias; resumindo, todos desejamos, queremos saber a verdade e dela necessitamos. E vejo que aqui entre nós estão até mesmo as forças da ordem – o padre esboçou um sorrisinho com o canto da boca –, a quem nós agradecemos, não é verdade?, pelo trabalho que farão até que o autor deste crime horrendo seja preso e colocado nas mãos da justiça.

O tom de voz do padre não agradava a Rocco. Estava claro que o pastor daquelas almas não confiava nele e nos agentes que estavam junto com ele. Tudo bem, pensando em Deruta e em D'Intino, como poderia dizer que o ministro de Deus estivesse enganado? Mas a ironia implícita na voz do sacerdote começou a lhe dar nos nervos.

– Nós os vimos trabalhando, não? O subchefe de polícia e os seus impávidos agentes.

Estava exagerando. Mas Rocco ficou firme escutando com os braços cruzados na frente do peito e com os olhos da comunidade fixos nele.

– Talvez às vezes eles usem de métodos pouco ortodoxos, os nossos defensores da ordem...

Rocco deu uma olhada para o gerente dos correios, que abaixou o olhar. O homenzinho tinha ido contar tudo sobre o tabefe para o padre.

"Cagão", pensou Rocco.

– Mas é sabido que os caminhos para chegar à verdade às vezes são cobertos por dificuldades e imprevistos.

Rocco gostaria de interrompê-lo, mas estava jogando fora de casa. E, além do mais, uma discussão durante um serviço fúnebre lhe parecia inadequada.

– Com isso, depositamos neles a nossa confiança, na certeza de que logo teremos resultados. Estou certo?

Desta vez o padre havia se dirigido a ele em primeira pessoa. O eco da pergunta amplificada pelo microfone foi acompanhado pelo som de todas as cabeças que se viravam em sua direção. Rocco Schiavone sorriu, limpou a garganta.

– O senhor tem toda razão, padre – respondeu. – Muito antes do que o senhor possa imaginar.

O padre inclinou ligeiramente a cabeça, olhou para os fiéis e continuou:

– Luisa me pediu licença para dizer algumas palavras sobre o nosso irmão Leone – e se afastou do microfone enquanto Luisa se levantava de seu lugar. Ela se dirigiu ao atril em meio ao silêncio geral. Ela estava com olheiras profundas. Uma malha preta e calças jeans eram sua roupa de luto. Luisa respirou e em seguida começou:

– Leone não é católico.

Um murmúrio passou pela igreja.

– Desculpem. Não era católico. E este funeral foi desejado pela família Miccichè e também por mim, porque, ainda que eu tenha adotado idealmente outra religião, me sinto sempre muito ligada às minhas origens.

"Grande merda", pensou Rocco, mas não falou. Ainda que fosse ateu, estava em uma igreja.

– As palavras do padre Giorgio foram bonitas e sinceras. E é verdade, o funeral tem valor, é uma boa ajuda. A pessoa pensa que, compartilhando a dor com outros, vai sofrer menos. Não é assim. A dor, como todas as coisas, é subjetiva, tem tantas particularidades, todos sabem e podem passar por ela de modos diversos – limpou a garganta. Mas não era algo causado pela emoção, era apenas a saliva que havia descido pelo lugar errado. – Leone era meu marido. E eu esperava um filho dele. É por isso que...

– *Stop!* – berrou Rocco, paralisando todos os presentes. O padre Giorgio arregalou os olhos. Todos se voltaram na direção do subchefe. Até Luisa enrijeceu o corpo e agarrou o microfone. – Por favor, Luisa. Atenha-se à verdade, obrigado – depois Rocco fez um gesto, como se lhe dissesse, "pode continuar", e ficou escutando. As cabeças todas se voltaram na direção de Luisa.

– Eu estou dizendo a verdade!

– Só há uma pessoa aqui que sabe a verdade – disse Rocco, e novamente as cabeças se voltaram em sua direção. Parecia que estavam em uma final em Roland Garros. – Para os que acreditam, e falamos de verdade com um *V* maiúsculo, há o padre Giorgio – e o indicou com um gesto da mão –; e para quem, pelo contrário, é pé no chão como eu, e só acredita naquilo que vê e entende, então o detentor dessa verdade, aquela com *v* minúsculo, estou querendo dizer, bem, esse sou eu.

– Por favor, doutor subchefe, nós estamos na casa do Senhor – interrompeu o padre Giorgio.

– Exatamente, padre. Aqui mesmo, na frente do caixão de Leone, não se poderia mentir, e sim dizer apenas a verdade. O senhor disse, agora mesmo. Leone foi assassinado. Todos aqui sabemos disso; Deus o sabe ainda melhor do que nós. E eu também sei. Só que, ao contrário de todos os presentes, eu também sei quem foi.

Um murmúrio correu entre os bancos da nave. Cabeças se agitavam, procurando ver melhor Rocco. Para falar com quem estava ao lado. A plateia, até aquele momento, havia ficado tranquila e relaxada, contida em sua dor como a superfície de um lago calmo. Mas de repente, percorrida por frêmitos de curiosidade, aquela superfície havia se agitado com pequenos salpicos e ondas espumantes. O agente Pierron, que havia entendido, deu meia-volta, se precipitando para fora da igreja. Omar Borghetti olhava para os lados, falando em voz baixa no ouvido do colega com os olhos estrábicos, que balançava a cabeça. Annarita havia se agarrado ao braço do marido, assimilando avidamente, com os olhos, ouvidos e nariz, cada detalhe, frase, movimento e cheiro. Amedeo Gunelli mantinha o olhar fixo no subchefe, apavorado com a ideia de que Rocco Schiavone pudesse, de repente, dizer o nome dele e colocá-lo no centro das atenções.

– Aqui não é lugar para fazer um julgamento. Aqui é um lugar de oração – trovejou o padre, e sua voz chegou até o teto, onde o Cristo triunfante abria os braços para acolher as almas dos inocentes.

– Certo, padre, certo. Então, rezem. Mas não façam discursos que não têm nada a ver com a realidade.

A plateia estava dividida, sem saber se olhava a viúva, Rocco, ou o padre Giorgio.

Luisa se afastou do púlpito e voltou a se sentar. Rocco se apoiou na coluna e cruzou os braços. A palavra cabia ao padre Giorgio, que lentamente voltou para o altar, seguido pelo coroinha com o turíbulo, e começou a agitar o incensório sobre o caixão do pobre Leone. Mas o murmúrio da plateia não havia acabado. De repente, do burburinho de vozes se destacou uma, mais forte que as outras.

– Quem foi?
– Sim, a gente quer saber. Quem foi?

Um homem idoso ficou em pé.

– Eu sou velho, e uma coisa eu sei. A igreja é um lugar de oração, é verdade. Mas é também o lugar da comunidade. E a comunidade quer saber. Quem foi? Eu quero saber, todos nós queremos saber!

O padre Giorgio se deteve no meio da bênção. Olhava para seus fiéis e olhava para Rocco. O coroinha havia se detido ali com a corrente balançando na mão e a fumaça do incenso subindo em direção ao teto.

– Por favor, Ignazio – disse o padre Giorgio para o velho –, por favor! Estamos aqui para recordar o Leone, não para julgar ninguém.

Mas o velho Ignazio não se dava por vencido.

– Padre, o melhor modo de recordar o Leone é botar na cadeia quem o matou. Agora mesmo o senhor estava agradecendo às forças da ordem. Então, agora, um representante deles diz pra nós que sabe quem foi que tirou a vida do Leone. A vida é sagrada, só Deus pode tirá-la. E se esse pecador se encontra aqui entre nós, bom, eu digo de todo coração: ele não é digno de estar na casa do Senhor!

– Verdade!

– Verdade! Muito bem, Ignazio!

– Tirem o vinho dele! – disse uma voz fora do coro.

Nesse momento, interveio Rocco, que, com as mãos, tentava acalmar os presentes.

– O padre Giorgio tem razão. Este é o funeral do pobre Leone. Não é um lugar para julgar ninguém. Eu lhe peço, padre, continue e me desculpe. E peço desculpas também a todos por minha interrupção inoportuna. – E então, assim como havia entrado, Rocco saiu da igreja sem precisar pedir licença, porque as pessoas se abriam na frente dele como o Mar Vermelho diante de Maomé.

– Doutor Schiavone! – a voz do padre Giorgio ressoou como a trombeta do juízo divino. – O senhor sabe quem foi? Tem certeza?

Rocco se deteve e se virou na direção do altar. Os olhos das pessoas eram centenas de pontas de alfinete fixadas em seu rosto. Ele ia responder ao padre, quando uma voz feminina atraiu a atenção de todos:

– Com licença? Com licença? – A plateia então se voltou para a porta da igreja. A final de Roland Garros ainda não havia terminado. – Com licença, abram passagem. – E, finalmente, entre os fiéis em pé na frente da porta, apareceram o uniforme e o rosto sem fôlego da inspetora Caterina Rispoli. E, assim que percebeu ter algumas centenas de olhos fixos em sua pessoa, ela enrubesceu. Com o olhar procurou Rocco, que estava a poucos metros dela. – Com licença. Doutor?

Ela entregou um envelope ao subchefe. O padre estava ali, à espera de uma resposta para sua pergunta. Rocco abriu o envelope, leu o conteúdo em meio ao silêncio generalizado. Então ergueu o olhar na direção do altar, na direção do padre Giorgio.

– Sim, padre, eu sei. E os culpados estão aqui, como dizia Ignazio, sob o teto de Deus, quando não deveriam estar. Ou melhor, por mim, podem estar, mas acho que para um cristão como Ignazio deve ser uma bela de uma ofensa. Não?

– Quem são? – berrou uma voz que não se continha mais.

Dava para sentir o rumor da respiração, a tensão nos olhos e nos nervos de toda aquela comunidade de pacatos trabalhadores levada ao extremo. Amedeo Gunelli virava a cabeça na direção de quem estava perto dele; o gerente dos correios tapava a boca com as mãos. O casal Miccichè havia se levantado e olhava a todos com ar acusador. Annarita continuava com os olhos baixos, balançando ligeiramente a cabeça. Rocco tornou sobre seus passos, seguido pela inspetora Rispoli. Aproximando-se do altar, passou por Omar Borghetti. E se deteve. O homem empalideceu. Mas Rocco estendeu a mão e apertou a de Omar.

– Devo pedir desculpas ao senhor.

Omar sorriu ligeiramente.

– Não tem problema, doutor. O tabefe era para pegar o meu sangue, não é?

Rocco assentiu e continuou a andar, enquanto Omar soltava um suspiro de alívio e seu colega estrábico lhe dava umas palmadas nas costas. O subchefe passou pelo casal Miccichè. Passou pelo padre, enquanto os olhos dos fiéis estavam fixos nele, como sanguessugas vorazes. Centenas de olhos, que finalmente iriam receber uma resposta. Nem antes da disputa dos pênaltis entre Itália e França em 2006, Rocco havia percebido uma tensão parecida. Ele se deteve na frente de Luisa Pec. E olhou para ela. Depois, com um gesto lento com a mão, disse:

– Venha comigo.

Luisa arregalou os olhos. O padre se apoiou ao microfone, e assobios agudos romperam aquele silêncio irreal. Domenico Miccichè empalideceu. A mulher dele precisou se sentar. Todos os fiéis, como se respondessem a uma ordem precisa de um coreógrafo, levaram a mão à boca. Luisa lentamente se levantou do banco. Fez que sim com a cabeça duas vezes, e então seguiu o policial, devagar. Rocco lançou um olhar acusador para Annarita, depois se dirigiu ao outro lado da nave. Chegando ao centro, parou mais uma vez. Ainda o silêncio. Da entrada chegou a buzina de um ônibus e, lá de longe, o grito de alegria de uma criança. Rocco olhou Amedeo, que abriu a boca, apavorado. Então o policial fixou o olhar em Luigi Bionaz, o chefe dos gatistas.

— Luigi Bionaz, queira me seguir, por favor.

Luigi olhou para quem estava perto dele, nervoso.

— O senhor é maluco, ou o quê?

— Sr. Bionaz, não me obrigue a usar de métodos que, em uma igreja, seriam piores que uma blasfêmia.

— Eu...

Mas ao redor de Luigi surgira um espaço vazio. Ele era como um empesteado, e até Amedeo deslizou as nádegas pelo banco e colocou uns bons cinquenta centímetros entre ele e quem lhe dera o emprego.

— Isso é uma loucura. Eu nunca... eu e Leone éramos amigos!

— Siga o exemplo da viúva — sussurrou Rocco —; as suas motivações o senhor explica na delegacia. Vamos!

Luigi se levantou. Todos aqueles sentados perto dele se puseram de pé para fazê-lo sair do banco. Lentamente, e sem pedir licença, ele passou bem na frente dos seus colegas e de seus concidadãos. Mas ninguém fez um gesto, nenhuma palmadinha de solidariedade.

Nada. Limitavam-se a olhá-lo indo atrás do subchefe, no silêncio mais profundo.

– Vocês terão notícias do meu advogado – disse Luigi.

– É um direito seu.

Finalmente, Luigi saiu do banco e se dirigiu para a saída da igreja junto com Luisa, Rocco e a inspetora Rispoli. A poucos passos da porta dupla de madeira, Rocco se deteve e se voltou na direção do padre e dos fiéis.

– Não é meu costume fazer uma cena desse tipo. Mas vocês pediram – com um gesto de cabeça, saudou os presentes e saiu da casa de Deus sem fazer o sinal da cruz.

Italo havia conseguido deixar o carro a uns vinte metros da igreja. Atrás estava parada a viatura, com Casella na direção, que havia trazido a inspetora Rispoli. As pessoas lá fora não sabiam o que estava acontecendo. Acima de tudo, não sabiam por que a viúva e Luigi estavam saindo da igreja antes do caixão. Mas a notícia se espalhou como uma epidemia de ebola, e quando Rocco e Luisa entraram na viatura da delegacia, enquanto Luigi Bionaz e Rispoli entraram no carro de Casella, até as pessoas que haviam ficado do lado de fora sabiam e sussurravam com olhos incrédulos. Alguém tirava fotos com o celular, outros balançavam a cabeça. Eles se aproximaram dos carros da polícia como mariposas de uma lâmpada acesa. Rocco os olhava através do para-brisa.

– Vai, Italo, vamos embora daqui.

Italo engatou a marcha e o amontoado de homens e de mulheres se abriu para dar passagem aos carros.

Casella, para dar mais pathos à cena, ou só porque seguia o regulamento, fez soar a sirene. Rocco agarrou o rádio e na hora entrou em contato com o carro que o seguia.

– Casella, desligue essa sirene, ou então eu faço você engolir ela.

Menos de um segundo depois, a sirene silenciou, e finalmente Rocco pôde fumar um Camel na santa paz.

– Não dava para esperar que a gente o levasse ao cemitério? – perguntou Luisa.

– Eu nem teria deixado a senhora entrar na igreja. Mas cheguei tarde demais – respondeu Rocco. – E agora eu gostaria de um bom silêncio até chegarmos a Aosta – deu uma bela tragada e soltou a fumaça pela frestinha da janela que havia deixado aberta.

O chefe de polícia não cabia em si e continuava a louvar e a elogiar Rocco Schiavone.

– Nem deu tempo de fazer o funeral, e o senhor os pegou!

– Agradeço, chefe – Rocco tentava interromper, mas o outro insistia. O telefone estava quente e suado. Rocco desabotoou os dois últimos botões da camisa. O chefe de polícia já havia convocado uma coletiva de imprensa, apesar do adiantado da hora, queria finalmente triunfar sobre essa gente da imprensa escrita, aniquilá-los, aniquilar as conversinhas e o ceticismo deles com resultados concretos, nada de folhas de jornal úteis apenas para limpar a titica dos canarinhos no dia seguinte. E queria que Rocco participasse disso. Mas Rocco não tinha a menor vontade. As luzes da ribalta eram para ele pior que uma indigestão.

Tentou, de todas as maneiras, escapar da situação, até a ordem peremptória de Corsi.

– Schiavone! O senhor estará na coletiva exatamente em vinte minutos!

– Emprego de merda – rosnou o subchefe, enquanto apertava com todas as forças o botão vermelho. E a costumeira sensação desagradável de culpa se apossou de seus sentidos, de seu corpo cansado e friorento. Era sempre assim. A cada vez que encerrava um caso, se sentia sujo, imundo, precisando de um banho ou de uma viagem de alguns dias. Como se fosse ele o assassino. Como se fosse culpa sua que aqueles dois idiotas tivessem matado Leone. Mas não é possível tocar o horror sem fazer parte dele. E ele sabia disso. Tinha obrigação de meter as mãos naquela lama viscosa, naquele pântano nojento, para capturar os crocodilos. E, para fazer isso, tinha de se transformar inevitavelmente ele também em uma criatura igual a eles. Tinha de se emporcalhar. A lama se tornava a sua moradia. E o fedor de decomposição, o seu desodorante. Mas do pântano com as libélulas à flor d'água, suas serpentes mortais e sua areia cinzenta como a diarreia de um elefante, Rocco não conseguia gostar. Era a parte mais bruta e sombria de sua vida, se transformar nisso era doloroso, exaustivo. E tudo isso, as investigações, os assassinos, a falsidade, o forçavam a refletir. Ele, que tentava deixar para trás as coisas mais brutais por que havia passado. Que tentava esquecer o mal que havia feito e o que lhe haviam feito. O sangue, os gritos, os mortos. E estes reapareciam por trás das pálpebras a cada vez que ele as fechava. A cada vez que tinha diante de si alguém como Luisa Pec ou Luigi Bionaz. Filhos da puta, gente nojenta, fauna daqueles pântanos, gente escura como a lama e como as fezes de que eram feitos. E que o puxavam para baixo, para as areias movediças da sua existência, e o forçavam a voltar ao pântano. E era pior que um pesadelo. Porque os pesadelos têm isso de bom, com frequência eles somem com os clarões da aurora. A lama, pelo contrário, estava sempre ali. De verdade, tangível, viva e pestilenta. E o aguardava. Na lama, Rocco Schiavone era igual a todos os outros. Nem mais, nem menos. Na lama, os limites entre o bem e o mal, entre o que é certo e o que é errado, não existem. E não há nem mesmo as nuanças. Ou você se joga dentro, ou está do lado de fora. São proibidos os meios-termos.

A casa na Provença era distante como o cometa Halley. Talvez ele nem tivesse passado por aquelas partes.

– Emprego de merda – rosnou outra vez. Depois saiu de sua sala rumo à coletiva de imprensa.

Não foi necessária a pergunta de um dos profissionais da imprensa escrita ou de qualquer rede de televisão para apresentar Rocco Schiavone e os resultados de sua investigação. Foi o próprio chefe de polícia Corsi, finalmente em carne e osso, e não apenas uma voz ao telefone, que adiantou:

– O doutor Schiavone agora descreverá para os senhores como ele chegou ao pedido de prisão de Luisa Pec e de Luigi Bionaz.

Normalmente, as coletivas de imprensa do chefe de polícia Corsi eram monólogos. Ele dava aos jornalistas tempo para fazer apenas uma ou duas perguntas, e em seguida ia embora. Ele era a estrela principal, e pobre de quem tentasse lhe roubar a cena. Foi, portanto, um gesto de generosidade ímpar, Rocco percebeu isso na hora, ceder-lhe as luzes da ribalta. Uma generosidade tão inútil quanto a própria coletiva de imprensa, porque Rocco Schiavone estava pouco se importando com as luzes e com a atenção da opinião pública. Corsi havia ficado de lado, com os braços cruzados, ao lado dele. Destacando que aquele era seu vice, uma criação sua, um tipo de emanação. Tinha o rosto sorridente, a roupa impecável, os cabelos com gel, os óculos com armação de titânio e, acima de tudo, tinha alegria em todos os poros de sua pele.

Rocco começou:

— Boa noite, tendo em vista o horário, tentarei ser o mais conciso possível...

Estavam todos concentrados. Bloquinhos de notas nas mãos, câmeras ligadas. Ele só precisava tomar cuidado com as coxas da loirinha na primeira fila. Com olhos negros amendoados de felino asiático, parecia estar ali para tornar a missão de Rocco a mais difícil deste mundo.

"Por que está na primeira fila? Poderia se postar mais para trás, não?", pensou Rocco, enquanto limpava a garganta.

— Começo pelo princípio, se os senhores me permitem. Quinta-feira. Cerca de seis horas da tarde. Leone está descendo para ir ao povoado. Comprar cigarros, bater papo, resumindo, ele vai indo. A três quartos da pista principal, no centro de uma clareira, onde passa o atalho, alguém o está esperando. E o chama. Leone sai da pista e vai na direção daquela pessoa. Um amigo, isso é certo. Vai lá. O amigo lhe oferece um cigarro. Leone aceita. Tira as luvas. Tiras as duas – fez uma pausa e olhou para os jornalistas. – Ele começa a conversar com esse homem. Em seguida, a conversa se transforma em briga e o nosso misterioso indivíduo golpeia Leone Miccichè. Mas não o mata. Leone só perdeu os sentidos. Então, a pessoa enfia uma bandana na boca de Leone, para que ele não possa gritar, e o deixa ali, cobrindo-o de neve para que ninguém possa vê-lo.

– E por que ele faria uma coisa dessas? Quer que ele morra congelado? – perguntou um jornalista de óculos e nariz aquilino, provocando uma careta de desgosto no rosto do chefe de polícia Corsi.

– Não. O nosso homem misterioso tem um plano preciso. Ele larga Leone ali, sem sentidos, debaixo de meio metro de neve com a bandana na boca. Mas não é uma bandana dele. Ele a roubou. E exatamente de Omar Borghetti. Omar Borghetti é o chefe dos instrutores de esqui em Champoluc. Todos o conhecem.

– Sim, mas por que ele a roubou? – pergunta a loirinha.

– O filho da puta... *pardon*, o assassino... – se corrige, com o constrangimento maldisfarçado do chefe – queria que ele fosse encontrado no local, não? Morto, e com a bandana de Omar na boca. Omar Borghetti. Ex-noivo de Luisa Pec, a esposa de Leone. Resumindo, quer jogar a culpa sobre o pobre coitado.

– Crime passional? – de novo a loirinha.

– Sim. Crime passional. Ciúmes, raiva, frustração etc. Eis porque eu disse que o nosso assassino premeditou esse homicídio. A bandana diz claramente. O que nós sabemos dele? Acima de tudo, que ele não é um idiota.

– Sim – interrompeu o chefe de polícia Corsi, que até aquele momento havia se contido. – Ele deve ter lido algumas histórias policiais, ou visto na televisão.

Os jornalistas assentiram, mas voltaram a atenção para Rocco, que se sentiu na obrigação de retomar a explicação.

– Meu superior disse uma coisa muito certa. Essa pessoa deve saber alguma coisa a respeito de DNA. Eis porque ele dá fim nas bitucas fumadas por ele e por Leone.

– Ok, até aqui a gente entendeu – interrompeu o jornalista narigudo. – E aí?

– Se o senhor nos der tempo para explicar, sr. Angrisano! – o chefe de polícia respondeu com a seriedade de um diretor visitando a pior classe da escola. Rocco voltou a falar, para evitar que o ar ficasse irrespirável.

– Ora, mas eu me perguntei: por que os dois brigaram? Dívidas? Não consigo pensar nisso. A briga deles não é uma briguinha qualquer. O nosso assassino estava ali com a ideia específica de tirar a vida do Leone. Então eu disse com os meus botões: entre os dois, nem houve uma briga. A premeditação não precisa de uma ocasião. Se alguém resolveu matar uma pessoa, vai direto ao alvo. O nosso homem misterioso golpeia e deixa Leone sem sentidos porque a vítima havia descoberto alguma coisa.

A plateia de jornalistas esperava em silêncio. As canetas paradas nos bloquinhos de notas. Piscavam as luzes dos celulares que gravavam.

– Sim. Ele havia descoberto uma coisa de que suspeitava, e que havia esclarecido com análises precisas. Luisa, sua esposa, estava grávida. Mas Leone Miccichè era infértil.

– Oh, puta que... – disse alguém.

– De quem ela estava grávida?

– Eu acho que do assassino – concluiu a loirinha da primeira fila.

– Por favor – de novo o chefe de polícia –, deixem o doutor Schiavone terminar.

– Não, não; ela está certíssima. Só resta descobrir quem é.

– Bom, bastaria fazer um exame de DNA no bebê, não? – arriscou o jornalista narigudo.

– Isso mesmo. Mas, antes disso, há outra coisa que pode nos ajudar a entender, sem precisar aborrecer a polícia científica. E o cerne da questão se encontra nos cigarros. Eu quebrei a cabeça com essa questão, sabem? A história das luvas nunca me convenceu. A vítima havia tirado as duas. E, para fumar, bastaria tirar uma só, não?

Os jornalistas assentiram.

– E, no entanto, Leone tirou as duas. Por quê?

– Para acender o cigarro? – aventurou um jornalista completamente careca.

– Não. Para isso, basta apenas uma das mãos – respondeu Rocco. – Depois eu entendi. É simples. A pessoa tira as duas luvas se precisa preparar o cigarro. Entenderam? Eis o motivo – e imitou o gesto de enrolar um cigarro.

– Então o assassino que ofereceu o cigarro fumava tabaco solto?

– Muito bem! – respondeu Rocco para o narigudo.
– Nós sabemos até a marca. Samson. A mesma marca que Luigi Bionaz fuma.

O careca assentiu. A loirinha também. O narigudo, por sua vez, mordeu os lábios.

– Esperem, esperem um segundo. Tudo bem, ele fuma esses cigarros. Mas não basta para acusá-lo, não?

– Veja só, o senhor e as suas perguntas! – interveio o chefe de polícia Corsi. – Não é a primeira vez que o senhor faz de tudo para tornar a minha tarefa difícil.

– Mas eu...

– E eu lhe digo ainda mais. Fique quieto. E deixe o subchefe falar. Quem sabe finalmente dê para a gente ler alguma coisa sensata até no seu jornal.

– Mas que coisa de louco – disse o jornalista. Os outros soltavam risadinhas. Era evidente que o narigudo e o chefe de polícia tinham um desentendimento ainda mais antigo que os demais.

– Desculpe-me... – interveio Rocco Schiavone. – Posso perguntar qual é o seu jornal?

– *La Stampa*.

Até Rocco sorriu. Estava claro. Não era o jornalista que dava nos nervos de Corsi. Era o jornal. *La Stampa*. O mesmo em que trabalhava o homem que, anos antes, havia levado a esposa do chefe.

– Voltemos a Luigi Bionaz – Rocco retomou o fio da história. E, para não irritar ainda mais seu superior, perguntou: – Posso, doutor?

Corsi assentiu, sério.

– Nós pegamos Luigi Bionaz por outro motivo. Ele é o chefe dos gatistas. Ele decide quem vai e quem vem.

Qual pista fazer, qual atalho tomar. E, acima de tudo, ele enterrou Leone Miccichè ainda vivo bem no meio de uma das estradinhas que aqueles carros armados usam para voltar ao povoado. E, assim que possível, ele mandou o pobre do Amedeo Gunelli ir para lá. E este, sem saber, passa por cima do corpo de Leone ainda vivo sob meio metro de neve e o reduz a milhares de pedacinhos.

– Talvez já estivesse morto – arriscou de novo o narigudo do *La Stampa*.

– Não. Leone ainda estava vivo. Fumagalli, nosso legista, tem certeza disso.

– Então é um homicídio sem arma do crime! – concluiu o careca.

– Isso mesmo. Mas a arma do crime é o conhecimento que Luigi Bionaz tinha dos horários e dos deslocamentos dos gatos. Era ele quem os comandava. E, naquela noite, insistiu para que Amedeo largasse o serviço por fazer e voltasse para o povoado. Resumindo, Leone estava enterrado e semicongelado, mas teria podido escavar a neve, sair, enfim, do buraco. A coisa poderia ficar perigosa para Luigi, não? E pensem bem. Se um monstro daqueles passa por cima de você, qual a probabilidade de se descobrir a arma, o objeto que atingiu Leone quando estava vivo, fazendo com que ele perdesse os sentidos? Eu digo para vocês. Nenhuma! Eis o golpe de gênio de Luigi Bionaz.

– E como ele roubou a bandana de Omar Borghetti?

– Essa é outra história. Luigi tem acesso ao chalé de Luisa quando e como quer. Omar Borghetti, como ex e grande amigo de Pec, quase todas as noites, terminado o serviço, ia à casa dela. Entre outras coisas, além da amizade, entre os dois havia uma questão financeira. Luisa deve muito dinheiro ao chefe dos instrutores. Para Luigi, pegar as chaves de Omar foi brincadeira de criança.

– Mas e as provas? – perguntou a loirinha. Seus colegas assentiam. O chefe Corsi se sentiu na obrigação de intervir.

– As provas se encontram no tabaco, na completa falta de álibi para Luigi às cinco horas, horário em que o assassino deixou Miccichè desacordado; e esse bebê que vai nascer. O DNA é pior que uma impressão digital.

– Como se declaram Luisa Pec e Luigi Bionaz? – perguntou o careca enquanto tomava notas em seu bloquinho.

– Luisa Pec já fez uma confissão espontânea. Luigi Bionaz, por outro lado, se declara inocente.

Só nesse momento Rocco percebeu que, atrás dos jornalistas, estava o juiz Baldi. Ele sorria. Rocco correspondeu ao cumprimento silencioso.

– Muito bem, doutor Schiavone. Excelente trabalho. Rápido e preciso – e Baldi lhe deu um tapa nas costas enquanto os jornalistas saíam da sala de conferências.

– Obrigado, doutor.

Baldi olhou para ele, sério. Balançou a cabeça afirmativamente.

– Eu lhe pedi, e o senhor me deu.
– O quê?
– O assassino. Ou melhor, os assassinos. O senhor cumpriu a sua promessa.

– Verdade, doutor Baldi. E agora, o que o senhor faz? Cumpre a sua promessa também?

O juiz sorriu. Olhou para o chefe, que havia se detido para falar com uma mulher.

– Sim. Eu também. Sou um homem de palavra, sabe? Mas posso lhe fazer uma pergunta?

– Claro.

– De onde eles eram?

Rocco assentiu.

– Eram cingaleses. Eram 87. E tinham um encontro com alguém que daria um serviço para eles. Não fui capaz de apreendê-los como se eles também fossem armas.

– Cingaleses – murmurou Maurizio Baldi. – Excelente trabalho, Schiavone. Mas lembre-se. O senhor me deve um favor.

Rocco concordou.

– Talvez no fim consigamos ficar amigos – e o juiz lhe dirigiu um sorriso luminoso. – Amanhã, vá ao meu escritório. Quero ouvir o que o senhor tem a dizer. Eu lhe contei, não? Estou lidando com um belo caso de evasão fiscal. Gostaria de ouvir a sua opinião.

Rocco suspirou.

– Certo, doutor. Amanhã vou ao seu escritório. Mas, posso lhe dar um conselho? Quanto menos o senhor for visto comigo, melhor. Estou falando de sua carreira e do seu futuro.

– Futuro? Que futuro, Schiavone? Estamos na Itália, lembra? – e se afastou do subchefe.

Rocco enfiou a mão no bolso para pegar um maço de Camel. Estava vazio. Praguejou em voz baixa, olhando os cinegrafistas que estavam guardando as câmeras nas bolsas e nos estojos. Procurava com o olhar a loirinha com olhos de gata asiática. Mas não havia mais nem rastro da mulher.

Quando chegou a Brissogne com o carro guiado por Italo, eram mais de nove horas. As luzes externas da casa de detenção estavam acesas. As outras janelas pareciam olhos opacos e ameaçadores. Soprava um vento glacial que levantava espirais de neve sobre o asfalto iluminado pelos faróis.

– Vai demorar muito, Rocco?
– É coisa de minutos.

Luisa estava lá, com os braços apoiados na mesinha, uma garrafa de água ao lado. Rocco entrou na sala e olhou a mulher nos olhos. Cansados e vermelhos, não viam a hora de se fechar e acabar com aquele dia de merda. A cabeça de Luisa baixou sobre o peito como se ela tivesse adormecido de repente.

Com o indicador sob o queixo dela, Rocco ergueu-lhe o rosto.

– Por quê? – ele perguntou.

Luisa tornou a abaixar os olhos.

– Fazia um tempo que eu e o Luigi... A coisa fugiu do meu controle. Leone era ciumento, a vida com ele era meio que um inferno.

– Mas a senhora disse com os seus botões: temos as dívidas, ele tem propriedades lá na Sicília, não?

– Eu não queria que terminasse assim. Luigi havia me prometido que só ia conversar com ele.

– Luigi já havia decidido acabar com ele. O plano dele era preciso. A senhora não sabia disso?

– Era só para ele conversar, para tentar ajeitar a situação. Era esse o combinado. Luigi tomou a iniciativa.

– É uma técnica tão antiga quanto Roma, sabe? A de ficar jogando a batata quente da mão de um para o outro.

– O senhor não acredita em mim?

– Não. Eu digo que vocês dois planejaram juntos. A senhora pode até estar arrependida, mas tomou parte. Escute-me. A senhora está envolvida nisso tudo. E sabe muitíssimo bem o que a incrimina. O que está carregando na barriga, estou sendo claro?

Luisa tocou o ventre.

– Conte tudo agora, e não se fala mais nisso. Procure pelo menos sair desta situação com um pouco de dignidade, se é que um dia a teve.

Luisa Pec chorava.

– Se eu disser uma coisa importante que incrimina o Luigi, o senhor depois me dá uma mão?

– Que mão?

– Quero dizer, fala com o juiz?

– Vamos ver. De que se trata?

– Quinta-feira à noite, às 17h15, Luigi me telefonou no celular. Estava desesperado. Falou para eu ir ao atalho do Crest; que tinha acontecido um desastre.

Rocco ficou em silêncio.

– Eu também estava lá, naquela noite. Cheguei depois. Luigi já tinha enterrado o Leone. – As lágrimas começaram a cair como se alguém tivesse esquecido a torneira aberta. – E me disse que não tinha mais nada pra fazer. Que o Leone estava morto. E que precisávamos proteger um ao outro.

— Leone ainda estava vivo ali embaixo, a senhora sabe?

Luisa olhou o subchefe nos olhos.

— Leone...?

— É. Ele morreu duas horas depois. Atropelado por Amedeo Gunelli, que fez ele em dezoito mil pedacinhos.

Luisa escondeu o rosto nas mãos e os soluços lhe explodiram no peito. Rocco esperou que a mulher se acalmasse. Depois, tirou as mãos do rosto dela.

— Quem mais estava lá além da senhora e do Luigi?

— Ninguém mais. Só nós dois. E... o Leone.

— Onde estava Omar Borghetti?

— Não sei. Ele tinha passado lá em casa uma meia hora antes. Estou devendo para ele.

— Sim. Eu sei. Mas qual seria a prova irrefutável contra Luigi?

— Pegue o meu celular. Os guardas estão com ele.

— E o que vou encontrar nele?

— Procure as fotografias. Tem uma que não deixa dúvidas.

— E o que tem nessa fotografia?

— Luigi, na frente do monte de neve sob o qual estava o Leone. Ele está com uma pá na mão e está olhando para o chão.

— A senhora o fotografou?

Luisa fez que sim com a cabeça.

— E assim a senhora o tinha nas mãos, não?

– Não sei. Era uma coisa triste, terrível. Não sabia o que fazer. Eu não queria matá-lo, e pensava que, se acontecesse alguma coisa, aquela foto me daria uma mão, não é?

Rocco explodiu.

– Vá tomar no cu, Luisa Pec, você e esses seus olhos de filha da puta. Eu não quero mais conversar com você. Vou olhar o seu celular, vou colocá-lo como prova, mas vou fazer o possível para você ficar encarcerada alguns anos.

– Eu não queria...

– De novo? Estou de saco cheio de você por pelo menos dois motivos: primeiro, você transformou a minha vida numa sequência de encheções de saco nos últimos dias, que eu nem quero falar no assunto. E, segundo, me fez enfiar as mãos nessa merda, e eu ficaria muito bem sem isso.

Andou mais uns dois passos. Depois fixou os olhos nos de Luisa.

– Sabe o que dizia um grande poeta inglês? A mulher é um prato dos deuses, se quem a tempera não é o diabo.

– Porque o senhor é um santo, doutor Schiavone?

– Não, eu sou o pior dos filhos da puta, Luisa. E, no entanto, faço as contas comigo todo santo dia. Na frente do espelho, em uma poça d'água, quando dirijo, quando como e quando vou ao banheiro. E mesmo quando vejo essa porra desse céu cinzento que vocês têm por aqui. Sempre. E, mais cedo ou mais tarde, eu vou pagar as minhas contas. Mas cadáveres inocentes na consciência eu não tenho. E, se você acha que isso não é bastante, eu estou cagando e andando pro que você pensa – fez que ia sair, mas parou junto da porta. – Mesmo assim, um elogio eu tenho de fazer. A senhora se parece com duas grandes atrizes, sabe? E o papel que a senhora desempenhou no primeiro dia na delegacia, bom, eu engoli com casca e tudo. A senhora errou de profissão. Deveria tentar a Cinecittà.

E saiu batendo a porta da sala de interrogatórios às suas costas.

– Levo você para casa, Rocco? – perguntou Italo.

Rocco assentiu. Não estava com vontade de ver Nora, não estava com vontade de ir ao restaurante, não estava com vontade de ter vontade. Só tomar um banho, um ovo frito, ficar feito um idiota zapeando e dormir no sofá esperando, em um longo sono sem sonhos.

– Por que eles o mataram?

– Por causa do dinheiro. Porque eram amantes. Porque esperavam um filho e Leone tinha descoberto que não era dele. Porque são uns canalhas, porque é gente de merda.

Italo levou a mão ao lábio, sobre o qual havia se formado uma casquinha.

– Escute, Rocco. O que eu e você fizemos com o Sebastiano.

– Hum.

– Acha que vamos fazer de novo?

– Você se arrependeu?

– Não. Só quero saber.

– Se surgir uma boa oportunidade, sim. Podemos tentar de novo. Por que, você está com alguma coisa na cabeça?

Italo soltou um suspiro fundo.

– Tenho alguma coisa em mente. Mas precisamos conversar sobre o assunto.

– Não esta noite.

– Não, por esta noite já basta.

"Talvez não esteja entendendo o que estou tentando lhe dizer... se o axioma da Confindustria se verificar..."

"As batatas são cortadas em tirinhas finas junto com os pimentões."

"Mas até jogar com um 4-4-2 pode ser arriscado contra um time forte como..."

"...a queda de todos os índices da bolsa que indicam um..."

"Robin Hood, o príncipe dos ladrões, é capaz de amar?"

Vai saber se alguém consegue mudar de canal com tamanha rapidez a ponto de obter uma compreensão ampla. Ou, pelo menos, não pior do que aquilo que eles transmitem. Voltou a nevar. Forte. Olha só como os flocos batem contra a janela. Dizem que não há um igual ao outro. Mas quem os examinou? Quer dizer, alguém ficou ali examinando doze milhões de flocos de neve antes que derretessem? Ou talvez não. Os flocos de neve são como as impressões digitais. Cada um tem a sua. Cada uma é diferente. Minhas pálpebras estão pesadas. Precisava dormir. No sofá? Na frente da televisão, como um velho bêbado? E se fecho os olhos e vejo as fotografias?

As fotografias?

Que depois se transformam em um filme.

Piazza Santa Maria in Trastevere. Marina está sentada na fonte e conversa com uns jovens de Oslo. Eu lembro. Era uma noite de julho. A primeira vez que eu a vi. E resolvi na hora: ela vai ser a minha mulher. Assim, de repente, eu decidi, entre o murmurejar da fonte e os cachorros dos *punkabbestia** que uivavam para a lua. Este sofá está afundando. E não posso, não devo... Devo ceder? Sim, é tranquilo, e até faz calor. Lá fora continua a nevar, acho. Mas não quero abrir os olhos. Vou devagar, devagarinho. Talvez morrer seja assim. Dizem que quando alguém morre congelado, na verdade a pessoa dorme, suavemente, sem se dar conta. Melhor que um carro-tanque que passa por cima de você e esmaga sua cabeça, eu diria. Decididamente melhor.

– Fiquei sabendo de tudo. Você os pegou – me diz Marina.

– É.

– Algum idiota convidou você para comemorar hoje à noite?

– Não. Felizmente, ninguém.

– Não tem nada pra comemorar.

– Diria que não.

Está sentada ao meu lado. Lá fora, a neve parou de cair.

– Você está bem, Rocco?

– Estou.

---

* Gíria para se referir a moradores de rua que vivem acompanhados por cães. (N.T.)

Marina dá risada.

– *Você é bom em descobrir mentiras, mas não em mentir.*

– *Você gostaria de ir embora, Marì?*

– *E aonde você gostaria de ir?*

– *Dar uma olhada na Provença. Daqui não dá nem uma hora de carro.*

– *E a gente poderia imaginar algumas coisas?*

– *É. Imaginamos algumas coisas.*

– *Como agora?*

– *Como agora.*

– *Rocco, você faz isso com muita frequência, sabe?*

– *Sim, eu sei.*

– *Não faz bem pra você.*

– *Sem isso, não consigo viver.*

– *Mas você deveria, Rocco. Você tem de viver.*

O míssil que Sylvester Stallone lançou contra o acampamento vietcongue o despertou. Rocco abriu os olhos. Lá fora nevava. Ele estava estendido no sofá, e Rambo estava massacrando uma porra de um exército de comunas.

Desligou a televisão. Levantou-se. Deviam ser duas ou três horas da madrugada. Aproximou-se da janela. A neve caía, mas os flocos haviam diminuído. A rua estava branca, com exceção das marcas dos pneus de um carro que haviam feito um risco negro no asfalto. Os postes estavam envoltos por uma poeira gelada, e o logo verde de uma farmácia piscava. Uma mão gelada lhe apertou o coração. Outra, a garganta. Apoiou a cabeça no vidro. Fechou os olhos.

Fazia quatro meses que não levava flores para Marina. Resolveu que no próximo fim de semana iria a Roma. Mas só por ela. Por Marina.

– *Vou tomar banho. Marina, você faz um café pra mim?*
– *Já vai sair?*
– *Antes que a lama me engula mais uma vez, meu amor.*

Agradecimentos

Poucos agradecimentos são necessários. A Patrizia, que acreditou antes de todos. A Luisa, por sua paciência e que, graças às coisas que me explicou, evitou que eu fizesse um papelão. A Patricia, que deu o primeiro empurrão. A Toni, que, nesse meio-tempo, se tornou minha esposa e dá sentido à minha vida. Ao meu pai e aos quadros dele, imagens que me acompanham desde que sou criança, e à minha mãe, por sua mente matemática. A Marco e Jacopo, que, junto com a minha irmã, me levaram a 1.500 metros de altitude. A Nic e Lollo, que nunca receberam agradecimentos suficientes e continuam a acreditar nas coisas que faço. A Mattia, energia e talento puros que certamente me ajudaram a deixar o livro melhor. Por fim, a Nanà Smilla Rebecca e Jack Sparrow, que enchem a minha casa de amor.

E um agradecimento especial à cidade de Champoluc e especialmente a Luigi, Carlo, à livraria Livres et Musique, ao refúgio Vieux Crest, onde comecei este livro, e ao Charmant Petit Hotel, onde o concluí.

A.M.

lepmeditores
www.lpm.com.br
o site que conta tudo

IMPRESSÃO:

PALLOTTI
GRÁFICA

Santa Maria - RS | Fone: (55) 3220.4500
www.graficapallotti.com.br